ROUGE ABATTOIR

DU MÊME AUTEUR
CHEZ POCKET

ROUGE ABATTOIR
VERT PALATINO
BLEU CATACOMBES

GILDA PIERSANTI

ROUGE ABATTOIR
un hiver meurtrier

roman

LE PASSAGE

Le papier de cet ouvrage est composé de fibres naturelles, renouvelables, recyclables et fabriquées à partir de bois provenant de forêts plantées et cultivées durablement pour la fabrication du papier.

Le Code de la propriété intellectuelle n'autorisant, aux termes des paragraphes 2 et 3 de l'article L. 122-5, d'une part, que les « copies ou reproductions strictement réservées à l'usage privé du copiste et non destinées à une utilisation collective » et, d'autre part, sous réserve du nom de l'auteur et de la source, que les « analyses et les courtes citations justifiées par le caractère critique, polémique, pédagogique, scientifique ou d'information », toute représentation ou reproduction intégrale ou partielle, faite sans le consentement de l'auteur ou de ses ayants droit ou ayants cause, est illicite (article L. 122-4). Cette représentation ou reproduction, par quelque procédé que ce soit, constituerait donc une contrefaçon sanctionnée par les articles L. 335-2 et suivants du Code de la propriété intellectuelle.

© Le Passage Paris-New York Éditions, 2003

ISBN : 978-2-266-17554-8

À J.-M., pour son indéfectible soutien

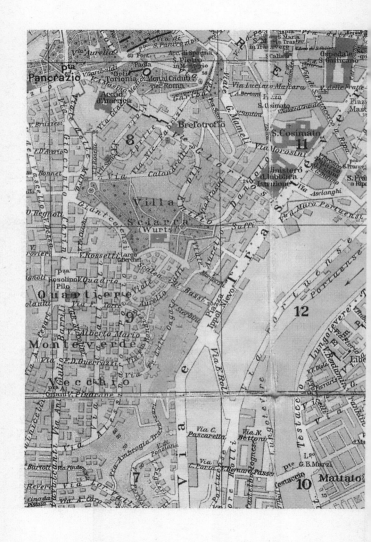

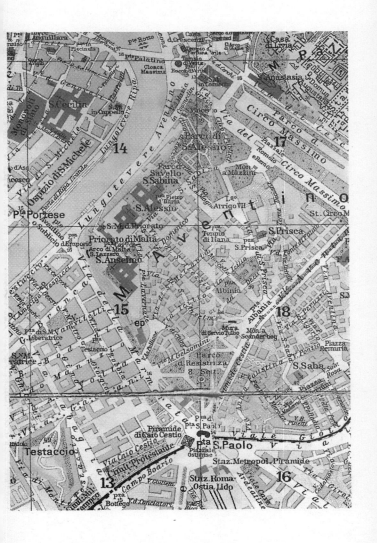

> *E in mezzo ai platani di Piazza Testaccio*
> *il vento che cade in tremiti di bufera,*
> *è ben dolce, benché radendo i capellacci*
>
> *e i tufi del Macello, vi si imbeva*
> *di sangue marcio, e per ogni dove*
> *agiti rifiuti e odore di miseria.*[1]
>
> Pier Paolo Pasolini,
Le Ceneri di Gramsci, 1954

---

[1]. *Et au milieu des platanes de Piazza Testaccio/le vent qui tombe en frissons de tempête,/est bien doux, mais en rasant pouzzolane/et tufs de l'Abattoir, il s'y imbibe/de sang putride, et remue/déchets partout et odeur de misère.* (trad. G.P.)

DIMANCHE 26 DÉCEMBRE, CINQ HEURES DU MATIN

Un morceau de la troisième victime fut retrouvé le lendemain de Noël devant le kiosque à journaux. Assunta faillit se tordre la cheville pour éviter la main qu'un soupçon de neige décorait comme une branche de sapin. Elle pensa : « Il a neigé toute la nuit... » Puis elle vit la main et poussa un hurlement aigu, amplifié par la lenteur de son raisonnement et le silence du matin.

Il était cinq heures, le cri n'avait duré que quelques secondes. Réveillés, les dormeurs des immeubles entourant la place du marché ouvraient déjà leurs fenêtres. Mais ils n'aperçurent pas Assunta, immobile dans le noir, devant le kiosque fermé. Quand Franco s'approcha, elle ne le reconnut pas. Il venait tout juste d'ouvrir son café, à l'angle de la Via Manuzio et de la Via Mastro Giorgio, il avait entendu le cri au moment de brancher les machines.

— Qu'est-ce qui t'arrive, *cocca bella* ? demanda-t-il d'un ton faussement enjoué.

Assunta ne répondit pas. Debout, devant le kiosque fermé, mains et bras grands ouverts comme à se protéger d'une attaque, elle regardait Franco sans le voir. Ses grosses bottes, achetées deux jours auparavant au marché de Testaccio, où l'on en avait vendu plus en quelques heures qu'au cours des sept dernières années, s'enfonçaient dans la neige. Son visage, congestionné, restait suspendu entre le rire et la peur. Le rouge du nez était la seule couleur qui n'avait pas fui sa peau, les lèvres et les joues avaient viré au même blanc que l'œil. Le hurlement lui avait enlevé ses forces, qu'elle possédait à revendre. Incapable de réagir, elle demeurait figée devant Franco, qui commençait à s'inquiéter.

Tous les spectateurs invisibles, perchés aux fenêtres ou faisant le guet derrière les persiennes, se taisaient eux aussi. On sentait le poids d'une attente, exaspérée ces derniers jours par les titres des journaux et les appels à la prudence affichés sur tous les murs du quartier. Des flottements de veilleuse se laissaient cueillir dans l'obscurité. Quelqu'un posa la question :

— Qu'est-ce qui se passe ?

Et tous les autres de faire écho :

— Qu'est-ce qui se passe ?

Franco saisit Assunta par les épaules, puis répondit en la poussant vers le café :

— C'est rien ! Recouchez-vous ! Ce n'est qu'Assunta...

Les fenêtres se refermèrent aussi rapidement qu'elles s'étaient ouvertes, même les persiennes furent abandonnées par ceux qui redoutaient le froid ou les regards. Des chuchotements, une injure mâchée à la va-vite, et le silence retomba sur la place déserte. Assunta n'intéressait pas ses voisins au point de leur faire rater la dernière occasion de se rendormir.

— Ça va mieux ? demanda Franco à la femme, après l'avoir installée dans une chaise, descendue de la pile à côté de la caisse.

Assunta fit signe qu'on lui apporte un café *corretto alla grappa*. Le patron descendit une chaise pour lui aussi, mais il ne l'utilisa qu'après avoir rempli deux tasses qu'ils burent en silence.

— J'ai dû rêver, dit-elle. (Peu à peu les couleurs revenaient sur ses joues.) Ça doit être l'*abbacchio* d'hier soir ou la *lasagna*, ou peut-être c'est la faute au *torrone* et aux figues séchées, si c'est pas le *castagnaccio* et le *pan giallo*...

— T'as avalé tout ça ?

— Nous avons joué aux cartes jusqu'à trois heures du matin, fallait bien quelque chose pour tenir... Puis le temps de ranger, je me suis dit que je ferais mieux d'aller ouvrir ma boutique.

— Y a pas de journaux, aujourd'hui... Et puis c'est dimanche, y a pas de marché non plus !

— Justement ! Je voulais faire ce que j'ai jamais le temps de faire, ces factures du distributeur qui me sont revenues après que Nando a voulu s'en occuper...

— Celui-là alors... Toujours pareil ?

— Toujours ! Même que ça s'empire... Elle veut plus le lâcher, la salope... Son père en était malade, hier, il l'a emmenée à la maison pour le repas de Noël ! J'étais pas encore rentrée, ils sont arrivés tous les deux, ma fille était déjà là avec les petites...

Des larmes perlèrent les cils qu'elle avait longs, cela lui fit quelque chose, à Franco, de la voir ainsi souffrir. Assunta lui plaisait et plusieurs fois il s'était plu à imaginer comment ils pourraient mieux se connaître, un de ces matins d'avant l'aube, derrière la porte du couloir qui menait à l'arrière-boutique.

— Donne-moi un remontant, s'il te plaît..., insista-t-elle.

— Mais je viens de t'en donner un !

— J'en ai besoin, tu sais pas ce que j'ai vu là-bas, tout à l'heure, j'ai dû avoir une hallucination...

— Qu'est-ce que t'as vu, la Madone ? rigola Franco en lui prenant les mains qu'elle gardait serrées l'une contre l'autre sur sa jupe.

Assunta se laissa faire, mais elle n'oublia pas le petit verre que Franco fut obligé d'aller lui chercher. Elle posa un index sur ses lèvres, glissa les mains sur ses cheveux, les renoua derrière la nuque en un chignon vite accroché. Franco alluma une cigarette.

— J'ai vu une main sortir de la neige tout près du kiosque.

— Une main ? Comment ça, une main ?

— Une main, que je te dis ! Elle était posée là, par terre, à cinquante centimètres de mes bottes, avec de petits flocons sur les doigts. Il a neigé toute la nuit...

— Au moins jusqu'à trois heures du matin... dit Franco.

— C'est ça... Et la main était là, nue, je veux dire sans neige dessus, juste de petits flocons ! Je me demande où est le reste...

— Quel reste ?

— Mais le corps, voyons ! Une main, ça va avec un corps !

— Quel corps ?

Franco reprit son souffle :

— Y avait pas de corps à côté du kiosque, et pas de main non plus ! Écoute, mon petit ! Je t'ai entendue crier, je suis venu te chercher, et je te jure sur la tête de mes enfants qu'il n'y avait personne là-bas. Personne, t'entends ? Ni main ni corps, rien que toi devant le kiosque, toute retournée comme si t'avais vu le diable !

— J'ai vu une main dans la neige, que je te dis ! Et le corps devait y être aussi... Une main, ça se balade pas toute seule, elle était quand même pas arrachée, cette main !

Le tremblement des doigts l'empêcha de prendre une cigarette du paquet sur la table. Franco lui en alluma une, la dévisagea, puis la lui posa entre les lèvres.

— Je suis pas saoule ! grommela Assunta.

Franco sortit une deuxième cigarette du paquet, l'alluma. « Je suis pas saoule. » Rien n'était moins sûr. Si elle avait bu la veille au rythme du petit matin, sans même compter le manque de sommeil, il y avait de quoi voir la Madone en personne et pas simplement une main dans la neige.

— Je te jure, s'écria Assunta en serrant les doigts boudinés du patron. J'ai l'habitude de boire un petit verre de temps en temps, ça, c'est vrai, mais je garde la tête froide ! C'est pas la première fois qu'il m'arrive de pousser le bouchon... Ça m'a jamais empêchée d'enfiler mes phrases ni de tenir ma boutique ! Cette main, je l'ai vue comme je te vois, faut me croire !

Elle s'était levée et se tenait debout, les bras croisés sous la poitrine. Le nez du patron, resté assis, se retrouva à hauteur de ses seins. Que ne pouvait-il y cacher sa tête et oublier cette main de malheur ! Il allait oser un geste quand Assunta s'exclama :

— Une main, que je te dis ! Tu veux pas me croire ? Viens avec moi, alors, je vais te la montrer, cette foutue main ! Tu vas voir si j'ai eu une hallucination !

Elle lui prit le bras, il posa sa cigarette sur le cendrier et la suivit.

DIMANCHE 26 DÉCEMBRE, MATIN

À sept heures du matin, la place du marché était cernée par des barrages de police, personne ne pouvait plus y entrer, à l'exception des résidants. Puisque c'était dimanche, et jour férié de surcroît, le jour de la Saint-Étienne, cela ne causait pas trop de gêne, tout au moins au début. Mais le commissaire D'Innocenzo n'était pas rassuré. Ça changerait, à coup sûr, aux alentours de midi, lorsque la nouvelle du troisième meurtre s'étant répandue dans le quartier, la petite foule de curieux viendrait grossir le mouvement des familles se rendant les unes chez les autres achever les agapes de Noël. Ce qui l'agaçait à l'extrême.

Il s'attendait, bien sûr, à ce nouveau meurtre, et il n'était pas le seul, mais il avait nourri l'espoir que les fêtes ne seraient pas arrosées du sang d'une nouvelle victime. La police en état d'alerte, le quartier sous contrôle, il y avait de quoi manger sa dinde sans s'étrangler de peur. Mais l'autre ne l'entendait pas ainsi et avait voulu clore l'année à sa manière.

« L'autre » n'avait ni nom ni visage dans les pensées du commissaire D'Innocenzo, qui travaillait à la Brigade criminelle depuis bientôt dix ans et avait connu la une des journaux avec la fin des grandes vacances. L'événement à l'origine de cette publicité non souhaitée était de ceux qui marquent l'histoire policière d'une ville : sans mobile apparent, une jeune fille tranquille habitant la capitale avait été retrouvée égorgée dans le très branché et très populaire quartier de Testaccio. L'enquête avait débuté avec frénésie, la police avait ratissé large, mais après avoir interrogé une centaine de personnes, elle n'avait pu en retenir aucune, même pas pour une garde à vue. Resté libre d'agir, le meurtrier ne s'en était pas privé : un mois après le premier meurtre, une deuxième jeune fille avait été retrouvée égorgée, dans le même quartier, dans des circonstances analogues.

On avait commencé, alors, à évoquer les agissements d'un tueur en série, malgré l'œuvre de dissuasion de la police qui avançait l'hypothèse d'un crime passionnel. Non seulement les deux victimes se connaissaient mais elles partageaient le même appartement. Physiquement, elles étaient on ne peut plus différentes sans que l'on pût définir exactement en quoi cette différence consistait. Car la description de l'une aurait pu être celle de l'autre, et pourtant la deuxième victime était aussi dépourvue d'attraits qu'en débordait la première. Blondes l'une comme l'autre, cheveux longs, raie au milieu, visage effilé et minijupes en abondance dans le placard, jamais deux personnes ayant autant de traits en commun n'avaient été plus dissemblables. Leur différence ainsi que leur amitié faisaient jaser le quartier qui les avait surnommées « le jour et la nuit ».

Le jour et la nuit étaient inséparables et leur attachement ne connut pas de nuages au cours des deux années qu'elles vécurent ensemble. Dans cette unité qu'elles formaient aux yeux de ceux qui les connaissaient, trouvait appui l'hypothèse du tueur en série, hypothèse que semblaient chérir les Romains. Avec ce goût qu'affinent les journaux et la télévision, ils la préféraient à celle du crime passionnel ; au deuxième meurtre, les habitants de la capitale se renvoyaient la peur comme une boule de neige qui ne cessait de grossir.

Peu à peu, les rues de Testaccio s'étaient vidées, le soir, à l'exception des alentours du théâtre et de l'unique cinéma, logé dans une aile d'un ancien oratoire désaffecté appartenant au Vatican. Les propriétaires des restaurants, qui connaissaient de belles années depuis que le quartier était devenu à la mode, commencèrent à se plaindre de la chute des affaires. Ils finirent par s'associer et engagèrent un groupe de jeunes gens déterminés qui, à tour de rôle, surveillaient les rues vingt-quatre heures sur vingt-quatre à grand renfort de chaînes, matraques et chiens méchants. La police tolérait. Que pouvait-elle faire d'autre ? Avait-elle assez d'effectifs pour mettre un homme à chaque coin de rue ? Sans compter, pensait le commissaire, que cette vigilance trop affichée, loin de faire reculer la peur, la répandait progressivement dans la ville tout entière.

On avait parlé d'automne sanglant, on parla bientôt d'hiver meurtrier. Si ça continuait, les saisons restantes allaient toutes y passer en agrémentant, elles aussi, les titres des journaux de leur sinistre florilège. Le temps n'arrangeait rien aux choses. Le troisième meurtre tombait, comme la neige, au beau milieu des fêtes, entre Noël et jour de l'an.

« L'autre » n'avait ni nom ni visage, mais n'en dominait pas moins les pensées du commissaire. Au fil des jours et des nuits qu'il terminait affalé sur le fauteuil de son bureau, « l'autre » s'était forgé une silhouette qui lui était devenue familière. L'autre, son fantôme, l'adversaire dont l'ombre mouvante se glissait parfois, par inadvertance, sur tel passant ou tel témoin trop discret. Il le retrouvait à l'angle des rues, dans la pièce étroite de nombreux interrogatoires, et jusque chez ces pauvres gens frappés par la disgrâce, qui se voyaient obligés de subir en prime l'invasion de leur vie privée par des enquêteurs et des journalistes difficilement rassasiés.

« Un tueur en série terrorise Rome », titraient quotidiens et hebdomadaires. « Nous ne sommes pas aux États-Unis ! » avait répondu D'Innocenzo aux journalistes. « Rome n'est pas Los Angeles ! » Il l'avait encore déclaré, haut et fort, deux jours avant Noël, à cette émission sur les actualités. Le journaliste lui avait demandé s'il fallait s'attendre à un nouveau meurtre pendant la période des fêtes, et si la police était déjà sur une piste. D'Innocenzo n'avait pas l'habitude des journalistes. Celui qui l'avait invité s'appelait Merisi, n'avait pas trente ans et son émission était diffusée une fois par semaine, après vingt-trois heures. Le commissaire s'y était pris comme un pied. Il était loin d'imaginer, ce soir-là, avant-veille de Noël, que l'émission aurait autant de spectateurs. C'était sans compter sur les proportions qu'avait prises l'affaire dans l'opinion publique : l'émission fit le score d'audience le plus élevé de la soirée.

Le lendemain de bonne heure, D'Innocenzo avait reçu l'appel du chef, le *vicequestore* Caciolli, qui supervisait l'affaire de Testaccio. Le Dr Caciolli, qui avait lui même reçu l'appel du substitut du procureur, le juge Lauretti, lui annonça sans façon qu'il allait mettre sur l'enquête l'inspecteur principal De Luca, aux ordres du commissaire bien évidemment. « Elle est jeune, elle est futée, tu verras, ça te changera de Genovese et de Casentini ! Lauretti ne jure que par elle ! » avait-il ajouté de ce ton qui n'attend pas de réplique. D'Innocenzo n'avait pas fait de commentaires, mais il n'en pensait pas moins. Il n'aimait pas les changements, et ceux décidés par ses supérieurs encore moins que les autres.

Il avait ses habitudes, les inspecteurs Genovese et Casentini le connaissaient, savaient à chaque instant ce qu'il attendait d'eux, ils n'avaient pas besoin d'explications. Ce ne serait pas la même chose avec un nouveau, qui de plus serait une nouvelle !

« Encore une femme, pensa-t-il en pénétrant dans le café de Franco Rinaldi, elles sont partout en cette fin de siècle, et ce n'est pas le sang qui les arrête. On dit même, dans la police, qu'elles ont plus de couilles que les hommes ! » Peut-être bien, il n'était pas contre les femmes, lui, quoi qu'on raconte sur son compte. Seulement, voilà, les femmes demandent toujours des explications, c'est leur soif. Les mots, ça ne leur suffit jamais, et si on leur en donne un petit peu, elles en redemandent. On finit toujours, alors, par en lâcher un de trop.

Les femmes, il ne savait pas travailler avec, le commissaire.

La veille de Noël n'étant pas un jour où bousculer les choses, le *vicequestore* avait décidé d'attendre la fin des festivités pour rendre opérationnelle sa décision. D'Innocenzo en fut soulagé, il trouverait bien quelque chose d'ici là pour convaincre Caciolli qu'il pouvait continuer à mener l'enquête tout seul, sans aide supplémentaire. Évidemment, il n'avait pas prévu un troisième meurtre à aussi courte échéance. Désormais, il serait difficile de se passer de celle qu'on surnommait « la tigresse des Abruzzes ».

L'inspecteur principal Mariella De Luca s'était forgé une réputation de flic méticuleux jusqu'à l'obsession et courageux jusqu'à la témérité. Depuis l'affaire du Parc national des Abruzzes, qui avait déferlé comme les orages sur la fin de l'été 1995, cette réputation s'était imposée aux hommes de la police. Âgée de vingt-neuf ans à l'époque, la jeune femme du commissariat de L'Aquila avait déniché toute seule, dans la masure où il se cachait, le violeur et meurtrier de deux touristes françaises en randonnée. Son coéquipier, qui protégeait ses arrières, l'avait vue viser l'homme de la fenêtre et lui placer une balle en plein cœur au moment même où il allait tirer, semble-t-il, avec le revolver qui avait déjà tué les deux Françaises. On en trouvait toujours un, dans la police comme ailleurs, pour insinuer que le revolver en question n'avait pas eu le temps de quitter la table où il était posé, ce soir-là, à côté de l'assiette à moitié vide du meurtrier en train de dîner. Il y avait même eu enquête à cet égard, mais rien n'avait été retenu contre l'inspecteur principal, son coéquipier ayant confirmé le danger qui les menaçait. Pour leur brillante action ils furent décorés tous les deux quelques semaines plus tard.

Il ne dormait plus, le commissaire, depuis que la première victime avait été retrouvée égorgée sur le Lungotevere Aventino, à cinq heures et demie du matin. À chaque nouvelle affaire son insomnie se faisait plus tenace. Mais ce meurtre avait de quoi tenir éveillés les esprits les plus sereins, et c'est peu dire que le commissaire n'était pas de ceux-là. C'était la fin du mois de septembre, un mois idéal, de ceux qui font rêver les touristes et n'étonnent plus les Romains, chaud et frais en même temps, fin d'été et annonce d'automne. Un de ces mois qui ne bousculent pas les saisons, où le travail a tendance à se faire routinier dans les commissariats de quartier : menues affaires de drogue, petits truands à ne pas lâcher, quelques déchaînés à poursuivre et à tabasser, éventuellement, de manière discrète, à l'intérieur des bureaux, histoire de leur rappeler de quel côté se tient la loi. Des meurtres, ça, il en avait connu, le commissaire, mais pas du même genre que ceux qui défrayaient la chronique depuis trois mois : des meurtres accidentels, intéressés, passionnels, voire sexuels, jamais gratuits.

Mais était-il gratuit le meurtre de la première jeune fille, le 21 septembre dernier ? (« Di Rienzo Lucia, vingt et un ans, fille d'Oreste et de Moltoni Maddalena, étudiante, retrouvée la gorge ouverte à cinq heures et demie du matin sur le Lungotevere Aventino, près de la Piazza dell'Emporio. ») Était-il gratuit le meurtre de la deuxième jeune fille, au début du mois de novembre dernier ? (« Del Brocco Caterina, vingt-trois ans, fille de Mario et de Gaggiano Tilde, étudiante, retrouvée égorgée, à trois heures moins le quart du matin, le 2 novembre, Via Caio Cestio, non loin du cimetière des Anglais. ») Ils étaient nombreux à le croire, les journaux l'écrivaient sans relâche depuis trois mois : « Pas de mobile : le meurtrier tue pour son plaisir, il est insaisissable ! » Ce qu'avait répété le journaliste Merisi tout au long de son émission, le 23 décembre : « Puisqu'il prend son pied, il tuera encore ! » À croire, s'était emporté le commissaire, qu'il en voulait absolument, d'un tueur en série pour la ville de Rome ! Dans l'éditorial du journal le plus lu du pays, on avait même appris que « Rome ne connaissait pas jusqu'à présent l'angoisse du visage anonyme qui sera demain celui de notre assassin, le frisson du passant qui nous frôle et qui pourrait nous tuer, cette peur consubstantielle à la modernité que communique, par exemple, une ville comme Los Angeles ».

Était-elle gratuite cette main couchée dans la neige et arrachée à un corps dont on ignorait encore l'identité ? Affalé sur la chaise du café de Franco Rinaldi, le commissaire ne semblait pas prêter attention à la femme assise en face de lui. Pourtant, elle n'était pas du genre à passer inaperçue avec son pull-over moulant d'angora rouge.

On avait trimballé Assunta du café au kiosque, puis du kiosque au café, elle avait répondu aux deux policiers qui répétaient ses réponses pour lui poser de nouveau les mêmes questions. Elle avait été polie, patiente, parfaite. Pourquoi la gardaient-ils ? Elle n'avait pas pu ouvrir son kiosque, son mari devait roupiller encore sur le canapé et Nando... Oh, Nando, que de soucis pour elle !

Où était donc passé ce corps amputé d'une main ? s'interrogeait le commissaire en traçant des lettres sur un carnet à petits carreaux. Il avait une écriture d'écolier appliqué, ronde, grosse et lente, qu'expliquaient sa myopie précoce et son habitude de réfléchir le stylo à la main. Il avait ordonné à Casentini de reprendre depuis le début l'interrogatoire du patron, « mais à côté s'il vous plaît, pas au milieu de tout ce monde ». Il n'avait pas l'air dans son assiette l'inspecteur Casentini, ce matin ; ça n'avait pas dû lui plaire de s'arracher à sa famille, un lendemain de Noël, surtout qu'il avait bossé la veille jusque tard le soir, tandis que sa femme l'attendait chez ses beaux-parents, avec leur nourrisson dans les bras.

Quatre ou cinq personnes mal éveillées tournaient le dos au comptoir, la femme du patron suivait les gestes de chacun. C'étaient des hommes entre quarante et cinquante ans : ils avaient tous affirmé avoir entendu le cri d'Assunta à cinq heures tapantes et n'avoir pu se rendormir. La vendeuse de journaux, assise en face du commissaire, là où on lui avait dit de se tenir, remuait sur son siège.

— Faites-moi sortir tout ce monde, ordonna D'Innocenzo. Vous aussi, Madame, ajouta-t-il à l'adresse de la patronne.

Les deux policiers qui filtraient l'entrée s'approchèrent, Mme Rinaldi ne bougea pas.

— Je partirai pas ! cria-t-elle.

— La police est là : de quoi avez-vous peur ? s'impatienta le commissaire.

De quoi avait-elle peur... Il était marrant, le commissaire. De quoi a peur celui qui laisse sa marchandise sans surveillance ? La police est là, bien sûr ! pour se servir à l'occasion. Ils en étaient déjà à plusieurs croissants sans compter les cafés et les *cappuccini*. Et son mari de les encourager : « Goûtez-moi ça... »

Elle ferma la caisse et sortit à reculons, aidée par les deux policiers :

— Votre mari va revenir, il n'en a plus pour longtemps, fit le commissaire.

— Voilà que je peux dormir tranquille ! lança-t-elle du haut du trottoir.

Dans le bar silencieux, dont même les portes avaient été fermées sur ordre du commissaire, D'Innocenzo feuilletait les notes de ses collaborateurs. C'étaient les premiers témoignages, saisis sur le vif. Au loin, on entendait un brouhaha étouffé : quelques journalistes, prévenus par les habitants, essayaient de convaincre la police de les laisser passer. Assunta était gênée, dans le bar vide, seule à seul avec ce monsieur, absorbé dans son cahier, et qui ne lui posait pas de questions. Elle le connaissait, bien sûr, comme tout le monde dans le quartier depuis les deux meurtres, mais elle ne se sentait pas à l'aise. Il l'intimidait. De son ongle verni elle racla la table avant que les doigts n'attrapent le paquet de cigarettes.

— Je peux ? demanda-t-elle.

Derrière ses lunettes, le commissaire leva les yeux.

— Allez-y, répondit-il, avant de replonger dans sa lecture.

Assunta tourna la tête pour souffler la première bouffée de sa bouche, elle fit de même pour la deuxième. Le commissaire n'ayant pas remarqué sa délicatesse, elle l'oublia elle aussi. Lorsque enfin il lui adressa la parole, il la surprit en train de noyer son mégot au fond de la tasse.

— Vous avez déclaré ne pas vous être couchée cette nuit ; pourquoi ?

— C'était plus la peine, il allait faire jour, je suis partie ouvrir ma boutique.

— Il n'y a pas de journaux aujourd'hui...

— J'avais du boulot, de la paperasse...

— Vous ne pouviez pas expédier ça à la maison ?

— J'ai pas l'habitude. La maison c'est la maison, la boutique c'est la boutique.

— Votre mari s'est-il couché, lui, cette nuit ?

— Non, il s'est pas couché non plus, il a passé la nuit sur le canapé. À l'heure qu'il est, il doit y être encore.

— Votre fils était avec vous ?

Assunta hésita avant de répondre, ce qui n'échappa pas au commissaire. Et voilà qu'elle mettait plus d'entrain que nécessaire dans sa réponse :

— Mon fils n'a rien à voir là-dedans, *dottore* ! C'est un bon à rien, mais il est pas méchant pour un sou.

— Je n'en doute pas, Madame. Mais était-il oui ou non à la maison, cette nuit ?

— C'est plus un gamin, je peux pas le garder au bercail...

— Oui ou non ?

— Non.

— Où était-il ?
— Est-ce que je sais, moi ? Vous croyez qu'il me le dit où il va ? Il rentre, il sort, c'est à peine si j'arrive à le faire tenir quelques heures au kiosque.
— Il travaille avec vous ?
— Il travaille, c'est beaucoup dire... Il est censé s'occuper des relations avec les distributeurs, mais ça marche pas fort, je dois toujours passer derrière. Et puis je me méfie, je le laisse jamais seul au kiosque...
— Vous n'avez pas confiance en lui ?
— En lui oui, mais... autant que je vous le dise, *dottore*, vous le sauriez d'une manière ou d'une autre : mon fils a une copine... C'est pas vraiment une copine, mais elle est tout le temps collée à lui...
— Et alors ?
— Elle fume... du hasch à longueur de journée. Elle fait que ça, même qu'elle a laissé tomber ses études ! Mon fils, c'est un bon garçon, je le connais, *dottore*, c'est moi qui l'ai fait... Il est trop gentil, c'est cette salope... Nous ne vivons plus, mon mari et moi, depuis qu'il sort avec cette fille. Nando a changé. À vous je peux le dire, vous comprenez les choses : mon fils fume un peu lui aussi, oh ! pas autant qu'elle, Dieu merci ! un petit joint de temps en temps, quand il a le cafard, ça va pas chercher loin. Mais depuis quelque temps il n'est plus le même... Avant, il nous parlait, il allait chez sa sœur, il jouait avec ses petites nièces. Depuis qu'il sort avec cette garce, on le reconnaît plus ! Il est toujours fourré chez elle, une fille qui à son âge vit déjà comme une femme ! Et où est-ce qu'ils sont ses parents ? On sait pas ! Et d'où lui vient l'argent pour le loyer et pour le reste ? On sait pas ! Elle travaille pas, elle fait pas d'études, elle fait que fumer des joints du matin au soir.
— Quel âge a votre fils ?

— Il a eu vingt et un ans le 8 décembre.
— Il fait des études ?
— Des études ? Mais puisque je vous dis qu'il travaille au kiosque ! Il a eu son bac de comptabilité l'année dernière. Il a suivi pendant trois ans des cours du soir dans une école privée, ça nous a coûté la peau des fesses, mais il l'a eu, à la fin, son bac !
— Comment s'appelle sa copine ?
— Un nom bizarre, Patricia je sais plus comment... Un nom étranger, en tout cas, je l'ai entendu de la bouche de mon fils parce qu'elle s'est jamais présentée...
— Quel âge a-t-elle ?
— Seize ans.
— Vous connaissez son adresse ?
— Si je la connais ? Bien sûr que je la connais ! Même que j'y suis allée deux fois repêcher Nando, qui avait découché sans prévenir. La deuxième fois, c'était il y a quinze jours : mon fils n'était pas là, j'en ai profité pour avoir une petite explication avec elle. Je voulais la convaincre de lâcher un peu mon fils, c'est pas pour elle... Figurez-vous qu'elle était couchée, à quatre heures de l'après-midi ! Je lui ai filé de l'argent, j'avais sur moi deux cent mille lires. C'est pas de refus, qu'elle a dit, la salope, puis elle a continué à voir Nando pareil qu'avant.
— Son adresse...
— Elle habite pas loin d'ici, Via Mastro Giorgio, au numéro 10, mais vous pouvez entrer aussi par la Via Ginori, au numéro 32, c'est le même bâtiment ; vous entrez dans la grande cour, vous prenez à gauche, c'est l'escalier B, vous descendez trois ou quatre marches, vous sonnez à droite ; à gauche, c'est l'entrepôt du marchand de vin.
— Une dernière question : votre fils a passé Noël en famille ?

— Évidemment.

— À quelle heure a-t-il quitté la maison ?

— Il n'était pas dix heures lorsqu'il est parti, nous venions juste de dîner.

— Il était seul ?

— *Dottore*, fit Assunta les yeux mouillés, il y a une chose que j'ai pas dite à l'agent, tout à l'heure.

— Quelle chose ?

— C'est mon mari qui a foutu mon fils à la porte, hier soir. Ils se sont engueulés, ils en sont venus aux mains. Vous vous rendez compte ? Père et fils qui se cognent le jour de Noël ! Ils veulent ma peau, je vous le jure ! C'est les voisins qui ont dû les séparer, moi, j'y arrivais pas toute seule ! Ils se sont roulés par terre, sur le palier, comme des bêtes ! Et elle, au fond du lit, elle ricanait comme une malade...

— Elle ?

— Ça aussi je l'ai pas dit : elle était à la maison, hier.

— La petite amie de votre fils ?

— C'est pas sa petite amie ! C'est une fille qui couche avec tout le monde et passe les journées au lit à s'enfumer la cervelle ! Nous, on n'en voulait pas chez nous, on avait même interdit à Nando de l'emmener... Mais ils sont venus tous les deux pour le repas de Noël... Alors, que faire ? Elle, on l'avait pas invitée, je vous le jure... Il y avait les deux petites de ma fille Fiorella, dix et douze ans qu'elles ont, je voulais pas de pourriture à la maison : nous sommes des travailleurs, des gens honnêtes... Mon fils a dit que c'était tous les deux ou personne, alors qu'est-ce que je pouvais faire ?

— Que s'est-il passé ?

— Ils sont restés vautrés sur le canapé tout l'après-midi, elle a pas arrêté de fumer, elle s'est pas gênée !

Ça sentait le hasch jusque dans les chambres, même que ma fille a décidé de partir. Eux, ils ont dîné chez nous, vous parlez d'un dîner ! Mon mari tout seul dans la cuisine, qui voulait pas manger à la même table qu'eux, et moi qui me rongeais les sangs... Cette fille n'a peur de rien, je vous le dis, *dottore* ! Après le dîner, ils se sont enfermés dans la chambre de mon fils, et c'est là que c'est arrivé...

— Qu'est-ce qui est arrivé ?
— C'est pas facile à dire, *dottore*...
— Allons, Madame...

D'Innocenzo cachait mal son agacement. Un agent entra à cet instant pour informer le chef que le médecin légiste avait terminé son travail, le substitut Lauretti était encore sur les lieux. La main venait de partir à l'Institut médico-légal.

— Le Dr Lamberti voudrait vous voir...
— Faites-le entrer, et amenez-moi la patronne, qu'elle nous prépare des cafés...

La porte de l'arrière-boutique s'ouvrit en même temps, Franco entra suivi du policier.

— Je parlerai pas devant tout ce monde ! s'écria Assunta.
— Vous préférez peut-être passer la journée au commissariat ? menaça D'Innocenzo.

Le Dr Lamberti entra, le visage maigre et pâle, il avait passé une mauvaise nuit.

— Bonjour, Lino, dit-il au commissaire. Tu parles d'un Noël !
— Bois quelque chose, l'invita D'Innocenzo en lui serrant la main. (Ils se connaissaient depuis vingt ans.) J'en ai presque fini avec Madame.

Puis s'adressant à la vendeuse de journaux :
— Et maintenant, finissons-en : dites-moi les choses sans détour, si vous tenez à passer la soirée avec votre mari.

— Il y a eu ce bruit..., commença Assunta d'une voix si menue que le commissaire fut obligé de se pencher.
— Quel bruit ?
— Le bruit du sommier métallique...
— Je vois...
— Et c'est pas tout, il y a eu aussi les gémissements... Ils étaient tout bonnement en train de s'envoyer en l'air à deux mètres de nous ! C'est là que mon mari a vu rouge : il est entré dans la chambre, a pris son fils par les cheveux, l'a traîné jusqu'à la porte. Tout nu comme un ver !

Derrière le comptoir Franco regardait Assunta. Sa femme, qui n'était pas dupe, lui enfonça un coude dans l'estomac.

— Ils se sont battus d'abord dans le couloir, puis mon mari a ouvert la porte. Il voulait jeter son fils dehors. Comme Nando lui tenait tête, c'est plus un gamin vous comprenez, ils ont rappliqué sur le palier. Au début, je voulais pas crier, j'avais honte à cause des voisins, mais quand ils ont commencé à se rouler par terre, j'ai eu peur, les escaliers sont raides, alors j'ai crié au secours. Pendant tout ce temps, la garce n'a pas bougé du lit, elle continuait à fumer ses saloperies comme si de rien n'était. Puis mon fils est venu la chercher, lui a dit de se rhabiller, qu'ils allaient débarrasser le plancher.

— D'après vous, Madame, votre fils a passé la nuit chez son amie ?
— Évidemment, il allait pas coucher sous les ponts !
— Et son amie, Patricia, habite-t-elle seule à l'adresse que vous m'avez indiquée ?
— Seule, oui ! C'est-à-dire sans ses parents... Elle

partage l'appartement avec une copine, une fille bien celle-là, une étudiante qui travaille le soir au cinéma de la Via Amerigo Vespucci. Elle est pas là, en ce moment, elle est partie à Sorrente pour les fêtes, dans sa famille.

DIMANCHE 26 DÉCEMBRE, MATINÉE

Il prit Casentini avec lui. Il avait prévenu le Dr Caciolli qui passait les fêtes en famille, dans sa villa de Gaeta ; le *vicequestore* regagnerait Rome en début d'après-midi et rejoindrait le substitut dans son bureau.

D'Innocenzo connaissait bien ces cours et courettes de Testaccio où demeurait intact l'écho du *popolo romano*, en dépit des nouveaux venus et de la transmutation récente de la population suite à l'augmentation du prix du mètre carré habitable. Ainsi, il n'était pas surpris de voir, dans la cour principale, toutes les fenêtres grandes ouvertes, malgré la rigueur de l'air, du premier jusqu'au cinquième et dernier étage. Plus d'une personne était habillée pour sortir, une vieille dame, au rez-de-chaussée, enfilait son manteau devant la fenêtre, elle était coiffée d'un grand foulard de dentelle noir. Le commissaire donna l'ordre de bloquer les deux entrées du bâtiment et d'empêcher les journalistes de pénétrer dans l'immeuble. La vieille dame engagea le dialogue avec la police depuis sa fenêtre, elle devait se rendre à la messe, elle attendait des invités, n'allait-on pas gâcher son dimanche ?

La neige ne tombait plus depuis des heures, la température continuait à descendre au-dessous de zéro.

Dans la cour, les quelques plantes vertes qui n'avaient jamais réussi à égayer la désolation des encombrements variés, avaient gelé dans leurs pots de fortune. La ville s'accommodait mal du climat glacial. Deux agents en tenue suivaient le commissaire, qui bloquèrent l'accès du bâtiment B lorsque D'Innocenzo et son inspecteur descendirent les marches menant au logement de la petite amie du fils de la vendeuse de journaux. La vieille dame en dentelle sortit sur le palier pour tenter la causette avec le commissaire. Au sous-sol, sur la porte de droite, deux cartes postales, fixées avec des punaises, annonçaient l'appartement de Patricia Kopf et Roberta Troisi. Sur la première, le nom de la colocataire de Patricia était marqué au feutre rouge sur la casquette d'une fille embrassant un marin. La deuxième carte représentait une fille aux cheveux très noirs, coupe carrée, courte frange arrêtée net au milieu du front. À bien la regarder, d'ailleurs, ce n'était pas une carte postale, mais une photo, la photo de Patricia elle-même ? D'Innocenzo la détacha, la glissa dans sa poche.

Ils sonnèrent. Personne ne répondit. Le commissaire intima l'ordre d'ouvrir. Toujours pas de réponse. Casentini commença à manier la serrure d'un bout de fil de fer sorti d'on ne sait où. La porte n'était ni blindée ni fermée à clé, l'ouverture se fit en douceur.

— Elle doit dormir, chuchota l'inspecteur. Espérons qu'elle ne se mettra pas à couiner...

C'était un deux-pièces sombre, la cuisine ouvrait sur le séjour dans un désordre de vaisselle sale et de cendriers non vidés. Une odeur de fruits pourris planait dans la pièce se mêlant à celle du sac-poubelle non refermé. La salle de bains, restée grande ouverte, présentait l'attrait d'un carrelage rose et d'un lavabo aux robinets dorés ; on avait vue sur le W.-C. depuis la porte d'entrée. Il n'y avait qu'une chambre, les deux filles devaient la partager. Tissu maculé, couleur douteuse, mélange de beige et de gris visqueux, un canapé trônait au milieu du salon.

La chambre donnait sur le séjour, la porte en était fermée. Sûr qu'il y avait quelqu'un, D'Innocenzo fit signe à l'inspecteur d'éviter le moindre bruit. Ils visitèrent ainsi l'appartement en silence, qui ne révéla rien d'autre que les marques d'une vie jeune, peu soucieuse du ménage. Ils pénétrèrent ensuite dans la chambre, plongée dans l'obscurité ; ils ne situèrent le lit qu'au bout de plusieurs secondes.

Monticule au milieu du lit, petite bosse au-dessous des draps, celle ou celui qui dormait n'avait rien entendu car aucun mouvement ne vint déranger la courtepointe. Le commissaire laissa la porte ouverte, l'odeur froide du hasch alla rejoindre celle des fruits pourris. Il approcha de la veilleuse pour l'allumer, et redoutant un hurlement, se prépara à maîtriser les effets de la surprise. Lorsque la pâleur d'une ampoule de 25 W vint éclairer l'oreiller, le visage de la jeune fille apparut, le regard accroché au coin le plus poisseux du plafond.

La lumière de la veilleuse montra d'abord à Casentini la tête du patron, mais lorsqu'il posa les yeux sur le lit, il s'en trouva mal et manqua s'écrouler sur la chaise encombrée d'habits. D'un geste, le commissaire venait de tirer les draps et la courtepointe, le corps fut livré au regard de l'inspecteur qui s'appuya à la barre du lit.

D'Innocenzo fronça les sourcils. Ils étaient comme ça, ces grands gaillards, sans peur à la poursuite de délinquants, sans couilles devant une mignonne accommodée en tranches. Il fallait convenir qu'elle n'était pas belle à voir, la demoiselle. Que ferait l'inspecteur principal, Mlle De Luca, devant un individu de son sexe ainsi présenté ? De rage, il parvint à maîtriser un haut-le-cœur et brusqua l'inspecteur qui allait choir sur la chaise.

— Ne touche à rien, enfile tes gants !

— Patron, se ressaisit Casentini, on n'a jamais vu ça...

Mais le commissaire ne l'écoutait pas, il mâchait des mots tout près du corps :

— Il s'emballe, le fumier...

Ça lui arrivait souvent, au patron, d'apostropher les criminels comme s'ils se tenaient debout, devant lui. Casentini y était habitué. Néanmoins, cette fois, les mots semblaient interpeller quelqu'un de bien réel dont la présence remplissait la pièce.

— Ça te suffit plus d'égorger l'agneau, faut que tu nous le prépares en sauce...

C'était tout à fait ça, le patron. Il pouvait sortir de ces mots à épater la vendeuse de la place du marché, et la minute suivante retrouver ce langage affecté qui lui avait valu le surnom de « Professeur » très tôt dans sa carrière. Avec ses lunettes en écaille à la monture démodée et ses costumes gris, le surnom avait épousé le personnage depuis trois décennies.

— Essaie de rattraper Lamberti, ordonna le commissaire, je vais appeler le juge Lauretti sur mon portable. Et surtout, tiens ta langue !

Casentini quitta l'appartement sans regret. Il faillit appeler sa femme, le petit avait passé une mauvaise nuit, il semblait épuisé, son visage avait perdu ses couleurs. La fièvre avait baissé grâce aux médicaments, mais les vomissements continuaient, et la diarrhée aussi. Le pédiatre avait dit au téléphone de supprimer le lait, de lui donner à boire de l'eau sucrée, qu'il passerait le voir en fin de matinée. Il avait envie de rentrer à la maison, sa femme était à bout de forces, lui-même n'avait pas fermé l'œil de la nuit. Il demanderait à Genovese de le couvrir, le patron était intraitable depuis les meurtres, il n'allait pas le contrarier avec ses problèmes. Arrivé à la place du marché, il vit démarrer la voiture du substitut ; le médecin légiste discutait avec un jeune homme de l'Institut médico-légal. Juste au moment où il s'approchait pour passer le message du patron, il sentit de grosses gouttes de sueur perler sur son front, revit le lit ensanglanté et se mit à gerber à même le trottoir.

Resté seul, le commissaire laissa son visage se défaire. Toute une rage ancienne brouilla ses traits un instant et fit ressortir un strabisme d'habitude assez léger. Il ne savait pas ce qui lui retournait à ce point les entrailles : si c'était la vue d'une telle folie meurtrière ou bien la preuve, désormais irréfutable, que l'auteur de telles horreurs ne pouvait être qu'un malade. Un tueur en série. Il écarta encore plus draps et couverture en entourant sa main d'un mouchoir. Le corps, si on pouvait encore l'appeler ainsi, était recroquevillé du côté opposé à la fenêtre, les rideaux tirés. Il éclaira la pièce, procéda à l'examen de la victime. La tête penchait en arrière sur l'oreiller, la trachée n'avait pu être complètement coupée ; les bras étaient amputés au niveau du coude, les jambes à celui du genou, le tout arrangé de manière à respecter la place revenant à chaque partie, les membres sectionnés posés les uns à côté des autres comme ceux d'une poupée disloquée. Le dépeçage avait été exécuté maladroitement, en ignorant les notions les plus élémentaires de l'anatomie humaine, trop haut ou trop bas par rapport aux articulations ; le meurtrier avait dû rencontrer quelques difficultés dans sa besogne, ça se voyait surtout au niveau du cou. Mais il n'avait pas manqué de temps et ne redoutait pas d'être surpris.

Les pieds n'ayant pu être complètement coupés, la peau des chevilles était passablement abîmée. Une main gisait à côté du poignet gauche, l'autre manquait. À l'heure actuelle, elle devait patienter dans un sachet, sur le chemin de l'Institut médico-légal. Il faudrait procéder aux vérifications d'usage, mais il semblait évident que la main disparue était celle retrouvée dans la neige.

Les draps et le matelas étaient rigides, imbibés de sang coagulé ; il y en avait, toutefois, beaucoup moins qu'aurait laissé imaginer l'étalage d'une telle charcuterie. La jeune fille avait dû mourir par rupture des jugulaires comme les deux autres ; c'était à le lui souhaiter, et aussi que cela fût court ou qu'elle fût défoncée au moment où le meurtrier avait pénétré dans sa chambre. Mais peut-être s'y trouvait-il déjà ? Patricia connaissait-elle son assassin ? Les deux autres victimes le connaissaient-elles aussi ?

La mise en scène du corps en morceaux sous les draps laissait planer des doutes, et les doutes, le commissaire ne les aimait pas, ça lui faisait comme un bout d'arête dans la gorge. Le corps avait été découpé en morceaux après la mort. Aucune trace de souffrance sur le visage, juste une moue due plutôt à l'emballement des muscles qu'à un sentiment réel. Pas de signes de rébellion non plus comme de quelqu'un qui se serait battu avant de se rendre : non, la dénommée Patricia Kopf avait été dépecée *post mortem* en toute tranquillité. Mais quel plaisir un homme pouvait-il tirer d'une telle cochonnaille froide ? Était-il vraisemblable que quelqu'un prenne son pied à découper un cadavre comme s'il s'agissait d'une viande congelée ? Dans le domaine du plaisir, le commissaire D'Innocenzo se reconnaissait de nombreuses lacunes.

La jeune fille n'était pas complètement nue, on lui avait laissé son débardeur. Une culotte était posée sur un tas d'autres vêtements amassés sur la chaise, elle avait pu aussi bien l'enlever toute seule. Ainsi que les deux précédentes victimes, Patricia Kopf ne semblait pas avoir été violée ; ce serait au Dr Lamberti de le vérifier. Dans ce nouveau jeu du dépeçage, ni le sexe ni les seins n'avaient été touchés, ce qui semblait curieux même à quelqu'un d'aussi peu expert en perversités que le commissaire. Il voyait mal un obsédé sexuel déraper dans des actes aussi sanglants sans assouvir une libido malsaine. Assassiner des jeunes filles sans en jouir, ça collait mal avec l'hypothèse du tueur en série. Et la jouissance d'un tel dérangé pouvait-elle se passer de la souffrance de ses victimes ? Il ne pouvait pas croire qu'un malade pareil se satisfasse de leur enlever la vie sans se régaler en le leur faisant savoir. Or, les deux premières victimes, et fort probablement la troisième, étaient mortes sur le coup sans avoir été violées : leur gorge avait été tranchée net par un couteau électrique à piles, de ceux qu'on utilise pour couper les denrées congelées.

Cette « arme », facile à emporter, était relativement peu commercialisée, au point que les recherches menées dans les magasins de Rome pour repérer les vendeurs d'un tel article avaient duré une semaine et s'étaient révélées inutiles. La police avait retenu une dizaine de noms, mais toutes les personnes interpellées possédaient encore leur couteau, qu'elles n'avaient pas hésité à montrer, bien évidemment ; elles avaient aussi un bon alibi pour le jour du crime. Aucune, d'ailleurs, n'habitait ni ne fréquentait le quartier de Testaccio, aucune ne connaissait les victimes ni n'avait eu la moindre occasion de les apercevoir.

Un bruit sourd grandissant vint arracher le commissaire à ses réflexions. Casentini n'avait pas réussi à passer inaperçu. La vague sonore avançait et reculait au rythme des ordres intimés par les agents. Il n'avait pris aucune note, il n'avait pas ouvert la fenêtre, de peur d'attirer les voisins aux vitres. Il écarta un rideau aux couleurs tapageuses et découvrit une courette encombrée par le bric-à-brac immonde qui tombe des immeubles. Il repéra un bout de pizza racornie, quantité de pinces à linge et, image solitaire se détachant du chaos, un string en dentelle bleu ciel.

Il s'éloigna de la vitre en entendant le Dr Lamberti pénétrer dans l'appartement avec les hommes de l'Identité judiciaire, suivis de Casentini et de Genovese. Le laboratoire aurait du travail avant que l'année ne se termine. Le médecin légiste commença à vaporiser sur l'oreiller la substance qui réagit aux protéines ; sous le rayonnement de la lampe laser, la fluorescence des protéines révélerait la présence de fluides corporels, puis l'oreiller, ainsi que tous les échantillons jugés utiles pour l'enquête, partiraient au labo pour l'analyse de l'ADN. La recherche durerait des jours.

Le Dr Lamberti échangea avec le commissaire un regard résigné qui contenait plusieurs messages à la fois. Il était entendu qu'il procéderait à l'autopsie, le substitut signerait l'autorisation, pas besoin de rester collé à lui, il ne laisserait rien passer. Il fallait, en revanche, justifier son absence à la maison, et c'était raté pour les restes de Noël. Le Dr Lamberti répondait de ses agissements devant une famille nombreuse. Ce n'était pas comme le commissaire qui n'avait même pas besoin d'appeler sa femme, habituée depuis longtemps à ne plus l'attendre.

DIMANCHE 26 DÉCEMBRE, MIDI

— C'est plus la peine, Mademoiselle, dit le commissaire à la jeune femme qui se tenait debout devant son bureau.

Il voulait établir d'emblée la juste distance avec elle et la considérer du haut de son grade, de son âge et de son expérience. L'inspecteur principal Mariella De Luca ne faisait pas ses trente-trois ans, et ne correspondait pas non plus à l'image qui circulait d'elle dans la police. Elle le regarda droit dans les yeux sans cligner des paupières. Il faisait froid dans la pièce, malgré le chauffage d'appoint mis en place par Genovese. Le commissaire, qui avait quitté son pardessus, faillit le reprendre.

— J'insiste, si je peux me permettre, répondit la jeune femme.

Elle s'était d'abord rendue à S. Vitale, dans les bureaux de la *questura* : on lui avait dit que le commissaire D'Innocenzo passerait la journée au commissariat de Trastevere. Elle était arrivée sur place, aux alentours de midi, dans une Punto noire. L'agent de garde avait souri lorsqu'elle s'était garée en face du commissariat, Via S. Francesco a Ripa, où D'Innocenzo avait établi son quartier général. Le commissaire Morano, qui dirigeait Trastevere, était un ami de longue date : il avait insisté pour qu'il s'installe chez lui, dans son bureau, chaque fois que l'exigerait l'enquête.

Blouson de cuir noir, doublé de fausse fourrure, col fermé, jeans droit sur chaussures anglaises, elle avait quitté L'Aquila le matin de bonne heure, le *vicequestore* lui ayant téléphoné aussitôt reçue la nouvelle du troisième meurtre. L'habillement de la conductrice étant celui de n'importe quelle fille du quartier, l'agent de garde la pria de déplacer sa voiture.

— C'est une habitude, une manie si vous voulez, continua-t-elle, j'ai besoin de voir plusieurs fois le lieu du crime quand je suis sur une enquête, même s'il n'y a plus de victime, même s'il n'y a plus rien à voir.

Elle était polie, franche, modeste, mais son regard ne tremblait pas. Il était de mauvaise humeur, il avait faim et ce commissariat qu'il avait autrefois dirigé lui encombrait la cervelle.

— Allons-y, dit-il brusquement. Nous nous arrêterons en face pour manger quelque chose.

En face, le café était fermé pour cause de festivité, et dans le Viale Trastevere, le bar le plus proche était l'un de ceux qu'il détestait.

— Venez, dit alors le commissaire, en se livrant à l'une de ces envies subites qui ressemblaient chez lui à des entêtements. Nous allons déjeuner comme il faut, nous ferons connaissance. L'appartement qui vous intéresse n'aura pas moins de secrets l'estomac plein que l'estomac vide.

Ils traversèrent la place, lui marchant rapidement, elle accélérant pour garder le rythme. Sur le pont Sublicio, jamais l'air n'avait été aussi rempli de silence ni les arbres du quai aussi fondus dans le ciel. La neige enveloppait Rome sans faux plis ni déchirures, empaquetage réussi d'une ville. Même le fleuve se retrouvait pris dans cette blancheur. Il aurait pu lui montrer quelques repères du quartier : derrière eux la longue façade du S. Michele ; là-haut, sur l'Aventino, les églises de S. Sabina, S. Alessio, S. Anselmo, et la villa du Prieuré de Malte avec le trou de serrure qui fait rêver les touristes lorsqu'ils découvrent au loin la coupole de Saint-Pierre en miniature. Mais il n'en était pas question, ils n'étaient pas là pour la visite, cette femme n'était pas une touriste en voyage dans la Ville éternelle mais un inspecteur de police venu enquêter sur trois meurtres barbares. Un inspecteur qui n'avait pas hésité jadis à placer une balle dans le cœur d'un homme.

Ils franchirent la Piazza dell'Emporio, parcoururent la Via Marmorata au trafic peu intense en ce dimanche de la Saint-Étienne, malgré les événements du matin et les barrages de police. Mais l'heure était au déjeuner de fête, et les familles réunies autour des restes de Noël avaient eu en prime un nouveau fait divers à commenter pendant le repas. Le commissaire s'engagea dans la Via Bodoni, traversa sans ciller la Via Mastro Giorgio, puis la Via Ginori ; au moment de tourner à droite, dans la Via Ghiberti, Mlle De Luca, jusqu'alors silencieuse, dit :

— Nous y sommes...

L'inspecteur principal restait donc en éveil, connaissait l'adresse, savait lire les noms des rues : en principe, c'était un bon point. Mais le commissaire ne se sentait pas de bonnes dispositions envers la jeune femme : était-ce à cause de cette balle précipitée qui avait fait sa réputation ? Elle était dans la police depuis huit ans, combien de fois s'était-elle servie de son arme ? Il n'aimait pas les cow-boys, il n'était pas entré dans la police pour conquérir l'Ouest, comment pouvait-il aimer les cow-girls ? Les femmes sont de redoutables tireurs, pensa-t-il, debout comme couchées. Il fit un grognement d'approbation, mais garda envers elle un reste d'hostilité, préalable d'ailleurs, chez lui, à toute nouvelle rencontre. S'il n'y prenait pas garde, ses réserves risquaient de s'effriter par excès de contact. La misère des gens était contagieuse. Et le mensonge, un virus qu'on attrape dès le plus jeune âge pour le garder le reste de sa vie.

 Le commissaire D'Innocenzo était obsédé par le mensonge ainsi que par la bonne conscience des menteurs, ceux qui le connaissaient l'avaient compris à leurs frais. Convaincu que les individus mentent aussi souvent que possible, autant par intérêt que par jeu ou par bêtise, il croyait néanmoins qu'ils ne pouvaient pas mentir tout le temps. Alors il restait à l'affût, et pendant les auditions de témoins, il guettait la fatigue, la faille, ses questions s'acharnaient à démonter, à déplacer, à recomposer les mots pour en extraire la moindre goutte de vérité. Et tout cela dans l'urgence, sans juges ni avocats. Puisque les paroles des témoins n'avaient de valeur que si la loi les validait par son représentant, il fallait agir vite avec les mots, les arracher, les fouiller jusqu'à en retirer ne fût-ce que le bout d'un bout d'une preuve. Car la vérité, il y croyait dur comme fer, le commissaire, et toutes les déceptions du service, tous les doutes, la rage et l'impuissance cumulés au fil des années ne l'y avaient qu'encore plus accroché. Un mât rongé, usé, râpé, la vérité, mais le seul qui le tînt.

 Le dernier numéro de la Via Florio, juste avant le quai, correspondait à une porte rouge grenat au chambranle doré, qui s'ouvrait sur une deuxième porte vitrée conduisant à une salle passablement obscure. Au-dessus de la première porte, l'enseigne « *Da Mario* » annonçait le restaurant que montraient mieux par beau temps les tables et les chaises étalées à même le trottoir, jusqu'au Lungotevere Testaccio. On y mangeait simplement mais bien, et de plus en plus cher depuis qu'un guide étranger fameux l'avait signalé. Mario, qui ne s'appelait pas Mario, bien que tout le monde connût le patron par le prénom affiché à l'entrée, faisait lui-même la cuisine, sa femme, sa sœur et ses trois filles s'activant autour des tables pour servir les clients ; sa mère était à la caisse depuis plus de vingt-cinq ans. Mario, qui avait passé récemment la quarantaine, s'appelait en réalité Oreste, ce que tout le monde s'empressait d'oublier. Il était aux fourneaux depuis l'âge de dix-huit ans et avait repris la direction des affaires à la mort de son père, dont le prénom expliquait l'enseigne.

Le vrai Mario était mort d'un infarctus, une dizaine d'années auparavant, un jour de canicule du mois d'août. Le commissaire s'en souvenait encore. Il était attablé à la terrasse avec son fils, Giuliano, lorsqu'il avait entendu les cris à l'intérieur. Il venait tout juste d'être nommé à la Brigade criminelle et quittait donc le commissariat de Trastevere où il avait travaillé pendant douze ans. Mais il ne quittait pas le quartier où il s'était installé avec sa femme, Via Santini, près de la Piazza S. Cosimato, vers le milieu des années soixante. Depuis, par amour des habitudes plutôt que par attachement aux souvenirs, il mangeait chez Mario aussi souvent que possible et payait, toutes proportions gardées, le même prix que dix ans plus tôt. C'était à peine s'il semblait s'en apercevoir, mais il laissait toujours un bon pourboire aux filles du patron, qu'il avait vues grandir. Elles étaient plus jeunes que son propre fils, mais elles jouaient avec lui, du temps où il venait encore chez Mario dîner en famille. Depuis bien des années, elles avaient perdu l'habitude de lui demander des nouvelles de Giuliano.

La famille du patron était attablée au fond de la salle, il ne semblait pas y avoir de clients. D'Innocenzo salua, demanda si le restaurant était ouvert ; il n'y était jamais venu pendant les fêtes. Non, ce n'était pas ouvert, répondit le patron, mais il y avait toujours une table pour le commissaire. L'ayant reconnu, Mario s'était levé pour aller à sa rencontre.

— Entrez, *dottore* D'Innocenzo, notre porte n'est jamais fermée pour les amis.

Puis, s'apercevant qu'une inconnue l'accompagnait, il ajouta :

— Soyez la bienvenue, Mademoiselle.

D'Innocenzo se vit obligé de refuser l'invitation à s'attabler avec la famille du patron, puis insista pour être placé aussi loin que possible, dans un coin, près de la porte. Finalement, il chuchota à l'oreille de Mario :

— Nous sommes en service, Mademoiselle est inspecteur principal.

Comme si cette révélation le libérait d'un poids, le patron annonça d'un air préoccupé :

— Ça tombe bien, *dottore*, j'ai quelque chose d'important à vous dire.

— Dites donc, l'encouragea D'Innocenzo.

Mlle De Luca afficha un air distrait, mais il devina qu'elle ne négligerait pas une once de ce qui allait être dit. Sauf que rien ne fut dit car le patron changea de ton :

— Tout à l'heure, rien ne presse.

Sa voix se voulut enjouée :

— J'ai des *cannelloni* à réveiller les morts !

Gêné par ses propres mots, il précisa :

— Je vous parlerai après le repas, nous prendrons le café ensemble, si vous le voulez bien.

Il choisit le meilleur vin de la carte, après tout c'était le lendemain de Noël, et puis le patron ne lui ferait pas payer la bouteille au prix affiché. L'inspecteur principal apprécia, le commissaire lui servit un deuxième verre. Jamais il n'appellerait cette jeune femme de son prénom ainsi qu'il en avait l'habitude avec ses subordonnés. Il ne dirait pas Mariella, comme il disait Franco à Genovese ou Peppe à Casentini. Elle resterait pour lui Mlle De Luca, inspecteur principal d'un commissariat de L'Aquila, actuellement sous ses ordres dans l'enquête sur les meurtres de Testaccio. Et ce sera tout aussi bien, se dit-il, le vouvoiement est une forme de politesse à ne jamais abandonner avec les femmes. Ça force le respect et évite bien des ennuis.

— Que pensez-vous qu'il va nous dire ? demanda Mlle De Luca.

Il ne savait pas, le commissaire. Mais il saisit l'occasion pour résumer à l'inspecteur principal les événements du matin et lui présenter le tableau de l'enquête. L'affaire de Testaccio se déroula, ainsi, dans le restaurant vide, faisant sortir de l'ombre ses protagonistes et ses comparses, tous passibles d'un renversement des rôles, au fur et à mesure qu'avançait le récit. Le commissaire n'oublia ni les coins obscurs, ni les rares lumières du paysage, ni la trame encore mal explorée des derniers témoignages. Défilèrent ainsi Assunta et son kiosque à journaux, son fils Nando, petit ami de Patricia Kopf, le patron du café de la place du marché, les employés du cinéma de la Via Amerigo Vespucci, où la première victime travaillait comme caissière, et les quelques habitants du numéro 32 de la Via Mastro Giorgio pouvant témoigner de l'heure à laquelle ils avaient vu Mlle Kopf pour la dernière fois, le soir de Noël.

Le patron interrompit la conversation en apportant lui-même les plats de *cannelloni*. Le commissaire avait faim, il était deux heures passées, il n'avait rien avalé depuis la veille. L'inspecteur principal apprécia les *cannelloni* ainsi que les pommes de terre au four avec ail et romarin à souhait qui accompagnaient le rôti de veau. À la fin du repas, le commissaire abandonna dans l'assiette sa part de tarte à la *ricotta*. Mlle De Luca termina la sienne.

« Elle n'est pas la petite nature que laisserait croire sa taille, pensa-t-il, elle est jeune, c'est fou ce que l'on peut ingurgiter à cet âge. » Autrefois, son fils Giuliano, une heure après le dîner, remettait ça devant la télé : il pouvait avaler jusqu'à trois sandwichs avant de se coucher !

Mlle De Luca ramena la conversation sur l'affaire de Testaccio qui, avoua-t-elle, l'avait passionnée dès le premier meurtre. Le commissaire finit par se demander si elle n'avait pas fait les démarches elle-même auprès du Dr Caciolli pour être détachée à Rome et travailler sur l'enquête. À force d'y réfléchir, rien ne lui semblait mieux expliquer le choix du *vice-questore*. C'était une évidence. Mlle De Luca était ambitieuse, il ne fallait pas oublier qu'elle avait été la coqueluche des journaux au moment de l'affaire du Parc des Abruzzes. Depuis cette affaire, avait-elle fait autre chose que s'enliser dans la routine d'un petit commissariat de L'Aquila ? Les meurtres de Testaccio lui offraient l'occasion d'intégrer la police de la capitale et de montrer ses talents ailleurs. D'Innocenzo se méfiait, la regardant tantôt sous un jour tantôt sous un autre.

Le café arriva accompagné d'une bouteille de grappa à laquelle personne ne toucha excepté le patron. Quelques mots furent échangés sur le train des affaires, sur la diminution de la clientèle depuis que la peur avait éloigné les Romains de Testaccio (mais la curiosité ne les y avait-elle pas attirés aussi ?) et sur L'Aquila où le patron avait de la famille (une vieille tante qui habitait, en réalité, à vingt kilomètres de la ville et ne quittait jamais son village). La voix de Kurt Cobain expectora rageusement au-dessus de leurs têtes :

I hate myself and want to die !

Les filles du patron venaient de regagner leurs chambres, dans l'appartement à l'étage, après avoir débarrassé la table.

— Vous avez fermé aussi le jour de Noël ? demanda l'inspecteur principal.

— C'est justement ce dont je voulais vous parler, répondit Mario en s'adressant au commissaire comme si la question venait de lui. Noël et la Saint-Étienne, c'est la seule fois dans l'année où nous sommes fermés deux jours de suite. Le restaurant ouvre, par contre, à la Saint-Sylvestre et le jour de l'an : notre réveillon est de ceux qu'on n'oublie pas ! Nous avons nos habitués mais de nouveaux clients s'y ajoutent chaque année, à la dernière minute ; nous demandons, bien sûr, une réservation, ne manqua-t-il pas de préciser en se tournant vers Mlle De Luca comme si elle pouvait être concernée par l'échéance.

— Beaucoup de gens du quartier doivent s'y rendre, dit-elle.

— Pas que les gens du quartier ! rétorqua le patron. Nous avons des clients dans toute la ville, ils viennent même des environs. Nous sommes assez connus, pas vrai, *dottore* ?

— Ça ne m'étonne pas ! fit Mlle De Luca sans lésiner sur son enthousiasme. Votre cuisine est un régal ! Vous étiez donc fermé hier soir ?

— Justement, répondit Mario, je voulais vous parler d'hier soir. Nous avons dîné légèrement, ma famille et moi, j'avais mis sur la table les restes de midi, vous savez ce qu'est un déjeuner de Noël... Bref, nous n'étions que quatre, ma mère, ma sœur, ma femme et moi, les filles étaient sorties. Nous avions invité la famille pour le déjeuner, trente-cinq personnes et aucun client ! Vous parlez d'un jour de fermeture ! À neuf heures du soir, nous avions fini de dîner et nous nous apprêtions, comme convenu, à aller au cinéma, à la séance de vingt-deux heures trente. Depuis qu'il a ouvert, le cinéma de la Via Amerigo Vespucci, j'y emmène ma mère une fois par semaine, le lundi, notre jour de fermeture. Ma mère tient à cette sortie hebdomadaire, il faut dire qu'elle est tout le temps collée à sa caisse... Elle adore le cinéma, peu importe le film, elle aime tout, et si ça la barbe, elle s'endort devant l'écran. Mais jamais elle ne l'admettra ! Rien, même pas le sommeil, ne l'empêchera de raconter le film, le lendemain, à tous les clients qui voudront bien l'entendre ! C'est qu'elle connaît toujours l'histoire à l'avance. Mais je divague...

S'avisant que ni l'inspecteur principal ni le commissaire ne manifestaient des signes d'impatience, le patron continua :

— Hier soir, donc... La neige ne tombait plus depuis des heures, la température était descendue au-dessous de zéro. Redoutant le froid, ma femme et ma sœur ont commencé une partie de *briscola* dans l'espoir que ma mère se décourage et renonce à sortir. Moi aussi, j'aurais préféré garder le fauteuil, les pieds au chaud devant la télé. Ah ! me coucher de bonne heure au moins une fois dans l'année ! Mais ma mère ne l'entendait pas ainsi. Sans un mot, elle a chaussé ses bottes, enfilé son manteau de fourrure et s'est dirigée vers la porte. Quand d'une seule voix nous l'avons appelée, elle a déclaré que puisque tout le monde s'en fichait, elle irait au cinéma toute seule.

« Il faut dire qu'en ce moment ils passent ce film... vous savez, je me souviens plus du titre, pourtant je l'ai encore vu à l'affiche, hier soir ! C'est l'histoire d'une fille dont le mari est cloué à un lit d'hôpital à la suite d'un accident grave, il peut plus rien bouger, mais alors rien du tout... La fille, qui l'aime à la folie, se met alors à coucher à droite et à gauche, histoire de lui faire plaisir car c'est pas elle qui veut, c'est lui qui demande, il prend son pied à entendre ce que les hommes font à sa femme qu'il peut plus baiser... Avec votre respect, Mademoiselle ! Bref, une histoire tordue comme c'est pas permis ; à la fin, tout le monde réprouve la conduite de la fille qui finit par mourir... Quand je pense que ma mère en pleurait, hier soir... Ah ! je comprendrai jamais rien aux femmes !

— *Breaking the waves*, déclara Mlle De Luca.

— C'est tout à fait ça ! jubila Mario en reconnaissant le titre du film dans la petite bille de sons qui venait d'interrompre son monologue. Marianna avait déjà raconté l'histoire à ma mère, c'est pourquoi elle tenait absolument à voir le film.

— Il ne devait pas y avoir beaucoup de monde au cinéma, un soir de Noël... fit l'inspecteur principal.

Le commissaire gardait le silence.

— Faut pas croire ! réagit le patron. Le cinéma de la Via Amerigo Vespucci est très fréquenté, ils ont eu beaucoup de monde pendant les fêtes. Surtout des jeunes gens, ils viennent de tous les quartiers de la ville, on y passe des films qu'on voit pas ailleurs, parfois même dans la langue... comment qu'on dit ? Des films non doublés...

— En version originale, intervint Mlle De Luca.

— Voilà, c'est ça : « en l'originale »... Faut dire

que nous, ça nous semble fou ! Une fois, on a vu un film comme ça avec ma mère, « en l'originale », on a rien pigé, mais alors rien du tout ! Remarquez, c'était beau à voir, un film chinois, avec tous ces « chine-chine » et des lanternes rouges partout dans la neige. N'empêche qu'à la fin on bâillait comme c'est pas permis !

Ça causait, ça obliquait, ça tournait, ça virevoltait, parfois ça dérapait. Certes, le sujet visé n'était pas encore abordé, mais ça allait venir. Personne n'avait l'air pressé, ni Mario qui puisait dans la bouteille de grappa, non sans relancer ses hôtes à chaque tournée, ni l'inspecteur principal qui venait juste d'y goûter (« une larme, pour le plaisir »), ni le commissaire qui sommeillait dans la pénombre. L'après-midi s'étirait sur les heures, les cafés bus, et cette lumière rougeâtre qu'estompaient les voix et la digestion. D'Innocenzo guettait gestes et paroles de l'inspecteur principal. Parfois il pensait aussi à ce que pouvait bien faire sa femme au moment même où il le pensait. Et parfois un mot de son fils lui revenait comme un hoquet momentanément disparu. C'est à cause de Noël, se disait-il alors.

— Hier soir, relança l'inspecteur principal, vous étiez donc à la séance de vingt-deux heures trente...

— Exact. Et ça s'est passé à la sortie...

— Qu'est-ce qui s'est passé ?

— Ce dont je voulais vous parler. Nous étions les derniers, ma mère n'aime pas se lever tout de suite, à la fin du film, elle prend son temps, donne ses impressions à chaud... Bref, au bout de dix minutes, nous nous sommes dirigés vers la sortie ; il n'y avait plus de spectateurs dans la salle, ma mère traînait, ajustait sa fourrure... C'est à ce moment-là que nous avons entendu la dispute. Ça venait de la cabine de projection, une voix de femme, deux voix d'homme. La voix de femme, je l'ai reconnue ou plutôt je l'ai identifiée, quelques minutes plus tard, lorsque nous avons vu la fille dévaler les escaliers que nous étions en train de descendre. Ils ont dû croire que tout le monde était parti...

Mario marqua un temps d'arrêt. La voix de Cobain vint combler le silence :

> *Hate, hate your ennemies*
> *Save, save your friends*
> *Find, find your place*
> *Speak, speak the truth !*

L'inspecteur principal reconnut la musique de *In utero*, le CD était sorti en 1993 ; dans la nuit du 5 au 6 avril 1994, le chanteur des Nirvana s'était tiré une balle dans la tête.

— Connaissiez-vous cette jeune fille ? demanda-t-elle.

Le patron regarda le commissaire, se tourna vers Mlle De Luca :

— Je la connaissais un peu... Le salaud qui a fait ça...

Si toutes les lumières de la salle s'étaient allumées en même temps, et de concert celles de la cuisine, de l'escalier menant à l'étage et de celui descendant à la cave, la stupéfaction du commissaire n'aurait pas été plus violente. Le patron en prit presque peur. De ce ton neutre qui était le sien, comme en poursuivant la conversation banale du début, Mlle De Luca demanda :

— Quelle heure était-il quand vous avez vu pour la dernière fois la jeune fille retrouvée assassinée ce matin ?

— Une heure moins le quart, répondit le patron. J'ai regardé l'horloge au-dessus de la caisse.

— Racontez-nous les détails, l'encouragea Mlle De Luca.

— C'est simple, nous avons vu la jeune fille dévaler les escaliers tandis que les deux voix d'homme continuaient de se lancer des mots...

— Avez-vous reconnu les voix ?

— C'était pas difficile, l'une était celle du projectionniste, l'autre celle du copain de la fille.

— Vous connaissez l'un et l'autre ?

— Nous nous connaissons tous dans le quartier, pas vrai *dottore* ?

— Vous connaissiez aussi les deux jeunes filles assassinées les mois derniers ?

Elle l'avait dit sans changer de ton, comme si elle demandait un renseignement anodin. Le patron répondit aussitôt :

— Je les connaissais comme tout le monde, et comme la jeune fille qui vient de se faire égorger elle aussi. C'étaient des étudiantes, il y en a pas mal dans le quartier, c'est pas le genre qui fréquente notre établissement, bien sûr, elles n'ont pas les moyens... N'empêche qu'on connaît leurs visages, on les voit au marché, dans les rues, dans les immeubles où elles habitent, et surtout au cinéma...

— La fille qui a été retrouvée morte ce matin fréquentait-elle aussi le cinéma ?

— Évidemment ! Comme les deux autres ! Je les ai croisées plusieurs fois, et pour cause ! La première travaillait à la caisse et la deuxième était sa meilleure copine ; quant à la troisième, elle déchirait les billets de temps en temps. Surtout, elle fricotait avec le projectionniste.

— Je croyais qu'elle avait un copain...

— Et alors ? Elle n'en était pas à un copain près... C'est pas le genre de fille que j'aimerais voir fréquenter les miennes... Du reste, la pauvre Assunta, la mère de Nando, son copain comme vous dites, s'en est fait du mauvais sang ! Elle doit être contente maintenant... C'est pas ce que je voulais dire, c'était une fille si jeune, après tout ! Mais Assunta aurait fait n'importe quoi pour que son fils la quitte. Elle lui a même payé un voyage à Cuba, l'été dernier, histoire de lui faire changer d'air. Et vous savez ce qu'il a fait, ce vaurien ? Il est parti avec sa copine ! Deux mois sans jamais donner de nouvelles ! Même qu'Assunta voulait le porter disparu !

— Comment savez-vous que Mlle... (L'inspecteur principal sortit un carnet de sa poche, chercha le nom et lut :) « Mlle Patricia Kopf » a été assassinée ? Qui vous en a parlé et quand ?

— C'est Marianna, elle habite dans le même bâtiment que Mlle Kopf, au rez-de-chaussée.

— Marianna ?

— La meilleure copine de ma mère, celle qui lui raconte les films. Elle est toquée de cinéma et voit tous les films qui passent dans les trois salles. Faut dire qu'elle paie pas son billet, puisqu'elle y fait le ménage...

Le commissaire reconnut aussitôt Marianna dans la vieille dame en dentelle noire qui avait essayé de l'entretenir le matin même, lorsqu'il s'était rendu dans l'appartement de la victime.

— Et qu'est-ce qu'elle vous a raconté, votre Marianna ? demanda-t-il.

— Elle l'a plutôt raconté à ma mère. Elle lui a dit que ce matin les policiers ont bouclé son immeuble mais n'ont pas pu l'empêcher d'aller à la messe. Elle lui a dit aussi qu'elle en a entendu chuchoter que la pauvre fille du sous-sol avait été saignée comme les deux autres. Vous voulez pas que je termine mon récit ?

— Allez-y, répondit Mlle De Luca.

On ne pouvait pas nier qu'elle savait s'y prendre. Le commissaire l'imagina en train de canarder le tueur des Abruzzes.

— Patricia, puisque c'était elle, comme je vous le disais, a dévalé les escaliers et nous a dépassés sans daigner nous accorder un regard. Avant de quitter la dernière marche, nous l'entendions déjà traiter de tous les noms la caissière qui aidait Fabio, le deuxième projectionniste, à baisser le rideau. Ils sont toujours deux, à la fermeture, depuis les hold-up de l'année dernière.

L'inspecteur principal se tourna vers le commissaire : quels hold-up ?

— Ce n'étaient pas des hold-up, expliqua D'Innocenzo. Ce n'était qu'un gamin qui jouait au bandit, un gosse qui n'était même pas du quartier. Il a braqué deux fois les caissières du cinéma avec un pistolet en plastique. Nous l'avons bouclé, ses parents ont rendu l'argent, il a été condamné à trois mois avec sursis. Il n'a pas vingt ans, nous l'avons convoqué plusieurs fois après les meurtres, il avait toujours un alibi. Ce n'est pas lui, le tueur.

— N'empêche, fit Mario, il a terrorisé les caissières ! Et de jouer au voleur lui a quand même rapporté quelques millions !

— Un million cent cinquante mille lires, corrigea D'Innocenzo, somme que les parents ont intégralement rendue.

— Bref, continua Mario, le patron du cinéma s'est vu obligé de renforcer la présence du personnel, le soir. Il y a désormais deux jeunes gens, à la fermeture, en plus de la caissière. Les filles ont pris peur, avec ces hold-up, et comme si ça suffisait pas, le tueur en série s'y est mis aussi...

— Il n'y a pas de tueur en série, déclara le commissaire.

C'était un réflexe : il avait répété ces mots des centaines de fois, ils sortaient tout seuls de sa bouche. Mlle De Luca le regarda comme si elle avait deviné ce qui l'importunait depuis le matin. Son tête-à-tête avec la victime l'avait secoué, ses certitudes en avaient pris un coup. Il commençait à se demander s'ils n'avaient pas tous raison contre lui et s'il n'existait pas pour de bon, cet obsédé qui égorgeait les filles se frottant au cinoche.

— La fille, reprit le patron, cette pauvre Patricia, ne s'en prenait pas au projectionniste mais à Tecla, la caissière. Elle lui réclamait son fric, la traitait de gouine, la menaçait. Le projectionniste a fini par baisser le rideau tout seul tandis que Tecla essayait de la calmer. Mais Patricia ne voulait rien entendre, elle réclamait « ses foutues cinq cent mille lires ». Elle était défoncée. Quand elles nous ont vus, ma mère et moi, elles se sont tues ; alors Fabio a commencé à remonter le rideau pour nous laisser sortir. À cet instant les deux autres se sont pointés aussi et sont restés tout baba de nous trouver là, comme deux poissons dans la friture. Puis Nando, le fils d'Assunta, a poussé Patricia dehors sans saluer personne, et nous sommes partis nous aussi.

— La dispute dans la cabine entre Nando et le projectionniste, c'était à quel sujet ? demanda l'inspecteur principal.

— J'ai pas tout entendu, mais je crois bien que c'était au sujet de la fille. Oui, c'était la jalousie qui les faisait tous crier. Du reste, ils ne criaient pas tous, c'était surtout Nando et Patricia car Alberto, le projectionniste, essayait plutôt de calmer le jeu.

— Avez-vous retenu des mots ?

— Des mots, je sais pas, mais j'ai l'impression qu'ils se jouaient la scène de la jalousie.

— Et qui était le jaloux ?

— Nando, évidemment ! L'autre n'a pas le temps d'être jaloux avec toutes les filles qui lui courent après !

— Le projectionniste dans la cabine ?

— Lui-même. Ils sont rarement deux dans la cabine de projection. Il paraît qu'il s'y passe des choses... Bref, à la dernière séance il y en a toujours un qui descend pour protéger la caissière. Comme je vous l'ai dit, c'est comme ça depuis les hold-up.

— Le projectionniste de la dispute, cet Alberto...

— Y a pas grand-chose à dire sauf qu'il est beau gosse et veut faire du cinéma. En tout cas, c'est le bruit qui court car ça fait un bail qu'il est projectionniste et on a jamais vu sa gueule nulle part. Sinon ça se saurait, je vous assure ! Avec la pub que lui fait sa sœur ! Par contre, il fait des photos, ça c'est sûr. Moi, j'en ai jamais vu, mais il paraît qu'elles sont pas très catholiques.

— Des photos ?

— C'est-à-dire... Je veux éclabousser personne, chacun a le droit de faire ce qui lui plaît, si ça fait pas de mal... Après tout, ce sont des ragots de bonne femme...

— Marianna...

— Voilà...

Pour la première fois Mario regarda sa montre. Le temps passait, les filles avaient dû sortir. On n'entendait plus la musique, à l'étage, et ces dames devaient profiter de leur après-midi de relâche pour s'octroyer un petit somme.

— Et que disent ces ragots ? demanda brusquement le commissaire.

— Ils disent que le projectionniste aime mieux photographier les filles à poil qu'habillées, répondit Mario.

— Ce sont des filles majeures... lui fit remarquer D'Innocenzo.

— Majeures, bien sûr, n'empêche qu'elles sont quand même drôlement jeunes, et lui c'est un sacré salaud sous ses airs de garçon bien élevé. C'est facile de faire dérailler de petites écervelées quand on a un minois à l'*Alainne Delonne* !

Il avait prononcé « *Alainne Delonne* » en ouvrant sur les voyelles et en appuyant sur les « n ».

— *Rocco et ses frères* ? fit Mlle De Luca en esquissant un sourire.

— Eh bien, dit le commissaire, je savais que vous aimiez le cinéma, Mario, mais j'ignorais, que vous en saviez autant sur la Via Amerigo Vespucci...

— Je sais ce que tout le monde sait, *dottore*, répondit le patron mal à l'aise.

Il avait envie d'en finir, le restaurant allait rouvrir le lendemain, il n'avait pas que ça à faire.

— Et cette histoire de photos ? insista D'Innocenzo. (Il enfila deux doigts dans la poche de sa veste et toucha la photo de Patricia Kopf qu'il y avait glissée.) Pourquoi ne m'en avez-vous jamais parlé avant ?

— Avant... elle était pas morte, Patricia ! Et puis, je sais même pas si c'est vrai, toutes ces salades qu'on raconte sur les filles qui se font photographier à poil... Ça n'a rien à voir avec les meurtres...

— Qu'est-ce que vous en savez, vous ? dit le commissaire.

Et il n'avait pas l'air de rigoler.

Le patron devint blême. Il en avait assez de cette conversation, cela se devinait à sa manière de refermer la bouteille de grappa, de mettre le couvercle sur le sucrier et de renouer son tablier autour de la taille. Il n'osait toutefois ni se lever ni débarrasser. Il ne voulait surtout pas manquer de respect à ses hôtes et craignait que le commissaire ne le retînt plus longtemps. Si au moins sa femme ou sa mère se pointait dans la salle ! Si elles dormaient ou, pis, si elles étaient en train de regarder l'émission de variétés du dimanche, il pouvait toujours attendre ! Mais voilà que le commissaire se levait, et la demoiselle avec, ils allaient enfin partir... Il était temps ! Il serait bientôt quatre heures et il n'avait même pas sorti du congélateur l'agneau prévu au menu pour le lendemain.

Le commissaire insista pour régler la note, Mario réussit néanmoins à leur offrir le vin. Il avait le pressentiment qu'il n'avait pas fini de les voir, ces deux-là.

— Vous n'oubliez rien à propos d'hier soir ? demanda Mlle De Luca sur le pas de la porte.

Et comme s'il s'agissait de ne pas la décevoir, bien qu'il n'eût rien à ajouter, le patron répondit :

— Le bel Alberto, le projectionniste dans la cabine, c'est le frère de Tecla, la caissière. Mais ça, le commissaire le sait.

DIMANCHE 26 DÉCEMBRE, APRÈS-MIDI

— On passe au cinéma ? demanda Mlle De Luca.

Ils avaient quitté le restaurant depuis deux minutes et cinquante-trois secondes, ils marchaient en regardant où ils mettaient les pieds. La neige s'enroulait salement le long des murs, sur le bas des trottoirs.

— Je croyais que vous teniez absolument à inspecter le lieu du crime, répondit le commissaire.

— Il est plus urgent d'aller voir ce qui se passe Via Amerigo Vespucci ; après tout, si le cinéma n'est pas le lieu du crime, il a tout l'air d'en être l'antichambre.

— Rien ne presse. Laissez-les attendre, laissez-les mijoter dans leurs bobines, et je vous jure que s'il y en a un là-dedans qui est mêlé à cette affaire, je le saurai. Je veux les revoir tous, ces zigotos, un par un, deux par deux ou en groupe, à ma convenance ! Et le patron avec ! Ça a tout l'air de magouiller dans leurs salles obscures ! Je les ai interrogés après le premier meurtre et je n'en ai rien tiré. J'ai rappliqué après le deuxième, c'était du pareil au même. Ils se serrent les coudes, soudés comme frères et sœurs. Savez-vous que le bel Alberto était le petit ami de Lucia Di Rienzo, la première victime ?

— J'ai lu le rapport de police, répondit Mlle De Luca.

— Vous avez lu le rapport de police ?

Il ne put masquer la suspicion du ton de sa voix. Mlle De Luca était arrivée au commissariat de Trastevere aux alentours de midi, il avait lui-même regagné le bureau de son ami Morano vers midi trente, après un dernier tour au café et au kiosque, d'où tenait-elle les informations sinon du rapport ?

— J'ai vu les copies des rapports d'autopsie et des auditions, il y a trois semaines, dans le bureau du Dr Caciolli, répondit-elle. Monsieur le *vicequestore* a été très gentil avec moi, je connais un peu le substitut Lauretti. Je n'étais pas sûre que vous accepteriez de me mettre sur l'enquête.

— Je ne vous ai mise sur rien du tout, répondit D'Innocenzo agacé. Je n'ai pas demandé d'aide supplémentaire, la résolution de cette affaire n'est pas une question d'effectifs.

— Je sais. J'ai dû beaucoup insister auprès du Dr Caciolli pour qu'il vous propose de me prendre dans votre équipe.

— Il ne me l'a pas proposé, il me l'a imposé.

Leur destination approchait, mais ils marchaient comme si la route était encore longue. Ils venaient de traverser la Piazza S. Maria Liberatrice, et continuaient maintenant sur la Via Ginori en laissant derrière eux la Via Bodoni.

— Si tueur en série il y a, il doit être cinéphile lui aussi, fit le commissaire.

— Vous y croyez ? demanda Mlle De Luca.

— Qu'il soit cinéphile ?

— Qu'il y ait un tueur en série...

— Non, répondit le commissaire. Tout au moins, je ne le croyais pas jusqu'à ce matin.

— Qu'est-ce qui vous a fait changer d'avis ?

— Je n'ai pas changé d'avis, je doute. Mes convictions ne sont plus aussi solides qu'avant.

— Quelles convictions ? demanda-t-elle.
— Que le meurtrier a eu ses sales raisons pour tuer les trois filles. Les victimes ne sont pas des proies interchangeables.
— Vous croyez que les victimes d'un tueur en série sont interchangeables ?
— Évidemment, puisqu'elles ne sont que des objets pour lui.
— Un objet n'en vaut pas un autre.
— Où voulez-vous en venir ? demanda-t-il.
— Au fait que même dans un meurtre relevant d'une série la victime n'est pas indifférente. J'entends ce que la victime représente pour le meurtrier, même s'il l'a choisie au hasard. À la limite, les proies d'un tueur en série ne seraient interchangeables qu'avant d'être choisies par lui. Oui, je crois qu'on peut dire ceci : interchangeables avant, uniques après. Mortes, elles lui appartiennent, ce sont ses œuvres, des œuvres inachevées... inachevables. Voilà pourquoi il a tellement besoin de remettre ça. Et qu'on en parle, aussi.
— Vous en savez long en la matière... Vous aussi, vous êtes convaincue qu'un tueur en série se promène dans la ville ? Et qu'il affectionne tout particulièrement ce quartier ? Vous aussi, vous croyez que c'est ça, la clé de l'affaire ?
L'inspecteur principal se racla la gorge :
— Il n'y a pas de tueur en série.
D'Innocenzo ne s'y attendait pas. Mlle De Luca était bien la seule personne depuis trois mois, à l'exception de ses fidèles, qui se ralliait à sa position. Et puisqu'il continuait de marcher comme si elle n'avait rien dit, la jeune femme continua :
— J'ai fait un stage en Angleterre au début de l'année, six mois à Londres... J'y ai rencontré une femme

de Scotland Yard, qui travaille dans une unité de psychologie d'investigation, Mrs Jane Stevens ; elle est spécialisée dans les meurtres en série, les viols en série et les meurtres sadiques à caractère sexuel.

— Il ne lui manque que les pédophiles, gloussa D'Innocenzo.

— Ça ne lui manque pas, elle s'y intéresse aussi.

Elle n'avait pas bronché, elle n'allait pas se laisser impressionner par les préjugés d'un vieux flic racorni qui méprisait les femmes ! Elle forcerait son jugement, l'obligerait au respect, comme elle l'avait fait avec les autres ! Des preuves, se dit-elle, il leur faut toujours des preuves aux hommes, solides au toucher comme au raisonnement. Tous des saints Thomas, les hommes ! Eh bien ! toute femme qu'elle était, elle leur en donnerait de ces preuves dont ils raffolent, ces gages qu'ils croient leur chasse réservée. Le courage, la force, l'endurance : qualités viriles, attributs de mâle ; viril n'est-ce pas le synonyme de noble ? C'était à se tordre, tous ces poncifs. Elle en connaissait quelques-uns, au boulot comme ailleurs, obligés de tenir leur culotte pour ne pas laisser tomber ce dont ils l'avaient remplie. Elle lui montrerait au D^r D'Innocenzo, comme elle l'avait montré à son patron de L'Aquila et au substitut Lauretti, quand celui-ci dirigeait l'enquête sur les meurtres du Parc des Abruzzes. Ce n'était qu'une question de temps.

— J'ai postulé pour un deuxième stage l'année prochaine, poursuivit-elle d'une voix sereine, je veux travailler encore avec Mrs Stevens. Grâce à elle j'ai beaucoup appris sur la nature humaine.

— Je n'ai pas eu besoin de stages pour en apprendre sur la nature humaine, répliqua D'Innocenzo.

— Cette affaire m'offre l'occasion d'étudier sur le vif un sujet qui me passionne, continua l'inspecteur principal sans relever la remarque.

— Résoudre cette sale affaire n'est pas un sujet de stage, mais une question de justice. Je ne voudrais pas vous décevoir, mais vous risquez de partir bien avant que nous n'ayons coincé le meurtrier.

— Je ne suis pas pressée. Vous vous trompez sur moi, *dottore*, ces stages ne m'intéressent que dans la mesure où ils me font rencontrer des gens qui passent leur vie à réfléchir sur les détraqués sexuels, ceux qui tuent pour le plaisir. Ces gens-là ne se font pas d'illusions sur la perversité des hommes et ont pris le parti de défendre les plus faibles.

— Comme cette femme.

— Comme cette femme. Ce n'est pas n'importe qui, Mrs Stevens, elle est connue, le F.B.I. lui-même apprécie son avis. Elle a publié deux livres sur les serial killers, c'est une référence en la matière.

— Les serial killers ne m'intéressent pas, et ceux qui s'en occupent encore moins.

— Et comment pouvez-vous être tellement sûr, alors, qu'il n'y en a pas un dans cette affaire ?

Ils étaient arrivés devant le numéro 32 de la Via Ginori. Dans la cour, les agents de garde discutaient avec deux journalistes coriaces que le peu de renseignements fournis par la police n'avaient pas rassasiés. Et les agents de répondre aux questions avec empressement en étirant de tous les côtés, comme un chewing-gum mal mâché, les rares informations qu'ils avaient eux-mêmes retenues. L'humanité est sans défense devant la vanité, pensa le commissaire, et le journalisme trempe dans cette passion plus qu'en toute autre. Il le savait bien, lui, qui avait lutté tantôt contre les équipes de télévision des trois chaînes nationales et contre les autres innombrables des chaînes privées. Même s'il n'avait rien fait pour que sa tête n'apparût pas dans tous les journaux de midi et de l'après-midi. Sa femme l'avait-elle vu, elle qui n'en ratait pas un depuis le lit de sa chambre ? Non pas qu'elle s'intéressât aux événements de ce monde, mais jamais ne l'abandonnaient ni la crainte ni l'espoir d'entendre un jour la nouvelle qu'on avait retrouvé son fils unique depuis cinq ans disparu.

Se refuser, d'ailleurs, plus que décence ne commande, à répondre aux questions des journalistes sur un sujet aussi brûlant que les trois meurtres de Testaccio, ce serait laisser le terrain libre à l'invention rapace de ceux qui n'ont pas l'habitude de rester sur leur faim. Mieux valait leur lâcher quelques détails, les plus anodins, de préférence, afin de remplir de ces presque riens l'estomac large de la presse. N'y avait-il pas de la vanité à soigner ainsi son image de policier fier et peu médiatique ? Ce qu'on appelait son « snobisme » ne concurrençait-il pas en fatuité la complaisance du Dr Caciolli, l'assurance du substitut Lauretti ou l'ambition de Mlle De Luca elle-même ?

Dans la cour, les agents arrêtèrent net leurs confidences dès qu'ils aperçurent le commissaire, qui leur lança un regard de réprobation d'autant plus profond que ses pensées venaient de l'y disposer. Les deux journalistes approchèrent, qui n'en demandaient pas tant : le commissaire chargé de l'enquête accompagné d'une jeune inconnue ! Mais où avaient-ils déjà vu la demoiselle ? Cette allure, ces cheveux coupés court qui encadraient un visage pas désagréable mais brusqué par de trop épais sourcils... Bien sûr ! C'était l'inspecteur principal du Parc des Abruzzes, et dire qu'ils avaient failli la confondre avec un témoin, une fille du quartier ! Ils en oublièrent presque le commissaire qui se dépêcha de descendre les quatre marches du bâtiment B tandis que Mlle De Luca confirmait aux deux journalistes qu'elle aussi était sur l'affaire. Mais elle ne s'y attarda pas et d'une voix autoritaire réitéra aux agents l'ordre d'éloigner les deux encombrants. Puis elle descendit les marches du bâtiment B et entendit D'Innocenzo discuter avec les agents de garde dans l'appartement. Le commissaire cria à son intention :

— À droite ; à gauche, c'est l'entrepôt du marchand de vin.

Il l'attendait sur le pas de la porte, et comme s'il n'y avait eu ni journalistes ni interruption, il continua :

— Je suis sûr que le meurtrier n'est pas un tueur en série parce qu'il n'y a pas de série. Ces trois jeunes filles ont été assassinées parce qu'elles dérangeaient quelqu'un qui ne voulait pas les posséder mais les voir disparaître.

Dans l'appartement vide la présence des deux policiers de garde suggérait le crime autant par leur tenue que par le rythme saccadé de leurs allers et retours interminables d'une pièce à l'autre. L'inspecteur principal s'approcha des cercles, petits ou grands, tracés sur le sol à la craie blanche, et nota chaque numéro marqué à l'intérieur. Le commissaire l'observait, il avait sorti son cigare et le fumait sur une chaise basse pliante, de celles qu'on emmène à la plage. Dans cette position, inconfortable pour sa stature, il reluquait la jeune femme sans toutefois échanger des regards avec les policiers qui devinaient son agacement. C'est derrière une fumée profonde qu'il la vit sortir un carnet de son blouson et tracer ce qui ressemblait à une esquisse.

— Vous faites des croquis ? demanda-t-il.

— Je prends des notes. Avez-vous la liste de tout ce qui a été emporté ?

— On a prélevé une vingtaine d'échantillons dans l'appartement, en voilà la liste dactylographiée, répondit D'Innocenzo en lui tendant un papier sans se lever. Vous y trouverez inscrit le lieu exact où ils ont été trouvés.

Mlle De Luca prit le papier sans avoir l'air de remarquer la manière qu'avait le patron de le lui passer. Elle s'appliqua au dessin pendant dix bonnes minutes. Le commissaire ne bougea pas de son poste de vedette. Le silence régnait dans la pièce qu'éclairait une lampe japonaise suspendue au plafond. D'Innocenzo pensa à ce papier tue-mouches, plissé comme une jupe autour d'une ampoule qui éclairait mal la cuisine de son enfance. Il revit sa mère rentrant de la campagne, le seau vide des restes qu'on gardait pour les poules, les bras encombrés d'œufs, de bettes ou de pommes.

Lorsque l'inspecteur principal passa dans la pièce du meurtre, à supposer que celui-ci eût été commis dans la chambre, comme ça en avait tout l'air, il termina son cigare sans se presser. Qu'elle fasse donc à sa manière, il aurait toujours le temps de la rappeler à l'ordre. Quelque chose le gênait dans son attitude, c'était à ne plus savoir s'il devait l'empêcher ou la laisser faire, l'intégrer pour de bon à son équipe ou l'isoler avant même qu'elle n'y fût entrée. Lui laisser une chance ou ne lui en donner aucune. Sa bonne volonté affichée l'irritait plus que sa détermination cachée. Il savait que ses inspecteurs suivraient le comportement qu'il jugerait bon d'adopter et n'attendaient qu'un signe de sa part pour y ajuster leur conduite. D'Innocenzo opta comme toujours pour le bon sens, et le bon sens lui suggérait d'observer la jeune femme dans l'action avant d'en décider le sort. Et cela malgré les réserves qu'elle suscitait en lui, surtout depuis qu'elle lui avait parlé du stage en Angleterre, de cette femme spécialiste des tueurs en série, et des cerveaux fêlés en général. Néanmoins, le fait qu'elle eût affirmé qu'il n'y avait pas de tueur en série dans l'affaire de Testaccio lui laissait le bénéfice du doute.

— Qui habite au deuxième étage sur cour ? demanda Mlle De Luca en revenant brusquement dans la pièce.

Elle se tenait dans l'encadrement de la porte, le carnet dans la main gauche, la droite pointant le crayon derrière elle.

— Vous dessinez ? demanda le commissaire en lorgnant sa feuille. C'est un talent naturel ou vous l'avez acquis grâce aux études ?

— Lycée artistique, répondit-elle.

— Voilà qui est nouveau dans la police. J'en ai pourtant vu des itinéraires insolites, des bizarres et même des déconcertants : des apprentis révolutionnaires transformés en garants de l'ordre, des anarchistes irréductibles devenus de formidables organisateurs de société, mais j'avoue n'avoir jamais rencontré chez nous d'artistes peintres. Vous ne vous seriez pas trompée de route, Mademoiselle ?

Au lieu de répondre, l'inspecteur principal posa à nouveau sa question :

— Savez-vous qui habite au deuxième étage sur cour ? La fenêtre qui a un rideau différent sur chaque vitre, un rose et un bleu clair ?

— Pourquoi cette fenêtre vous intéresse-t-elle ?

— Il y avait quelqu'un qui m'observait, tout à l'heure, quand je regardais la courette. Quelqu'un caché derrière les rideaux. J'ai vu bouger le tissu, une main s'est dégagée de la vitre dès que j'ai levé la tête.

— Vous devez faire erreur, la fille qui habite là-haut est partie fêter Noël chez ses parents, en Calabre. Il n'y a personne dans cet appartement.

— Venez vite, cria alors Mlle De Luca en se précipitant vers la porte.

Sur la quatrième marche de l'escalier menant aux étages se tenait une femme à l'âge indéfini, le regard ferme de celle qui n'a rien à se reprocher. L'inspecteur principal émergea du sous-sol en moins de temps qu'il n'en fallut à l'inconnue pour sortir de l'immeuble.

— C'est vous que j'ai fait fuir ? demanda Mlle De Luca en reprenant son souffle.

— Que faites-vous là, mademoiselle Tittoni ? demanda le commissaire, qui venait lui aussi de monter en courant.

Son cigare éteint entre le pouce et l'index, il passa devant Mlle De Luca.

— Je voulais justement vous voir, *dottore*, répondit la femme sans accorder un seul regard à l'inspecteur principal.

Elle avait ouvert la bouche en un sourire franc montrant de belles dents un peu jaunies par la cigarette. Au beau milieu du front, une petite cicatrice en forme de croix introduisait comme une aspérité dans les traits réguliers du visage.

— Dites-moi d'abord ce que vous faites ici, Mademoiselle, insista D'Innocenzo.

— Je suis passée chez Loredana, je m'occupe du chat pendant son absence.

— C'est vous qui étiez derrière les rideaux tout à l'heure ?

— Je n'étais pas derrière les rideaux, je venais de vérifier la fermeture de la fenêtre lorsque j'ai aperçu cette fille dans l'appartement de Patricia.

— Cette fille est inspecteur principal de police judiciaire. Pourquoi vous êtes-vous enfuie quand elle vous a repérée ?

— Je ne me suis pas enfuie, je me suis éloignée par discrétion. Je ne veux pas me mêler de ce qui ne me regarde pas.

— Il n'y a rien d'indiscret à regarder ce qui se passe chez une amie qu'on vient de retrouver assassinée. Vous savez, je suppose, que Mlle Kopf a été assassinée cette nuit...

— Qui pourrait l'ignorer, à l'heure qu'il est, dans ce quartier ?

— Pourquoi vouliez-vous me voir ?

Mlle Tittoni parcourut des yeux le palier avant d'arrêter son regard sur le commissaire. Fallait-il parler là, debout dans le noir, devant cette femme et devant l'agent en tenue, monté lui aussi ? Mlle De Luca poussa l'interrupteur, une ampoule de 100 W éclaira la cage d'escalier.

— Venez, fit le commissaire en redescendant les marches, nous parlerons mieux à l'intérieur. Puis saisissant l'hésitation sur le visage de Mlle Tittoni, il demanda :

— Ça vous fait quelque chose d'entrer dans son appartement, n'est-ce pas ?

— Bien sûr que ça me fait quelque chose ! Pauvre Patricia ! Elle ne méritait pas ça.

— Pourquoi ? Y en a qui le méritent, ça ? demanda Mlle De Luca.

Sans répondre, Tecla lui lança un regard des plus froids.

— Nous pourrions monter à l'appartement du deuxième, continua l'inspecteur principal.

Le commissaire trouva l'idée excellente. Ils montèrent ainsi à la queue leu leu, l'inspecteur principal en dernier. Du bas des marches, Mlle De Luca vit les jambes de l'inconnue progresser très vite dans la montée. Pourquoi cette fille avait-elle tenté de s'échapper ? Pourquoi était-elle d'emblée aussi hostile ? Il était évident que la dénommée Mlle Tittoni n'avait eu aucune intention de les attendre. Elle avait bel et bien voulu déguerpir en voyant la police dans l'appartement de la victime.

Ils montèrent au deuxième étage, sur la porte un collage de tickets de cinéma entourait le nom de la locataire, Loredana Spezzani.

— Mlle Tittoni, Tecla Tittoni, est caissière au cinéma de la Via Amerigo Vespucci, dit le commissaire en prenant une chaise qu'il plaça devant le canapé.

Tecla resta debout, en attendant que les policiers s'installent avant de choisir elle-même où s'asseoir. Mais l'inspecteur principal l'invita à prendre place sur le canapé et puisque le commissaire ne trouva rien à redire, Tecla déplaça un coussin et se cala le dos en croisant les jambes. Elle avait de belles cuisses. Malgré l'âge, que trahissaient des rides aux coins de la bouche, elle était habillée comme une gamine, mini-jupe en velours très serrée, tricot noir coupé au ras du cou. Là aussi, des plissements de chair réfractaires aux soins affichaient quelques traits révélateurs.

— Vous êtes la sœur d'Alberto, n'est-ce pas ? demanda l'inspecteur principal.

— Qu'est-ce que mon frère vient faire là-dedans ? réagit Tecla. Et puis, c'est pas à vous que je veux parler mais au commissaire.

D'Innocenzo, que ne quittait jamais le sentiment d'appartenir à une communauté spéciale dont chaque policier relevait face au monde civil, remit immédiatement les choses en place.

— Je vous ai dit que Mademoiselle est inspecteur principal, vous lui devez le même respect qu'à moi-même. Vous répondrez à toutes ses questions et lui direz ce que vous vouliez me dire.

Il aurait préféré bien sûr que les choses se passent différemment. S'il avait été seul avec Tecla, il en aurait tiré plus que la dernière fois, mais il n'était pas seul ; c'était là une question d'honneur, il se devait de défendre Mlle De Luca, n'importe quel policier était du même côté du fleuve, fût-il un incapable, un pas très clair ou une femme.

— Après tout c'est moi qui vous ai sollicité, se rebiffa Tecla. Je pourrai aussi bien ne rien vous dire.

— Vous pourriez aussi bien nous accompagner au commissariat et y passer le reste de la journée, menaça le commissaire.

À cet instant, Mlle De Luca ouvrit grand la fenêtre du salon-cuisine-salle-à-manger.

— Mais qu'est-ce que vous faites ? s'écria Tecla.

Bondissant sur la fenêtre, un chat noir au poil hérissé s'élança dans le vide et atterrit au milieu du bric-à-brac, au fond de la courette. Nul ne sut d'où il avait surgi, nul ne put sortir un mot tant ce bond inattendu les avait tous surpris.

— Vladimir ! appela Tecla.

Mais le chat, prestement redressé, inspectait déjà la courette, ne montrant aucune intention de remonter à son domicile. Deux fenêtres s'ouvrirent en même temps, en face et à côté, deux têtes espionnèrent la cour puis l'intérieur de l'appartement.

— Vous êtes contente ? se plaignit Tecla. Regardez ce que vous venez de faire !

L'inspecteur principal referma aussitôt la fenêtre et demanda à Tecla de se rasseoir. Celle-ci obéit mais s'installa cette fois devant la table, à côté du commissaire qui venait d'allumer un nouveau cigare.

— Vous récupérerez votre chat plus tard ou bien il reviendra tout seul, dit Mlle De Luca en s'asseyant en face de Tecla.

— J'en suis responsable, Loredana me l'a confié, elle ne me pardonnera jamais s'il se sauve.

Sans bouger, cigare à la bouche, le commissaire saisit son portable de la main gauche et appela les agents de garde au sous-sol.

— Casiraghi ? Il y a un chat dans la courette qui vient de s'échapper du deuxième, tu me l'attrapes et tu me le ramènes ici. Loredana Spezzani, la porte en face de l'escalier. Vous êtes rassurée, maintenant ? demanda-t-il à Tecla.

Elle était à sa gauche, les mains sur la table, et affichait de ne pas regarder en face. Ses mains n'avaient pas la sveltesse du corps. Les doigts, un peu congestionnés, arboraient des ongles larges.

— Qu'aviez-vous à dire au commissaire ? demanda l'inspecteur principal.

— Vous dites bien : « au commissaire » ! J'imagine que je peux fumer maintenant, fit-elle en sortant un paquet d'un sac qu'elle avait en bandoulière et qu'elle n'avait pas quitté. J'ai vu Nando, cette nuit, ajouta-t-elle en se tournant vers le commissaire.

Elle aspira la fumée longuement, laissa l'effet se produire, ouvrit le sac, sortit un petit cahier. Ni l'inspecteur ni le commissaire ne semblaient réagir. Tecla tint bon, feuilleta le cahier, continua d'aspirer la fumée.

— Alors ? demanda Mlle De Luca.

Tecla la regarda, parut peser son pouvoir.

— C'est mon journal, dit-elle enfin, j'y écris régulièrement, parfois c'est utile.

Mlle De Luca ignora le cahier, croisa les bras, relança la femme.

— À quelle heure avez-vous vu Nando, cette nuit ?
— À une heure quinze du matin. J'ai quitté le cinéma à une heure dix, j'ai pensé au chat, il fallait lui laisser quelque chose à manger. Je travaille toujours le soir, précisa-t-elle.
— Vous vous êtes donc rendue à l'appartement de Mlle Spezzani...
— Ici, quoi... (Elle paraissait avoir accepté l'inspecteur principal comme interlocuteur.) J'ai garé ma voiture en face, il n'y en avait pas pour longtemps, j'avais encore quarante kilomètres à parcourir...
— Mlle Tittoni habite à la campagne, expliqua le commissaire.
— Où ? se renseigna Mlle De Luca.
— À Vicovaro, pouffa Tecla.
— Vous trouvez ça drôle ? demanda l'inspecteur principal.
— C'est que... C'est un vrai trou, là où j'habite, et vous, ça vous dit rien.
— Continuez...
— Sur le palier du rez-de-chaussée, j'ai croisé Nando. Il sortait de chez Patricia, il était complètement défoncé. Quand je lui ai demandé si ça allait, il s'est mis à chialer. Je lui ai proposé un café, il est monté avec moi.
— Comment était-il habillé ? questionna Mlle De Luca.
— Comme avant, je veux dire comme une demi-heure avant, quand je l'avais vu au cinéma. Il ne s'était pas changé, du moins je crois, je ne fais pas très attention à la manière dont les hommes s'habillent...
— Continuez...
— Attendez, vous me faites penser à quelque chose, ça ne doit pas être important, mais puisque

vous avez l'air d'y tenir... Lorsque j'ai croisé Nando sur le palier, il n'avait plus de gilet sur sa chemise, mais la chemise était la même, j'en suis sûre...

Mlle De Luca ne réagit pas, il était évident qu'on se fichait d'elle.

— Et à part ça ? insista-t-elle.

— À part ça, continua Tecla, il était normal, sauf qu'il avait dû s'envoyer quelques joints de trop. Nous sommes montés, il avait du mal à tenir debout. Je voulais lui faire un café, ça m'aurait aidée moi aussi pour la route, mais il m'a demandé un canari, il avait des crampes à l'estomac.

— Un « canari » ? s'étonna l'inspecteur principal.

— Un citron chaud, quoi ! Je n'ai même pas eu le temps de chauffer l'eau qu'il ronflait déjà sur le canapé.

— Il ne vous a rien dit au sujet de sa copine ?

— Si, en montant les escaliers, il m'a dit qu'il en avait marre, qu'il s'était cassé, que c'était fini, que ses parents avaient raison, qu'elle n'était qu'une salope...

— Ensuite ?

— Rien. Il s'est endormi, et moi, j'ai bu mon café toute seule.

— Avez-vous cru à ce qu'il disait ?

— Si j'y ai cru ? Bien sûr, comme on croit au Père Noël ! Il répétait ça chaque fois qu'elle le tannait, c'est-à-dire tout le temps, quand elle ne dormait pas, ne fumait pas ou ne s'envoyait pas en l'air. C'était pas une fille facile, Patricia...

— Vous ne l'aimiez pas.

— Personne ne l'aimait, vous pouvez vous renseigner, elle était pas commode, mais c'est pas une raison pour la vouloir morte.

— Votre frère, il l'aimait bien, lui...

— Mon frère les aime toutes, et aucune.
— Et Nando, il l'aimait lui ?
— Oui, on peut dire que Nando l'aimait, il avait cette fille dans la peau, allez savoir pourquoi. C'est bien ça le problème.
— Quel problème ?
— Sans Nando elle n'aurait même pas eu de quoi payer son loyer. Le fric qu'il a dû lui filer, celui-là... !
— Et pourquoi vous êtes-vous disputée avec elle, hier soir ?

Tecla se figea. Elle tira bravement une bouffée de sa cigarette avant de répondre :

— Je vois qu'on s'est renseigné...
— Pourquoi vous réclamait-elle cinq cent mille lires ? enchaîna Mlle De Luca.
— Elle demandait de l'argent à tout le monde...
— Ça ne ressemblait pas à une demande de prêt, intervint D'Innocenzo, vous n'avez aucun intérêt à nous mentir, mademoiselle Tittoni.
— Bon... Patricia avait posé pour mon frère, des photos d'art. C'est son dada, il en vend parfois à des revues spécialisées, mais c'est surtout pour son plaisir...
— Vous nous donnerez les noms des revues et vous nous montrerez des clichés, n'est-ce pas ? fit Mlle De Luca.
— Je ne vois pas le rapport... répondit Tecla.
— Vous n'êtes pas obligée d'y voir un rapport. Revenons aux cinq cent mille lires...
— C'est le prix de dix séances photo, mon frère les lui devait.
— Elle a posé dix fois pour votre frère ?
— Pourquoi ? Ça vous paraît trop ? Il y a peut-être une réglementation à ce sujet ? La loi interdit des séances photo répétées ?

— Ce que la loi interdit vous l'apprendrez tôt ou tard. Pour l'instant, expliquez-moi pourquoi Patricia Kopf ne s'est pas adressée directement à votre frère pour être réglée ?

— Mais elle l'a fait ! Elle venait justement de s'en prendre à lui dans la cabine de projection, Nando vous le confirmera. Alberto n'a rien trouvé de mieux que de me renvoyer la balle. Ça, c'est tout à fait mon frère !

— Nous avions l'impression que dans la cabine se déroulait plutôt la scène de la jalousie...

— L'un n'empêche pas l'autre, tout le monde sait à quel point Nando est jaloux.

— Et il avait raison d'être jaloux, en ce qui concerne votre frère ?

— On a toujours raison d'être jaloux à propos de mon frère : il aime les filles, et les filles l'aiment, ce n'est un secret pour personne.

— Il les aime surtout à poil, fit le commissaire.

— Pourquoi, pas vous ? le nargua Tecla.

D'Innocenzo faillit réagir, mais Mlle De Luca enchaîna :

— Il semblerait que votre frère aime prendre des photos de jeunes filles déshabillées.

— Mon frère est un artiste, est-ce que vous demanderiez à un peintre s'il aime dessiner d'après des modèles nus ?

— Si les modèles étaient assassinés les uns après les autres, bien sûr que oui. Les talents artistiques de votre frère ne nous intéressent que dans la mesure où ils s'exercent sur des jeunes filles retrouvées la gorge ouverte.

L'insolence de Tecla tomba net.

— Caterina Del Brocco n'a jamais posé pour mon frère, fit-elle remarquer.

Caterina Del Brocco était la deuxième victime, retrouvée égorgée à deux heures quarante-cinq du matin, Via Caio Cestio.

— Voilà qui est intéressant. Nous convoquerons au plus tôt votre frère, il nous tarde de l'interroger sur un sujet aussi passionnant que ses modèles. Mais revenons à Patricia... Elle travaillait souvent au cinéma ?

— Pas souvent, non, elle faisait quelques remplacements de temps en temps, c'était pas régulier. Le patron ne lui faisait pas confiance, mais il la laissait quand même travailler, si elle le lui demandait. Et ça, on sait pourquoi...

— Pourquoi ?

— Parce que c'était une fille qui ne refusait rien à personne, s'il y avait du fric à gagner. Faut dire qu'elle en avait drôlement besoin avec tout ce qu'elle s'envoyait, et de plus en plus ces derniers temps... Sans Nando, elle se serait sans doute prostituée...

— Drogues dures ?

— Héro. Depuis qu'il l'avait connue, Nando n'avait qu'une idée en tête : sauver sa copine de la poudre. Elle n'était pas complètement accro, mais elle aimait l'héro comme une novice, c'est le pire... Nando la couvrait de shit, facile, il adore ça lui aussi, et d'alcool également. Patricia ne refusait rien, prenait tout en même temps : alcool, shit, herbe, amphét... C'est fou ce qu'elle pouvait mélanger, cette fille ! Mais, au fond, elle avait une vocation d'héroïnomane, ça crevait les yeux...

— Qu'a fait Nando quand vous êtes partie, cette nuit ?

— Rien. Il dormait.

— Vous l'avez laissé sur le canapé et vous êtes rentrée chez vous...

— Vous auriez préféré que je l'emmène ?

— Vous êtes partie en laissant un inconnu dans l'appartement de Mlle Spezzani...

— Un inconnu ? Mlle Spezzani ?

Tecla se tourna vers le commissaire :

— Mais dites-lui que Nando connaît Loredana aussi bien que moi !

D'Innocenzo ne broncha pas.

— À quelle heure avez-vous quitté l'immeuble ? continua l'inspecteur principal.

— À deux heures moins le quart. Une heure plus tard, j'éteignais ma veilleuse.

— Vous vivez seule ?

— Je vis avec mon frère.

— Ah ! Et votre frère était déjà rentré quand vous êtes arrivée chez vous ?

— Nous vivons ensemble mais je ne suis pas son ange gardien. Il est resté à Rome, il devait voir quelqu'un.

— Il a une voiture lui aussi ?

— Non, une moto. En hiver, quand il fait trop froid, il laisse sa moto à l'intérieur du cinéma et rentre parfois avec moi en voiture.

— Vous savez où il a couché hier soir ?

— J'ai ma petite idée, mais je peux pas vous la dire.

— Pas de chichis, Tecla, s'impatienta D'Innocenzo.

— Je crois bien qu'il a couché dans le lit de la petite Veronica, hier soir.

— Veronica Severini ? demanda le commissaire.

— Elle-même. Ça fait un moment que ça dure...

— C'est la petite dernière du patron de l'*osteria* « *Da Mario* », expliqua D'Innocenzo à Mlle De Luca. (Puis s'adressant de nouveau à Tecla :) Vous êtes sûre de ce que vous affirmez ?

— Sûre et certaine. Alberto rejoint régulièrement Veronica dans sa chambre, elle y dort toute seule, les deux grandes sœurs en partagent une autre, à côté. Parce qu'elles veulent être ensemble, ajouta Tecla, c'est pas la place qui leur manque, à ces gens-là, ils ont tout l'étage au-dessus du restaurant, et même un appartement au troisième...

— Et comment votre frère s'y prend-il pour pénétrer dans la chambre de Veronica sans que personne s'en aperçoive ?

— Il rentre par le restaurant. Veronica lui ouvre la petite porte derrière, puis ils montent ensemble à l'étage. Les parents couchent dans une pièce au fond du couloir, à l'opposé de la chambre de Veronica, la grand-mère dans une autre, à côté des parents, et les sœurs sont de mèche.

— Si Mario le sait, il la tue... ou bien il tue votre frère... fit D'Innocenzo.

— Vous y allez un peu fort, *dottore*. C'est fini ça, l'honneur des jeunes filles en fleur...

— Qui d'autre est au courant de cette histoire ? demanda Mlle De Luca.

— Sûrement pas le père. Car sinon... je dis pas qu'il tuerait sa fille, mais qu'il l'enfermerait, ça oui ! Qui est au courant ? Voyons donc... À part mon frère, moi et les sœurs de Veronica, les copains d'Alberto doivent aussi être au parfum. Mon frère, c'est pas le genre à tenir sa langue. Ensuite il y a Nando, Loredana, Patricia... Ça fait beaucoup de monde, finalement...

— Nous interrogerons cette jeune fille et tous les autres, dit sèchement Mlle De Luca. Nous vérifierons aussi l'alibi de votre frère.

Tecla laissa tomber sa cigarette, un trou se forma dans le plastique de la nappe.

— Merde ! s'exclama-t-elle. (Puis elle demanda :) Pourquoi mon frère aurait besoin d'un alibi ?

— Tout le monde en a besoin, vous aussi, répondit Mlle De Luca.

— Moi ?

— Vous. Qui peut nous prouver que vous êtes rentrée chez vous à l'heure que vous affirmez ?

— Personne. Mais je me demande pourquoi vous vous occupez autant de moi et de mon frère alors que le petit ami de Patricia a disparu depuis cette nuit.

— Et comment savez-vous qu'il a disparu ?

— Bon, j'ai compris, fit Tecla en se levant et en ramassant ses affaires. Vous en avez après moi, vous êtes du genre costaud, vous voulez prouver que si vous êtes dans la police, c'est bien parce que vous les avez plus grosses que les hommes.

— Rasseyez-vous, ordonna le commissaire en lui serrant le bras.

— Ça va, je voulais pas me tailler, j'ai juste besoin d'aller aux toilettes. Vous voulez peut-être m'en empêcher ?

— Je vous accompagne, dit l'inspecteur principal.

— Je suis pudique, et je n'ai pas l'intention de sauter par la fenêtre comme Vladimir ni de me couper les veines, d'ailleurs. Je n'ai pas de raisons, vous comprenez ? Pas de raisons !

Dans la salle de bains qui donnait elle aussi sur la courette, le siège était placé à côté de la baignoire, face au miroir. Même en lui tournant le dos, l'inspecteur principal pouvait voir Tecla descendre sa culotte et s'installer sur la lunette. Sa voix se mélangea au bruit de la miction :

— Je n'ai rien à démontrer à personne, dit-elle tout bas, ni aux hommes ni aux petites connes comme toi.

Je ne sais pas si je les ai plus grosses qu'eux mais ils ne me font pas peur !

— Qu'est-ce que vous dites ? demanda Tecla.

— J'ai dit que je vous raccompagnerai chez vous, ce soir.

DIMANCHE 26 DÉCEMBRE, FIN D'APRÈS-MIDI ET SOIR

Il était cinq heures du soir, et les rues déjà désertes. Les fenêtres des immeubles s'allumaient les unes après les autres, les autobus n'étaient plus en service pour cause de festivités et il s'était remis à neiger mollement. Même avec un parapluie, le commissaire et l'inspecteur n'auraient pas pu se défendre de cette poussière blanche qui collait aux vêtements, mouillait les chaussures, brouillait l'air. Si ça continuait, la nuit allait se couvrir de blanc pour la troisième fois ; on n'avait jamais vu ça à Rome. Les informations sortaient statistiques, records et comparaisons, les gens s'équipaient comme pour le ski, mais ça finirait quand même en bouillie. La neige ne pouvait pas s'éterniser dans la Ville éternelle.

— Au fait, dit le commissaire en traversant la Piazza S. Francesco d'Assisi, avez-vous un endroit pour dormir ?

— J'ai une adresse d'hôtel, près de la gare Termini, ça fera l'affaire pendant quelques jours, le temps de me trouver une piaule.

Au commissariat, Genovese attendait son patron. Casentini était parti.

— Tu le rappelles immédiatement, ordonna D'Innocenzo, contrarié de ne pas trouver ses troupes au complet. Qu'il aille chez Assunta ! Il faut pas la lâcher, son fils peut se pointer chez elle d'un moment à l'autre.

— On le recherche depuis ce matin, répondit Genovese, mais ça n'a rien donné. Je peux y aller, moi...

— J'ai dit Casentini.

L'inspecteur Genovese était gêné, il avait promis à son coéquipier de ne pas ennuyer le patron avec ses problèmes, mais il ne voulait pas non plus que Peppe se vît obligé de quitter sa femme et son fils.

— Comme vous voudrez, patron, mais je préférerais y aller moi-même car ça va pas très fort chez Casentini. Son gosse vient d'être hospitalisé au Bambin Gesù...

— Son gosse ? Pourquoi tu ne me l'as pas dit plus tôt ? Qu'est-ce qu'il a, le petit ?

— On sait pas trop, il a de la fièvre et vomit tout le temps depuis deux jours. Le pédiatre a dit qu'il se dessèche...

— Il se dessèche ?

— Il se déshydrate... intervint Mlle De Luca. Ça arrive, parfois, aux bébés. Ça peut être grave.

— Appelle-moi Casentini tout de suite ! ordonna le commissaire. L'imbécile qui ne m'a rien dit !

L'inspecteur Casentini répondit de l'hôpital. Il n'avait pas le moral. Le médecin de garde avait rassuré les parents mais s'en remettait à l'avis du grand pédiatre, chef du service, et ne voulait pas se prononcer sur la durée de l'hospitalisation.

Genovese parti chez Assunta, D'Innocenzo ramassa ses affaires, fit le tour du bureau, bougea la chaise sans s'asseoir et se décida enfin à parler :

— Saleté d'affaire ! Saloperie de tueurs, en série ou pas ! Y en a qui s'amusent à donner un coup de main à la Parque comme si les maladies, les chagrins et le reste n'y suffisaient pas !

Mariella De Luca ne fit pas de commentaire, elle aussi avait ses moments noirs. D'Innocenzo continua :

— Je vous veux à huit heures à S. Vitale, demain matin. Nous regagnons l'état-major. M. le *vicequestore* ne nous lâchera pas tant que nous ne lui aurons pas donné quelque détail susceptible de le rassurer sur l'évolution de l'enquête. M. le substitut non plus, du reste. Dites : vous n'étiez pas sérieuse quand vous avez lancé l'idée de raccompagner Tecla chez elle, ce soir ?

— Je suis toujours sérieuse.

— Mais elle n'aura pas fini avant une heure du matin ! Le temps de rejoindre son bled et de visiter les lieux, vous ne serez pas rentrée avant quatre heures. Et moi, je vous veux à S. Vitale à huit heures !

— J'y serai, patron, dit-elle.

— Qu'est-ce que vous comptez gagner avec cette balade à la campagne ?

— Me faire une idée du frère et de la sœur.

— Le frère ne sera pas là. Tecla a dû le prévenir, il se gardera bien de rentrer ce soir !

— Justement, j'y compte. Sa présence m'encombrerait, cette nuit.

— Je ne vous comprends pas, mais après tout, si vous pensez en tirer quelque chose...

Ils se turent. Mariella attendait d'être congédiée, il lui fallait trouver un hôtel où déposer ses affaires, se reposer un peu, préparer un plan. La nuit s'annonçait longue. Elle voulait aussi assister à la dernière séance, le film serait lassant, mais l'ambiance prometteuse. Elle n'excluait pas un tour dans la cabine de projection.

— J'ai un studio pas loin d'ici... dit tout à coup le commissaire. Mon fils y habitait autrefois, vous y serez mieux qu'à l'hôtel.

Elle ne s'y attendait pas. Le patron venait-il de changer d'attitude à son égard ? Elle ne sut que répondre.

— Vous faites comme vous voulez, Mademoiselle, ajouta D'Innocenzo en devinant son hésitation. C'est une proposition honnête. Personne n'y habite plus depuis cinq ans, il doit y avoir beaucoup de poussière, mais il n'y manque rien. Ma femme envoie quelqu'un une fois par mois pour l'aérer, elle pense que Giuliano, mon fils, va revenir un jour ou l'autre. Elle y croit fermement.

Ne trouvant toujours rien à répondre, Mariella sourit niaisement. Le commissaire continua :

— En fait, il n'a jamais donné de ses nouvelles depuis plus de cinq ans. Il a été porté disparu, mais pas tout de suite, il était majeur lorsque ses traces se sont perdues au cours d'un voyage en Inde. C'est probablement la raison de l'échec de mes recherches, une fois que je me suis décidé à me mettre à sa poursuite. J'ai perdu beaucoup de temps. Au début, j'ai cru à une incartade. Pendant des mois je n'ai pas bougé. Ma femme ne me l'a pas pardonné.

Il paraissait fatigué.

— Ce studio, on l'a gardé pour ça. J'ai pensé un moment en faire mon bureau, mais ça n'a pas marché. Je n'ai pas besoin d'un endroit pour travailler. S. Vitale me suffit. Pour me concentrer, n'importe quelle pièce, dans un bureau de police, peut faire l'affaire. Je n'ai pas besoin d'avoir des choses à moi, des effets personnels, toutes ces foutaises... Je suis concentré tout le temps, je ne suis que ça : un produit concentré...

Mariella réfléchissait, elle était tentée d'accepter.

— Qu'en pensera votre femme ? demanda-t-elle.
— Elle n'y a jamais mis les pieds, mais ce studio

est sacré pour elle. Notre fils y a vécu trois ans avant son départ en Inde, le 13 juin 1994. Son plus grand souci est d'éviter qu'il ne se dégrade en restant inhabité ; en même temps il n'est pas question de le louer, bien évidemment : elle croit dur comme fer que Giuliano va revenir. Je pense qu'elle serait heureuse d'apprendre que vous l'habiterez quelque temps...

— Je ne comprends pas, vous dites qu'elle n'y a jamais mis les pieds...

— Ma femme n'a plus l'usage de ses jambes depuis vingt ans. Et comme les séries noires, ça existe même en dehors du boulot, elle a perdu aussi l'usage de la parole après la disparition de notre fils.

Il ajouta :

— Il paraît que ce n'est pas définitif... J'entends, la perte de la voix.

Il devint pensif :

— Prenez ce studio le temps qu'il vous faudra, je n'aime pas vous savoir dans un hôtel près de la gare.

— D'accord, répondit-elle, le temps de me trouver un logement.

Ils montèrent jusqu'au cinquième avec l'ascenseur, puis il fallut grimper les marches. C'était une pièce assez grande, aménagée simplement, le coin-cuisine était même équipé d'un micro-ondes. Deux fenêtres en longueur, ouvertes à presque deux mètres du sol, ne débitaient qu'une lumière rare.

— Baissez-vous, je vais vous montrer quelque chose, dit le commissaire en s'accroupissant.

Mariella remarqua alors un petit couloir en pente dont la hauteur n'atteignait pas un mètre cinquante. Elle n'était pas grande, mais dut s'accroupir elle aussi. Ils débouchèrent sur une autre pièce, beaucoup plus petite que la première, aux murs peints à l'éponge, d'une couleur inattendue, rouge pompéien, très raffiné.

Rien à voir avec le blanc immaculé du studio. Ici pas de mobilier, à l'exception d'un lit et d'un petit bureau. Plusieurs kilims se superposaient au sol, elle en compta au moins quatre. Dans un coin, une télévision, une chaîne hi-fi et des CD à la pelle. Mais la surprise ne s'arrêtait pas là : le commissaire ouvrit une porte-fenêtre donnant sur une terrasse minuscule, quatre mètres carrés au plus, la ville tout entière s'étala sous leurs yeux. Mariella en eut le souffle coupé.

— Je savais... dit le commissaire, personne ne résiste à cette vue.

Le quartier de Testaccio se couchait là-bas, lové contre le Tibre, embusqué derrière les bâtiments de l'ancien Abattoir, blotti sous le monticule qui lui avait donné son nom, au temps où les Romains y déchargeaient des débris d'amphores provenant des tout proches et immenses magasins impériaux. La ville endormie sous ses draps de neige semblait posée comme une lune au sol. Le voile blanc allait s'épaississant.

— Mon fils disait que ce studio était la branche d'arbre où il ferait son nid. Il en est quand même parti.

— Je crois que je n'ai jamais rien vu d'aussi beau, dit-elle.

Restée seule, Mariella s'aperçut qu'elle grelottait. Elle remonta le col de son blouson et enfila les mains dans les poches. Il gelait dans l'appartement, malgré les deux radiateurs que le commissaire venait d'ouvrir. Il faudrait quelques heures avant que le studio ne retrouve une température humaine, surtout cette petite pièce où il n'y avait qu'un radiateur électrique bien insuffisant. Elle avait pourtant du mal à la quitter : debout, collée aux vitres, elle regardait les formes de la ville changées en fantômes par la neige et la nuit. Au bout d'un quart d'heure, elle fut quand même obligée de s'arracher à la vue, le froid et le souci de ses impératifs professionnels ayant eu raison de sa fascination. Elle retraversa le couloir, ce boyau étrange, et se retrouva dans le studio. Les radiateurs accomplissaient leur tâche lentement. Elle passa dans la salle de bains où le commissaire, avant de partir, avait eu la prévenance d'ouvrir un de ces radiateurs électriques très puissants qui chauffent l'air en quelques secondes. Elle lui en sut gré. En se déshabillant pour prendre une douche, elle vit le chauffe-eau allumé. L'eau ne pouvait pas être déjà chaude. La douche, ce serait pour le lendemain.

La salle de bains était minuscule mais agréable, des carreaux bleu marine montaient jusqu'au plafond, les sanitaires étaient noirs, la robinetterie en inox. Tout avait été refait, le fils du commissaire avait du goût. Le mur de la baignoire, habillée de mosaïque, était couvert d'un miroir. Mariella se vit toute nue, la montre au poignet.

Il était six heures et demie, la dernière séance serait dans quatre heures, elle avait le temps. Elle ferait encore un tour dans le quartier. Ce serait difficile de trouver une pizzeria ouverte le jour de la Saint-Étienne, pourquoi n'y avait-elle pas pensé à temps ?

Elle ramassa ses affaires, se rhabilla à la hâte, chercha dans le placard de la cuisine quelque conserve non périmée. Le frigo était vide mais branché, la température de conservation réglée au minimum. Elle tourna le bouton pour augmenter le froid mais n'ouvrit pas le congélateur, on ne garde pas des denrées pendant cinq ans.

Drôle d'histoire, ce fils disparu. Elle n'avait pas essayé d'en savoir davantage, le commissaire n'était pas du genre à lâcher plus de confidences que nécessaire. Probablement, il ne se livrait jamais à personne.

Pourquoi, alors, lui avait-il fait cette proposition qui l'obligeait à parler de son fils ? Il n'en avait pas dit grand-chose, mais elle avait deviné son chagrin. Disparu, ce n'était ni mort ni tout à fait parti. Le jeune homme avait dû quitter le pays après s'être brouillé avec son père. Il n'avait plus jamais donné de ses nouvelles. Pourquoi ?

Combien de fois, beaucoup plus jeune, avait-elle pensé, elle aussi, disparaître sans laisser de traces ? Cinq ans, c'était quand même un laps de temps considérable. Le commissaire avait dû déployer toute son énergie pour retrouver son fils, il n'y était pas parvenu. Dans des circonstances analogues, son père l'aurait-il retrouvée, lui ? Mariella en était sûre. Il est vrai que son père n'était pas flic mais détective privé.

Elle dénicha des boîtes de sauce tomate, ça lui faisait une belle jambe puisqu'il n'y avait pas de pâtes, de haricots blancs et rouges, elle détestait ça, de lentilles, ce n'était pas encore la Saint-Sylvestre, puis, à son extrême soulagement, des boîtes de thon à l'huile. Ni pain ni biscuits, ça allait de soi, mais enfin quel bonheur ! Elle n'avait pas besoin de sortir tout de suite à la recherche d'une gargote. Elle retourna dans la salle de bains après avoir ouvert sa valise et prit le temps de se changer.

Aux alentours de sept heures et demie, elle se tenait à nouveau debout devant la fenêtre, dans la pièce donnant sur la petite terrasse. Elle avait gardé son jeans, mais remplacé le sweat-shirt blanc molletonné par un pull angora à col montant, sans manches, vert artichaut, assorti d'un gilet à manches longues, même matière même couleur. C'était un twin-set, un de ces ensembles que sa mère appelait « Juliette et Roméo », suivant la mode des années soixante. Elle venait de se l'acheter pour Noël et le mettait pour la première fois.

Ses affaires rangées, elle installa une chaise devant le petit bureau, face à la vitre. Il n'y avait qu'une prise de téléphone, et elle se trouvait dans la pièce principale. Heureusement, elle ne partait jamais sans les rallonges appropriées.

Elle avait trouvé du café dans une boîte en métal, du bon, il n'était pas vieux de cinq ans. Elle se réchauffa les mains en serrant la tasse, puis, non pas lasse de regarder au-delà des vitres mais plutôt désemparée par le spectacle, elle approcha de la chaîne hi-fi et considéra quelques CD. Nirvana, Ben Harper, Smashing Pumpkins, Oasis, Blur, Radiohead, Creep, Jeff Buckley, Beck, Marilyn Manson, Massive Attack, Portishead, Tricky, Kraftwerk, Depeche Mode, UB 40, Talking Heads, Björk, Morcheeba, Almamegretta, Air, Everything but the girls, Macy Gray, Mary J. Blige, Donald Fagen, Laurie Anderson, U2, Peter Gabriel, Buju Banton, Bob Marley, Eric Clapton, Ry Cooder, James Brown, Keith Jarret, Miles Davis, Sarah Vaughan, Mina, Lucio Battisti, Patty Pravo, Renato Zero... Rock dur, rock insolite, électronique, électro-pop, trip hop, techno, hip-hop-soul, funky, new age, reggae, jazz, folk, blues, les Italiens des années soixante et soixante-dix... Décidément, il ne manquait rien ! Son regard se bloqua sur le dernier « Air », ça ne collait pas avec le départ du fils du commissaire. Elle brancha la hi-fi et choisit le CD de Renato Zero.

Trova un pretesto, una ragione di più
perché io ti dia del tu.
Dammi una traccia, una tua foto semmai !
Dammi gli estremi tuoi[1] *!*

---

1. *Trouve un prétexte, une raison de plus/afin que je te tutoie./Donne-moi une trace, une photo, si tu veux !/Donne-moi tes coordonnées !*

Ça commençait à sauter. Mariella laissa tomber, revint à la fenêtre, s'assit au bureau. Dans cette position, on ne voyait plus que le ciel, le noir d'un ciel sans lune.

Il était temps d'ouvrir son e-mail.

DIMANCHE 26 DÉCEMBRE, SOIRÉE

Premier message.
De « RM 28 » à « Rosa L. »
Objet : Une photo ?
J'ai attendu, j'attends, j'attendrai. Impossible d'oublier ce que tu m'as écrit hier. Impossible aussi de ne pas vouloir plus de réalité. Ce rien dont tu m'entoures est déjà plein à craquer. Je te désire sans avoir une image à désirer. Je ne peux pas continuer à me branler en regardant tes phrases sur l'écran ! J'insiste pour la photo. J'éteins les lumières quand je m'adresse à toi, il ne reste que l'ordinateur quand tu me serres entre tes cuisses.

Deuxième message.
De « RM 28 » à « Rosa L. »
Objet : Toute promesse est due.
Pourquoi me laisses-tu sans nouvelles des journées entières ? Je ne te reproche rien, j'ai eu tort d'insister pour la photo. Tu m'as promis une rencontre, il est temps de tenir tes promesses. Ne crains rien de moi, je t'aimerai comme tu voudras, une fois ou mille. Tu m'as écrit plus de cent messages, j'ai dépassé les deux cents. Je t'ai fait l'amour des centaines de fois par écran interposé, laisse-moi te le faire une fois pour de vrai. Tu l'as promis. Je n'en peux plus de te désirer.

Mariella se leva. Il n'y avait pas d'autres messages pour Rosa L. Pour Mariella non plus. Depuis quinze jours, elle avait obtenu de RM 28 qu'il limite sa correspondance à deux messages par jour, en échange elle lui avait promis un rendez-vous le plus vite possible. C'était normal qu'il le réclame.

Elle réchauffa le café au micro-ondes. Ce studio commençait à devenir un peu le sien. Elle pourrait proposer un loyer au commissaire, sa femme serait probablement d'accord. De toute façon il faudrait régler les factures courantes.

Elle se réinstalla devant l'écran, face à la nuit qui ne s'arrêtait pas aux vitres. Elle n'avait pas allumé, seule la lumière de l'ordinateur offrait un repère.

De « Rosa L. » à « RM 28 »
Objet : Tout pacte doit être respecté.
Nous avions dit : pas de reproches. Nous avions dit aussi : que des mots, des mots sans limites, des mots pour nous rencontrer avant la rencontre. Elle aura lieu, ne t'inquiète pas, je te l'ai promis, je tiendrai ma promesse. Mais je t'avais annoncé mes conditions dès le départ : aucune description, aucune image, aucun détail réel, aucun repérage avant le rendez-vous que je te fixerai. Tu étais d'accord, ne change pas d'avis maintenant. Je te désire autant que tu me désires, nous sommes prêts, mais nous pouvons aussi laisser tomber. Nous ne nous connaissons pas, mais nous nous connaissons tout de même lorsque l'écran s'allume. Ce qui prépare notre jouissance. Nous nous rencontrerons comme des inconnus qui savent presque tout du désir de l'autre. Ce qui se passera après ni toi ni moi ne le savons.

Mariella enregistra mais n'envoya pas le message. Elle regarda dehors, le bistre du ciel était compact, la neige se changeait en glace. Elle résista à la tentation de sortir sur la terrasse puis ouvrit son agenda. Pourquoi pas cette nuit ? Peut-être ne serait-elle pas aussi disponible avant longtemps, l'affaire de Testaccio s'annonçait longue à éclaircir. La nuit, par contre, ne promettait pas de grands événements, alors pourquoi pas ? Une fois rentrée de chez Tecla, elle serait tranquille au moins jusqu'au matin. Elle pourrait proposer à RM 28 un rendez-vous vers les trois heures. Autant les attentes du début, elle les aimait longues, autant celle de la fin elle la voulait courte. Mariella revint à l'écran.

Moi aussi je tiens mon désir de toi à chaque bout de mon corps, mais contrairement à toi je ne veux toujours pas savoir qui tu es dans la réalité. Je te découvrirai quand je te verrai. Je te fais confiance pour me donner ce que je cherche, je nous fais confiance pour nous donner ce que nous cherchons.
Il est presque huit heures du soir, je te lance un défi. Rendez-vous cette nuit, trois heures, à l'hôtel Eden, 20, Via S. D'Amico. C'est à S. Paolo, tu iras avant moi et prendras la chambre numéro 33. Je connais l'hôtel, on ne peut plus discret. Si tu lis mon mail, tu seras au rendez-vous. Sinon, ce sera pour une autre fois. Je veux ce que tu veux.

Son portable sonna. Elle n'eut pas le temps de sursauter en entendant la voix du commissaire :
— Je voulais vous demander... Qu'est-ce qu'une toxicose au juste ?
— Pardon ?
— Une toxicose, répéta D'Innocenzo. Le fils de Peppe... de l'inspecteur Casentini... il s'agit d'une

toxicose, Genovese vient de m'appeler. Vous aviez l'air de vous y connaître tout à l'heure...

— Une toxicose, répéta Mariella abasourdie. (Elle venait d'envoyer le message et d'éteindre l'ordinateur.) On disait toxicose, autrefois... Eh bien, une toxicose est une déshydratation grave, c'est assez rare de nos jours, mais ça peut arriver si un bébé a perdu beaucoup d'eau suite à une gastro-entérite aiguë, s'il a des diarrhées, s'il vomit dès qu'il avale quelque chose...

— Voilà, c'est tout à fait ça, le fils de Peppe vomit sans arrêt depuis deux jours...

— Quel âge a-t-il ?

— Six mois.

— À cet âge-là, l'eau représente environ 70 % du poids du corps. Les tissus des bébés contiennent davantage d'eau que ceux d'un adulte. La circulation d'eau dans leur organisme a une importance capitale. Si le bébé perd une trop grande quantité d'eau, et donc de sels minéraux, en très peu de temps, l'équilibre des tissus en est gravement affecté. Un bébé qui a une gastro-entérite aiguë peut perdre jusqu'à 10 % du poids de son corps en un jour, vous vous rendez compte ? C'est comme si un homme de 80 kg perdait huit kilos en quelques heures. Imaginez la fatigue qu'il pourrait ressentir...

— À l'hôpital, on a mis le petit sous perfusion.

— C'est la seule chose à faire, il est urgent de l'hydrater. Autrefois les toxicoses étaient fatales aux bébés.

— Vous vous y connaissez aussi en pédiatrie ?

— J'ai fait un an de médecine après mon droit. J'ai mis longtemps à trouver ma voie.

— L'avez-vous trouvée dans la police ?

— Je crois. En tout cas, j'ai moins de doutes qu'avant.

— Je l'espère pour vous. Vous avez toujours l'intention de raccompagner Tecla chez elle, ce soir ?
— Absolument.
— Bien. Appelez-moi sur mon portable, à n'importe quelle heure, si nécessaire. Je ferai de même, s'il y a du nouveau. Et n'oubliez pas : rendez-vous demain matin, huit heures, à S. Vitale. Vous connaissez les lieux.

Mariella dîna de deux boîtes de thon à l'huile, le pain lui manqua. À vingt et une heures, elle quitta l'appartement. Elle passa le pont Testaccio sans rencontrer âme qui vive. Une vieille Fiat 600, couverte de neige, stationnait devant le *Caffè Tevere*, fermé, à côté du Mattatoio, l'ancien abattoir désaffecté. Sa silhouette de petit crapaud endormi sur le quai désert lui donna la chair de poule. Elle longea le Lungotevere Testaccio, se trouva serrée entre les arbres et les murs, effleura du doigt son arme de service en accélérant le pas. Elle avait beau être courageuse, le silence et la nuit lui faisaient toujours le même effet de guet-apens, surtout s'il n'y avait personne à un kilomètre à la ronde. Les deux jeunes filles assassinées marchaient, elles aussi, seules dans la nuit, lorsque leur agresseur les avait surprises ? Ou bien le connaissaient-elles ? Les avait-il raccompagnées sous prétexte qu'il valait mieux ne pas se promener seules à une heure pareille ? S'agissait-il du même meurtrier pour les trois filles ? Et si oui, pourquoi avait-il tué la troisième chez elle, en changeant soudain de méthode ? Pourquoi s'était-il adonné à ce dépeçage insensé ? S'agissait-il d'un tueur en série ?

Elle avait répondu trop vite au commissaire qu'il n'y avait pas de tueur en série dans cette affaire. En fin de compte, elle n'en était pas sûre. Le besoin d'en parler avec Mrs Stevens la démangeait. Il faudrait qu'elle la contacte par courrier électronique pour lui demander son avis.

La Via Florio était aussi déserte que les autres rues débouchant sur le quai. Aucune lumière dans le restaurant de Mario. Mariella imagina le bel Alberto en train de traverser la salle obscure (enlevait-il ses chaussures ?), de monter les marches avec précaution (elles étaient en marbre), puis de se faufiler dans la chambre de la petite Veronica. S'il était dans la cabine de projection, à la dernière séance, elle lui rendrait visite, histoire de lui poser quelques questions de manière informelle.

Elle allait rejoindre la Piazza dell'Emporio, lorsqu'un bruit de moto se fit entendre sur le quai. Mariella eut l'impression que la moto ralentissait en s'approchant. Mais le feu était vert, et d'un coup d'accélérateur la moto disparut sur le Lungotevere Aventino. Ses nerfs étaient à vif. Ce n'était pas une bonne idée, ce rendez-vous avec RM 28, elle avait mal choisi le moment, elle aurait pu attendre que sa présence sur l'enquête soit complètement acceptée par le commissaire et par ses collaborateurs ! Elle venait tout juste de débarquer et déjà elle se compliquait la vie. Pour ça, elle avait le chic ! Imparable pour s'attirer os, pépins et rififi en tout genre ! Comme cette balle dans le cœur du tueur des Abruzzes : qu'est-ce qu'elle en avait bavé pour démontrer le danger qui l'avait justifiée ! À croire que le dégueulasse ne l'avait pas mérité, son pruneau !

La Piazza dell'Emporio, son allure de carrefour sinistre, lui ôta toute envie de poursuivre sa promenade sur les quais obscurs. Une jeune fille s'aventurant seule par ici, aux petites heures du matin, n'était qu'une proie trop facile. Comment s'appelait-elle déjà ? Lucia. On l'avait retrouvée là-bas, contre le muret du quai, à cinq heures et demie du matin. Un balayeur municipal qui ramassait les feuilles mortes. Vingt et un ans et la gorge grande ouverte, elle s'était vidée de tout son sang. Pas de viol. Sur aucune des trois victimes, du reste. Leur culotte sagement remontée, sauf pour Patricia Kopf. Mais elle était chez elle et avait pu aussi bien l'enlever toute seule. Aucune trace de violence physique non plus, si l'on excepte l'ouverture nette de la gorge par un curieux modèle de couteau-scie. Si l'on excepte aussi le dépeçage du corps de la troisième fille. Les membres découpés, aucune marque de résistance de la part de la victime, ni torsions ni contractions dues à la douleur, le légiste donnerait son avis, mais ça semblait évident : le dépeçage avait été effectué *post mortem*. Quelque chose, néanmoins, la mettait mal à l'aise dans ces trois meurtres : ils se ressemblaient et ne se ressemblaient pas en même temps. Le commissaire avait probablement raison, il fallait chercher un mobile ; s'il y avait mobile, il n'y avait pas de tueur en série.

Mais si le meurtrier de Patricia Kopf n'était pas le même que celui des deux autres jeunes filles, quel mobile fallait-il rechercher ? Après tout, étant donné ce qui venait de se passer dans le quartier, quelqu'un ayant eu l'intention de commettre un meurtre pouvait aussi bien avoir eu l'idée de le maquiller pour le faire endosser par le tueur en série.

Il devenait urgent de retrouver Nando.

Elle s'en aperçut à l'angle de la Via Vanvitelli et de la Via Luca della Robbia : on la suivait. Elle se retourna brusquement plusieurs fois, son cœur s'emballait déjà malgré les efforts de la raison pour maintenir le calme. Elle eut hâte de rejoindre la Piazza Testaccio. Ce n'était pas tellement la peur que cette sensation de ne plus être seule, de ne pas savoir qui lui collait au dos et depuis combien de temps. Les baraques fermées des marchands de légumes lui firent l'effet de cabines de bord de mer hors saison. Le marché à ciel ouvert n'était qu'un labyrinthe redoutable, à cette heure. Elle se posta entre deux échoppes, côté Via Bodoni, et retint son souffle. Un silence d'au moins deux minutes la fit douter de ses sens : elle s'était peut-être trompée, il n'y avait personne. Elle allait reprendre son chemin lorsqu'un clapotement à sa gauche la mit à nouveau en état d'alerte. Quelqu'un venait de mouiller ses semelles dans une flaque.

Mariella se retourna, fit un bond en arrière, scruta l'espace exigu entre la première échoppe à gauche et la suivante. Elle n'avait pas touché à son arme, mais tous ses nerfs s'y étaient préparés. Personne. Elle resta encore quelques secondes immobile, regarda devant, derrière, à droite, à gauche, puis elle ne sut plus que faire. Plus bas, vers la Via Mastro Giorgio, pas très loin du kiosque à journaux, un cierge d'eau glacée bouchait la petite fontaine. Des poubelles marquant les limites du marché s'échappait une odeur écœurante.

— T'as pas une clope ?

Mariella sursauta. La voix venait de lui souffler dans le cou. Si elle ne brandit pas son arme, peu s'en fallut. Le jeune homme n'avait pas l'air dangereux, des cernes profonds, un visage pâle faisaient penser plutôt à un malade échappé de l'hôpital.

— T'en as pas une ? répéta-t-il.

— Tu m'as fait peur, répondit Mariella.

Comme s'il venait seulement de réaliser qu'il pouvait encore faire peur à quelqu'un, le jeune homme s'approcha un peu plus et mit de la menace dans sa voix :

— Donne-moi une clope, merde ! Et ton sac aussi !

— J'ai pas de clopes et pas de sac non plus, répondit Mariella. Le jeune inconnu semblait avoir du mal à tenir debout.

— Merde, merde et puis merde ! grogna-t-il.

Ce fut probablement à cause de cet air de fugitif novice qui ne sait plus où donner de la tête, ce fut plus certainement encore par ces tremblements qui indiquaient la peur et la fatigue en même temps : elle le reconnut sans le connaître.

— Venez avec moi, Nando, dit-elle tout à coup en lui prenant le bras.

L'autre se déroba aussi sec. Alors Mariella se mit à lui tordre le bras derrière le dos, sans méchanceté toutefois. Elle venait de sortir son arme pour mieux le raisonner.

— Lâche-moi ! cria-t-il brusquement dégonflé. (Il avait la trouille, il ne s'attendait pas à voir la fille sortir l'artillerie.) Qu'est-ce que tu fais ? Range ton flingue, merde ! T'es cinglée ?

— Calme-toi, dit Mariella. Je ne te ferai aucun mal, tu dois juste me suivre.

— Te suivre ? Mais je te connais pas, moi ! Qu'est-ce que tu me veux ? J'ai rien à te donner, rien, tu comprends ? Même pas une clope !

— Suis-moi, répéta Mariella en lui tordant le bras un peu plus violemment.

— Mais arrête ! Tu vas me le casser ! T'es fêlée de jouer avec ce pétard, je suis cardiaque, je vais y rester. Tu te goures, tu me prends pour quelqu'un d'autre !

— Je te prends pour celui que tu es. Allez, Nando, ne fais pas d'histoires ou ça va craindre. Suis-moi et tout se passera nickel.

— Je m'appelle pas Nando et je te connais pas ! Dis-moi plutôt ce que tu me veux... Je t'ai jamais vue. Garde ton sac, tes clopes et laisse-moi partir !

— Je suis inspecteur de police et tu es Nando Toti,

le fils d'Assunta. Nous te recherchons depuis ce matin.

Malgré son air assuré, Mariella commençait à douter de sa trouvaille. Toutes les pharmacies fermées, les dealers en train de s'éclater quelque part dans la ville, après tout, ce jeune homme pouvait aussi bien être un pauvre type en manque à la recherche d'une substance quelconque de remplacement pour tirer jusqu'au matin. Mais Nando finit par se démasquer lui-même par des sanglots inattendus : il avait fondu en larmes, le corps secoué par des spasmes. Mariella n'arrivait plus à le tenir. Il faisait froid, il n'avait probablement rien avalé de la journée.

Elle lui passa sans difficulté une menotte au poignet droit et l'attacha au cadenas du rideau du kiosque. Avant que Nando ne pût réagir, elle lui enfila dans la bouche le goulot d'une petite flasque de secours qu'elle portait toujours sur elle. Tel un nouveau-né affamé, il y colla ses lèvres et se mit à téter avec acharnement. Ses esprits lui revenaient à mesure que le liquide lui brûlait la gorge. Mariella lui arracha la bouteille des lèvres, elle ne voulait quand même pas le saouler. S'il ne se mettait pas à crier, s'il restait tranquille contre le rideau du kiosque, elle en tirerait peut-être quelque chose. Les lumières faibles des réverbères, dans les rues adjacentes, alourdissaient l'obscurité de la place. La voix de Mariella n'en parut que plus imposante.

— Tu as tué ta copine sans le vouloir, Nando. Elle t'empoisonnait la vie, n'arrêtait pas de t'emmerder, à longueur de journée... Raconte-moi comment ça s'est passé, Nando, ça te fera du bien...

— Patricia... sangliota le jeune homme.

— Tu voulais pas la tuer, pas vrai ? Tu l'aimais, comment tu aurais pu lui faire du mal ? Ce qui est arrivé est de sa faute. Vous aviez trop fumé, elle arrêtait pas de t'engueuler, de te réclamer un peu de poudre, elle pensait qu'à ça, c'était une obsession... T'en avais marre, tu lui avais préparé encore un joint, elle te l'a jeté à la figure... Elle t'a insulté, a pris du speed... ça lui a pas suffi, elle t'a supplié d'aller lui chercher un peu de poudre, et comme tu voulais pas, elle t'a menacé, t'a traité de couille molle, t'a donné des coups... Non, tu voulais pas la tuer, juste l'arrêter, t'en pouvais plus, t'as fait ça sans le vouloir... Qu'est-ce que t'as fait, Nando ?

— Patricia... continuait de gémir le jeune homme.

— Dis-moi ce que t'as fait, Nando, ça te fera du bien. Tu as tué ta copine sans le vouloir, par un accès de rage, tu lui as pris la gorge pour la faire taire, elle crachait des ordures sur toi, sur ta mère, sur ta famille... Puis tu t'es rendu compte qu'elle ne parlait plus, ne bougeait plus... T'en revenais pas, c'était pas possible... Qu'est-ce que t'as fait, Nando ?

— Mais j'ai rien fait, putain ! J'ai rien fait ! Je l'ai laissée déconner toute seule et je suis parti en claquant la porte. J'étais complètement sonné...

— Tu étais paniqué, continua Mariella imperturbable. Patricia ne répondait plus, ne respirait plus, qu'est-ce qui s'est passé, Nando ? T'avais serré trop fort ? Elle a eu une syncope ? Les amphétamines, les joints, l'alcool, la poudre... T'as essayé de la ranimer, tu l'as embrassée, secouée, giflée, rien à faire, elle ne réagissait plus. Tu as posé ton oreille sur son cœur, tu n'as rien entendu, tu as pris son pouls, pas de battements, tu as pris son miroir de poche, tu le lui as mis devant la bouche, pas de souffle non plus...

— Mais arrête, pauvre conne ! Patricia était vivante quand je me suis cassé ! Vivante, t'entends ?

— Tu as eu peur, il fallait réfléchir, tu as décidé d'attendre, combien de temps tu as attendu, Nando ?

Nando sanglotait, Mariella insista :

— Tu venais de tuer la fille que tu aimais. C'était pas de ta faute, mais tu étais coupable ; pour toi, c'était fini, tu allais croupir en taule et pour longtemps. C'est là que l'idée t'es venue...

— Quelle idée ? demanda Nando, médusé par le récit.

— L'idée de maquiller l'accident en meurtre... Tu as pensé au détraqué qui a tué les deux jeunes filles de Testaccio... Eh bien ! voilà qu'il allait avoir un troisième meurtre sur le dos. On disait partout qu'il ne s'arrêterait pas, qu'il allait rappliquer... C'était pas difficile, il fallait juste garder la tête froide, préparer une bonne mise en scène et tout le monde croirait qu'il avait tué ta copine aussi.

Accroupi, la tête penchée, le bras pendu au cadenas du kiosque, Nando écoutait, abruti. Mariella continua :

— Tu pleurais en découpant le corps, mais tu te disais qu'elle ne sentait plus rien, qu'elle était morte, qu'elle avait fini de souffrir... Tout le monde croirait à l'œuvre d'un fou. C'était affreux de lui trancher les mains et le reste, mais tu ne te sentais pas responsable. Tu avais serré son cou un peu trop fort, mais c'est elle qui t'y avait poussé. Peut-être aussi qu'elle avait eu une crise cardiaque, dans ce cas tu n'y étais pour rien. Mais comment savoir ? Qui te croirait ? Pour Patricia c'était fini, tu ne pouvais plus rien pour elle, et qui sait ? au fond c'était mieux ainsi, de toute façon elle ne s'en serait jamais sortie... T'as dégueulé dans le W.-C., t'as failli t'évanouir plusieurs fois, mais il fallait tenir bon, aller jusqu'au bout. Où as-tu caché le couteau électrique, Nando ?

— Quel couteau ? hurla le jeune homme au milieu des hoquets. T'es malade ? J'ai rien fait du tout ! T'es cinglée d'inventer toutes ces horreurs sur moi. J'adorais Patricia, c'était mon amour, ma vie, j'y suis pour rien dans sa mort !

— Si tu n'y es pour rien, demanda Mariella, dis-moi alors ce qui s'est passé, et comment tu sais qu'elle est morte ?

Nando secoua les menottes rageusement comme s'il venait seulement de s'apercevoir qu'elle l'avait attaché.

— Patricia est morte, gémit-il. Je veux mourir aussi...

— Bien sûr que tu veux mourir, Nando. En attendant, tu te sauves. Tu as rencontré Tecla, cette nuit, juste au moment de lever le pied, et tu t'es dit que ça pouvait faire un bon alibi. Alors, tu es monté avec elle chez Loredana, tu as fait semblant de t'endormir et tu as attendu son départ pour te tirer. Tu avais dans la poche la main de Patricia, tu venais de la lui couper pour brouiller les pistes, tu t'es amené ici et tu l'as laissée tout près du kiosque. Tu pensais t'en sortir en laissant croire au fou, car seul un déglingué peut cacher une main dans la neige. Ta mère a trouvé la main. Peut-être tu t'y attendais, tu voulais te venger d'elle aussi, elle vous avait chassés de la maison, elle haïssait Patricia, au fond ce qui venait d'arriver était aussi de sa faute...

— Arrête, connasse ! Boucle-la ! C'est toi que je vais saigner comme la truie que tu es ! hurla Nando en agrippant le cou de Mariella de sa main libre.

La crosse du pistolet atteignit la joue sans rater la tempe. On n'y voyait goutte, Mariella dut deviner qu'il pissait le sang en lui touchant le visage. « Merde ! » s'écria-t-elle. Nando venait de s'écrouler. Le cadenas du rideau placé trop haut, le poignet emprisonné tirait sur le bras. Elle lui toucha la joue, sentit le liquide visqueux sur ses doigts, tamponna au mieux avec son écharpe. Elle répéta : « Merde ! », puis lui flanqua deux taloches robustes sur la joue intacte et lui colla à nouveau la bouteille aux lèvres. Nando se mit à téter machinalement, parut un instant retrouver ses esprits, mais au bout de quelques secondes il s'évanouit de nouveau. Il ne restait plus beaucoup d'alcool. De sa main gauche, Mariella sortit le portable de sa poche et composa le numéro du commissaire.

DIMANCHE 26 DÉCEMBRE, SOIR

Il avait remonté le col de son manteau, la main gauche était glacée à force d'en tenir les deux bouts. D'Innocenzo ne mettait jamais de gants. Au beau milieu du Viale Trastevere, il s'immobilisa un instant, il n'y avait que les fêtes de Noël pour arrêter la circulation dans cette ville. Plus loin, à gauche, la masse du ministère de l'Éducation nationale s'affaissait dans le noir. La tache bleuâtre de l'hôpital Regina Margherita lui arracha une pensée amère pour le pauvre Peppe. Il l'avait encore appelé, tout à l'heure, les nouvelles n'étaient pas bonnes, sa femme et lui avaient trop attendu avant d'hospitaliser leur petit garçon. Cette histoire de déshydratation, il ne la comprenait pas tout à fait ; qu'avait-elle dit, Mlle De Luca ? Imaginez un homme de quatre-vingts kilos perdant huit kilos en quelques heures. Pas facile de se représenter un costaud en train de fondre aussi vite. Curieuse fille, Mariella : des études de droit, puis, ravisée, une année de médecine, pour échouer enfin dans la police nationale. Il l'avait, peut-être, jugée un peu trop vite, il fallait reconnaître qu'il était prévenu à son égard à cause de cette affaire du Parc national. Son courage et son obstination pouvaient pourtant se révéler utiles, et le stage sur les tueurs en série ne serait pas un luxe dans l'enquête en cours. Après tout, il n'était pas mécontent qu'elle eût intégré son équipe, et ça ne lui déplaisait pas non plus qu'elle eût accepté de s'installer provisoirement dans le studio de Giuliano.

Brusquement, l'idée lui vint de prendre sa voiture pour monter jusqu'au Bambin Gesù, l'hôpital pour enfants tout en haut du Gianicolo. Peppe apprécierait qu'il passe le voir. La situation semblait critique. On avait mis un lit pour sa femme dans la chambre du bébé, mais lui, il devait être en train de remuer tout seul ses idées noires sur une chaise. Il passerait d'abord à la maison, le temps de réchauffer le *spezzatino* de la veille, au cas où sa femme n'aurait pas encore dîné.

Depuis environ trente ans, D'Innocenzo habitait Via Santini, juste à l'angle de la Piazza S. Cosimato. De la fenêtre de la salle de bains, en se penchant un peu, on pouvait même apercevoir la place. Au quatrième étage, ses voisins jouaient aux cartes, des cris d'enfants se mélangeaient aux bruits des voix accompagnant la partie. Il entra chez lui, évita d'allumer, la chambre au fond du couloir était éclairée. Il posa son chapeau et son pardessus sur le portemanteau, enleva ses grosses chaussures couvertes de neige boueuse, puis il alla voir sa femme. Ida se tenait dans le lit, calée entre deux oreillers, et n'arrêta pas son tricot en l'apercevant.

— Tu as dîné ? demanda-t-il.

Elle bougea la tête négativement deux fois sans lever les yeux.

— Je vais réchauffer le *spezzatino*. Tu ne regardes pas la télé ?

Elle répéta le même mouvement de la tête. D'Innocenzo resta figé un instant dans l'encadrement de la porte, puis s'en fut à la cuisine. Au bout d'un quart d'heure, il revint, un plateau entre les mains.

— Je t'ai rempli un verre de rouge. Je t'ai mis aussi une *rosetta*, c'est tout le pain qui reste.

Ida enleva le pain du plateau et le tendit à son mari. Puisqu'il refusait de le prendre, elle chercha son calepin sur la table de nuit et se hâta d'écrire : « J'en ai mangé cet après-midi, Nicoletta m'a préparé un sandwich avant de partir. Ça, c'est pour toi. » D'Innocenzo prit la *rosetta* et s'en retourna dîner tout seul à la cuisine.

Sa femme était restée paralysée des jambes à la suite d'un accident de voiture survenu un été, au retour des vacances. D'Innocenzo, qui était au volant, avait séjourné trois mois à l'hôpital emmailloté comme une momie, mais n'avait perdu aucune de ses capacités physiques. Leur fils, âgé à l'époque de dix ans, s'en était sorti indemne. Il fut confié à ses grands-parents maternels pendant la convalescence de ses parents, mais lorsque Ida voulut le reprendre, sa mère réussit à la convaincre que dans son état elle ne pourrait jamais élever dignement un enfant. Ida s'était pliée au vouloir de sa mère, et Giuliano n'était rentré à la maison qu'un an plus tard, lorsque son père, complètement rétabli, l'avait arraché à sa grand-mère. Celle-ci ne lui pardonna jamais, et décida de ne plus revoir l'enfant qu'on venait de lui enlever.

Ida sut gré à son mari de lui avoir rendu son fils. Elle recouvra rapidement ses forces et se débrouilla merveilleusement bien pour l'élever. Une jeune femme, Nicoletta, venait tous les jours à la maison remplir les tâches ménagères et amenait avec elle son enfant qui avait le même âge que Giuliano. Les deux garçons avaient grandi ensemble comme des frères. Vingt ans plus tard, Nicoletta continuait à venir quotidiennement chez le commissaire, mais désormais elle ne restait que trois heures. Tout en étant salariée, elle faisait partie de la famille ; pour Ida elle était devenue une amie et une sœur, surtout depuis son aphasie.

Ida avait perdu l'usage de la parole quelques mois après la disparition de Giuliano. Au début, le commissaire avait cru qu'elle faisait semblant, que c'était une vengeance de sa part pour le punir de son attitude envers Giuliano, d'abord, et du retard pris dans le démarrage des recherches, ensuite. En effet, D'Innocenzo n'avait pas voulu croire à la disparition de son fils, et aujourd'hui encore il préférait penser que Giuliano, convaincu que ses choix sexuels étaient irréversibles pour lui et inacceptables pour son père, avait préféré quitter sa famille. Cinq ans plus tard, la rigidité du commissaire en la matière s'était sensiblement émoussée, mais il gardait une sorte de ressentiment envers Nicoletta qui connaissait depuis des années l'homosexualité de son fils et ne lui en avait jamais soufflé mot. Ida s'était ravisée beaucoup plus tôt que lui à ce sujet, l'influence de Nicoletta y était sûrement pour quelque chose. Elle n'avait, d'ailleurs, jamais perdu l'espoir de voir réapparaître un jour son fils unique.

Le commissaire débarrassa sa femme du plateau, lui laissa quelques figues séchées dans une petite assiette qu'il posa sur la table de nuit, chargea le lave-vaisselle, prépara le plateau du petit-déjeuner, mit le café, la cafetière et le sucrier près de la cuisinière, puis retourna dans la chambre.

— Je fais un saut au Bambin Gesù, annonça-t-il. On vient d'hospitaliser le fils de Peppe.

Ida tourna vivement la tête.

— Rien de grave, ne t'inquiète pas, c'est une histoire d'eau... Il paraît que le bébé a perdu beaucoup de poids, mais on va le soigner, il est entre de bonnes mains.

Ida connaissait le petit, Mme Casentini était venue la voir, au début de l'automne, pour la remercier des petites laines qu'elle avait tricotées pour lui.

Elle attrapa le calepin.

« C'est une toxicose ? » écrivit-elle.

— Je crois... répondit D'Innocenzo, étonné que sa femme connût le mot.

« Alors, c'est grave », ajouta-t-elle encore.

— Mais non, la rassura-t-il, aujourd'hui on fait des miracles avec les petits.

Il s'était remis à neiger. En bas de l'immeuble, aucune trace de pas sur la chaussée, personne ne s'aventurait à l'extérieur. Le commissaire nettoya les vitres de sa voiture. Les flocons s'emballaient dans l'air. Saloperie de temps, pensa-t-il, en actionnant la commande des essuie-glaces. Il essaya de démarrer tout doucement, le portable sonna à cet instant, il le chercha au fond de sa poche. C'était Mlle De Luca, passablement troublée. Elle lui demandait de la rejoindre au marché de Testaccio, elle venait de retrouver Nando Toti.

Contre la fenêtre, dans le bureau du Dr Morano qu'il occupait depuis plusieurs semaines, le commissaire goûtait un café qui lui parut merveilleux. La femme de Nino, l'agent de garde au commissariat, en avait préparé deux thermos, elle n'oubliait jamais les collègues de son mari. C'était incontestablement le meilleur, et de loin, de tous les cafés qu'il avait l'occasion de boire, y compris celui qu'il préparait lui-même, et c'était beaucoup dire.

Il aurait juré que cette poussière de neige tourbillonnante allait s'arrêter net, mais il s'était trompé. La frénésie des flocons reprenait régulièrement après de rares pauses.

— Vous ne pourrez pas accompagner Tecla à Vicovaro ce soir, il vous faudrait des chaînes, dit-il sans se retourner.

Il était minuit moins le quart, Mariella se sentait épuisée, l'interrogatoire de Nando l'avait harassée.

— Mlle Tittoni doit avoir des chaînes pour rentrer... dit-elle d'une voix lasse.

— Je suppose, elle a dû s'en procurer, vu où elle habite... Il neige désormais chaque jour que le bon Dieu nous envoie.

— Finalement c'est vous qui avez raison, je vais passer Via Amerigo Vespucci lui dire que j'irai plutôt demain.

— Elle ne va pas vous regretter. Rentrez vous reposer, c'est plus judicieux. J'espère que vous n'aurez pas froid dans le studio.

— Ça ira, je me plais bien chez votre fils.

— Dommage qu'il ne soit pas là pour vous entendre, répondit le commissaire.

Le rideau de fer était à moitié baissé lorsqu'elle arriva devant le cinéma. Elle ne se manifesta pas tout de suite. Elle reconnut la voix de Tecla :

— Je veux surtout pas avoir l'air de fuir.

— Je vais pas rester planté là juste pour ne pas déplaire à un poulet, répondit une voix d'homme que Mariella ne connaissait pas. Même si c'est une poulette !

— Mais vas-y, j'ai pas peur ! J'attends encore dix minutes, puis je me casse moi aussi.

— Dix minutes, je reste...

Mariella frappa au rideau, les deux autres se turent instantanément. Puis, l'un d'eux se mit à remonter le rideau, c'était un jeune homme sans charme, pas très grand. Ce n'était sûrement pas le frère de Tecla.

— Ah, vous voilà ! s'exclama celle-ci. Je commençais à croire que vous me fausseriez compagnie.

— C'est tout à fait ça, répondit Mariella. Je ne viendrai pas avec vous ce soir. Vous avez des chaînes ?

— Vous feriez-vous du souci pour moi, Mademoiselle l'inspecteur ?

— Vous en avez, oui ou non ?

— Bien sûr que non, là où j'habite, c'est quand même pas les Abruzzes !

— Vous devriez pourtant, la neige tient bon, ça risque de durer toute la nuit. À votre place je me montrerais plus prudente.

— Raison de plus pour me laisser partir, je vais en avoir pour plus d'une heure, ce soir.

— Votre frère rentre avec vous ? demanda Mariella en regardant le jeune homme qui n'avait pas ouvert la bouche.

— C'est pas lui, mon frère ! s'esclaffa Tecla. Lui, c'est Fabio, il est projectionniste lui aussi.

— Il n'est pas là, votre frère ?

— Je crois vous avoir déjà dit que je ne suis pas sa nounou. Il n'a pas travaillé ce soir, il avait un rendez-vous, quelque chose d'imprévu. Fabio a dû se débrouiller tout seul. Pas vrai, Fabio ?

L'autre confirma d'un signe de la tête, à croire qu'il était devenu muet.

— Je rentrerai avec vous, demain soir, si vous n'avez rien contre, dit Mariella en faisant un pas en arrière.

— Je ne travaillerai pas demain, c'est mon jour de repos, répondit Tecla. Mais venez dîner à la maison, ajouta-t-elle en lui glissant une carte de visite. Si vous ne craignez pas la neige, bien sûr...

— Votre frère y sera aussi ?

— Je ne peux pas vous le garantir. Vous vous intéressez beaucoup à lui...

— Je m'intéresse à tous ceux qui ont connu les trois filles assassinées, répondit Mariella en fixant le dénommé Fabio. (Puis elle ajouta :) J'oubliais de vous dire que nous avons retrouvé Nando, il passe la nuit au commissariat.

En quittant le cinéma, elle ne se retourna pas.

Dommage qu'elle ne puisse pas prendre une douche tout de suite, l'eau emporterait, avec la fatigue, cette nervosité qui parcourait son corps depuis la rencontre avec Nando. Ils n'en avaient pas tiré grand-chose. Au sujet de la dispute de la veille, relatée par Mario, il n'avait nié ni sa jalousie ni de s'être fâché contre Patricia. Il avait quitté l'appartement de son amie vers une heure et quart du matin, avait rencontré Tecla sur le palier du rez-de-chaussée, était monté avec elle chez Loredana et s'était endormi sur le canapé après avoir bu une tasse de citron chaud sucré que Tecla lui avait préparée. Il s'était réveillé tout grelottant au petit matin, aux alentours de cinq heures, s'était souvenu d'avoir laissé Patricia toute seule, était descendu chez elle faire la paix, et avait découvert l'horrible boucherie. Accablé, terrifié, il avait pris la fuite. Il était sonné mais pas au point de ne pas comprendre qu'il se trouvait dans un sale pétrin : il était entré avec ses propres clés dans l'appartement où sa copine venait de se faire massacrer, il avait laissé ses empreintes partout, et la veille au soir, il s'était disputé violemment avec elle. La peur l'avait emporté sur le désespoir. Ainsi, malgré sa souffrance devant le corps mutilé, il n'avait osé ni le toucher ni appeler la police. Il n'avait pensé qu'à s'enfuir.

Il n'avait rencontré personne en quittant l'appartement. Il faisait encore nuit, il avait marché des heures au hasard, mort de froid, de fatigue et de peur. Il n'avait même pas osé entrer dans un café pour se réchauffer. Il avait fumé des joints dans une église qui venait d'ouvrir, caché dans une chapelle pendant le premier office. Il n'avait pas voulu retourner à Testaccio avant la nuit, mais ça le démangeait, le besoin de savoir. Il avait appelé sa mère, qui lui avait interdit de se montrer, la police étant à sa recherche depuis le matin.

Désormais, il n'en avait plus rien à cirer. Patricia était morte, et lui, bien qu'innocent, voulait en finir aussi. Il ne cherchait rien de spécial en retournant à Testaccio. Il ne savait pas où aller, il avait faim, il n'avait plus ni joints ni thune. Au fond, ce n'était pas si mal d'être tombé dans les mains de la police, sauf pour la brunette qui l'avait cueilli et avait failli lui bousiller la figure ! Le *dottore* D'Innocenzo, n'aurait-il pas quelque chose pour le faire dormir ?

Mariella expliqua à D'Innocenzo qu'elle ne touchait pas à l'alcool, en tout cas jamais en service, mais qu'elle avait l'habitude de garder sur elle un flacon de voyage parce que ça pouvait se révéler utile, la preuve ! C'était comme un réflexe de secouriste, pas très catholique, mais efficace. Le commissaire n'approuva pas, se montra perplexe, il ne lui fit toutefois aucun reproche, même pas au sujet du coup de crosse qui avait assommé le prévenu. Le substitut Lauretti averti, ils avaient quarante-huit heures pour décortiquer les déclarations de Nando. D'Innocenzo enverrait Nando à S. Vitale dès cette nuit, lui-même quitterait le bureau du Dr Morano le lendemain, pour rétablir là-bas son quartier général. Après tout, ce n'était pas nécessaire de rester sur place pour mener l'enquête. Mariella était tout à fait de son avis. Le rendez-vous du lundi matin huit heures fut confirmé.

La déposition de Nando ne manquait pas de contradictions qui ne débouchaient sur rien. Il insistait, par exemple, sur le fait qu'il avait bu une tasse de citron chaud avant de s'écrouler sur le canapé alors que Tecla avait affirmé ne pas avoir eu le temps de lui en préparer une puisqu'il s'était endormi. Pourquoi ? Était-ce une contradiction due au choc et aux nombreux joints fumés depuis la veille ? Et s'il disait vrai, quelles raisons avait Tecla de mentir sur un tel détail ? Nando s'était-il endormi avant ou après le citron chaud ? Qu'est-ce que cela pouvait bien signifier ? Toujours est-il que Nando en avait demandé un, sur ce point sa déclaration concordait avec celle de Tecla.

Qui était Tecla ? Pourquoi protégeait-elle son frère, comme ça en avait tout l'air ? Il devenait urgent de convoquer à nouveau le bel Alberto. Il connaissait bien les trois victimes et avait couché avec au moins deux d'entre elles. En même temps, Alberto n'était pas le seul à bien connaître les filles assassinées, et comment savoir avec combien d'hommes elles avaient eu des rapports plus ou moins intimes ? Alberto faisait des photos de filles à poil, d'accord, mais pouvait-on l'imaginer pour autant en égorgeur ? Il fallait au plus tôt se faire une opinion sur la personnalité d'Alberto. En tout cas, l'avancement de l'enquête dépendait aussi d'une meilleure connaissance des trois victimes : il était nécessaire de tout reprendre dès le début, leur mode de vie, leurs fréquentations, leurs habitudes, leurs points en commun.

Et Nando ? Qui était Nando ? Aurait-il pu tuer sa copine dans un accès de rage et en accommoder ensuite le cadavre de manière à faire endosser le meurtre par le tueur en série ? La rage collait mal avec sa cervelle enfumée : excès de joints, excès d'alcool, Nando paraissait bien trop paumé, et peu réfléchi, pour imaginer une telle mise en scène.

Mariella ne connaissait pas personnellement le

légiste, mais elle passerait le voir dès le lendemain. Si le commissaire ne s'y opposait pas.

Bientôt minuit. Il était temps de se décider : irait-elle ou n'irait-elle pas au rendez-vous ? Sa résolution fut prise en sirotant un ultime café, le huitième de la journée, elle n'avait que ce vice-là, ou presque.

Un faitout énorme trônait tout en haut du placard. Elle monta sur une chaise pour l'atteindre, il y avait pas mal de poussière dessus. À quoi pouvait bien servir cette marmite dans un studio de célibataire ? Elle la nettoya, le produit à vaisselle était sous l'évier, puis la remplit d'eau à ras bord. Cela prit une bonne heure de la faire bouillir.

À une heure pile du matin, elle se coulait dans un bain rare mais ô combien revigorant ! S'enfonçant dans le liquide chaud, elle se dit que la rencontre dépasserait l'attente. Ainsi que toutes les autres, jusqu'à ce jour. C'était tordu, probablement pervers, mais ça ne faisait de mal à personne, et tellement de bien à elle-même !

Jupe de mise, courte et moulante, en laine angora noire à gros poil. Bas de nylon noirs sur escarpins de daim, noirs eux aussi. Haut d'angora bleu ciel, sans manches, ras du cou, souligné par un fil de perles grises plus vraies que vrai. Aucun autre bijou sauf celui accroché au nombril. Pas de dessous, toutes cartes découvertes, le jeu n'en serait pas plus facile pour autant. La fourrure ayant appartenu à sa mère, elle l'avait aimée petite fille, elle l'aimait toujours. Astrakan noir si bien conservé, sa mère avait dû la mettre cinq fois en tout et pour tout. Les yeux éparpillaient sur la glace la lumière émeraude des lentilles colorées, elle enfila une perruque. Cheveux roux bouclés, effleurant juste les épaules, longue frange cachant ses sourcils trop épais, dans le miroir elle avait l'air d'une petite dame de la haute éprise d'encanaillement. C'était parfait, son père lui-même ne l'aurait pas reconnue.

Elle ferma la porte en partant, très doucement. C'était un avantage du studio que personne d'autre n'habite l'étage. N'empêche, pensa-t-elle, ce serait plus prudent dans un immeuble où personne ne connaîtrait le commissaire.

LUNDI 27 DÉCEMBRE, PETIT MATIN

À deux heures et demie du matin, la neige se consumait dans les rues en glace boueuse. Elle arriverait à l'heure, et il serait là.

Elle sonna à la petite porte de l'hôtel Eden, le gardien de nuit vint lui ouvrir au bout de quelques minutes. Il ne semblait pas surpris de la voir, on l'avait prévenu.

— J'ai rendez-vous, chambre 33.

— Je suis au courant, le monsieur me l'a dit, fit le gardien en refermant rapidement la porte.

À l'intérieur de l'hôtel régnait une chaleur de hammam. Mariella s'obligea à garder la fourrure, mieux valait ne pas éveiller l'intérêt du vieil homme.

— Troisième étage, au fond du couloir, à gauche, dit-il avant de s'éclipser derrière une porte, à côté du bureau ayant fonction de réception.

Mariella n'aurait pas pu le jurer, mais il avait l'air de ne pas être seul dans sa piaule.

Elle monta les escaliers lentement, le col d'une bouteille pointait de son cabas en strass. Son cœur se mit au galop. Elle le connaissait, il fallait le laisser courir. Quand elle frappa à la porte numéro 33, une fois, puis deux de suite, comme convenu, elle était au bord du collapsus. La lumière du couloir s'éteignit, la porte s'ouvrit. Seule la lampe de chevet était allumée. Dans la chambre, l'obscurité ne lui montra du jeune homme que sa silhouette.

— C'est toi, dit la voix qu'elle ne connaissait pas.
— C'est moi, répondit-elle.

Contre la porte refermée, le jeune homme lui ôtant sa fourrure s'assurait déjà des deux mains qu'elle était bien réelle. La fourrure resta accrochée au poignet gauche, Mariella ne lâchait pas son cabas.

— Attends, dit-elle, nous ne sommes pas pressés.

Le jeune homme obéit et alla s'asseoir sur le lit pour mieux la dévisager.

— N'allume pas pour l'instant, continua Mariella en jetant sa fourrure sur la chaise.

Le cabas resta debout sur le sol.

— Tu es belle, j'en étais sûr, dit-il sans bouger.

Il ne faisait pas trente ans, cela la surprit. C'était la première fois qu'elle rencontrait quelqu'un de plus jeune. Il portait un maillot de coton de couleur sombre, très près du corps, ses biceps collaient aux manches courtes.

— Tu n'as rien contre si je fais ce dont je t'ai parlé ? demanda Mariella.
— Je suis pour. Dis-moi seulement comment je dois t'appeler.
— Appelle-moi Elena.
— Elena. Tu veux connaître mon nom ?
— Non.
— Alors, donne-m'en un.
— Je t'appellerai Giuliano. Ça me plaît.

Elle sortit du cabas la bouteille qu'elle posa sur une vilaine table, puis elle chercha les liens. Goût du risque n'empêche prudence.

Deux cordages de jute, un mètre vingt-cinq chacun. Elle avait appris toute petite à faire des nœuds.

Elle lui enleva le maillot très lentement, la vue de sa

poitrine la fit frémir. Elle ne le toucha pas, elle savait attendre. Lui, il le savait moins, cela se voyait aux mouvements de sa mâchoire, au brillant de ses yeux. Elle l'allongea sur le lit, cala un oreiller sous sa nuque, prit d'abord un poignet, l'attacha d'un nœud à la tête de lit, fit de même avec l'autre.

— Tu es à moi, dit-elle.

— Mais je ne suis pas dans toi, répondit-il en indiquant du menton son bas-ventre.

Il avait une érection spectaculaire, ça devait en être douloureux. Elle approcha la lampe de son visage, vit le regard du désir, la bouche des baisers en attente. Giuliano découvrit des yeux émeraude, des boucles rousses, un fil ondoyant de perles grises, les marques et contremarques d'Elena. D'une langue mouillée elle parcourut sa poitrine.

— Vite, dit-il, j'en peux plus...

— Nous aurons une deuxième chance.

En baissant la fermeture éclair du jeans, elle sentit le frémissement du ventre et arrêta d'emblée ses caresses. Elle enleva sa jupe et son pull-over d'angora bleu clair. Il jouit sans qu'elle le touchât.

Quelques minutes plus tard, il rouvrait les yeux. Elle n'avait plus de bas et chevauchait sa cuisse gauche en s'y frottant méticuleusement. Les cheveux se balançaient en accompagnant le mouvement des seins. Il eut une deuxième érection.

— Détache-moi, j'ai envie de te serrer contre moi, dit-il.

— Non, répondit-elle.

Elle se mit à se frotter sur sa queue.

Alors, quelque chose qu'elle connaissait bien se produisit à nouveau : les petites lèvres glissant à l'extérieur sur le sexe de l'homme l'emportaient de plus en plus loin. D'infimes parties d'elle-même se rejoignaient dans ce rythme. Surtout ne pas le casser, recomposer piano les figures du plaisir. Hâte-toi lentement. Ne te laisse pas pénétrer, pas encore.

— Détache-moi, murmura Giuliano.

— Non, répondit-elle.

La deuxième érection fut plus prometteuse que la première, le plaisir s'annonçait sans précipitation.

Elle glissa encore les petites lèvres sur la queue, et c'était si merveilleux qu'elle en oubliait d'en finir.

— S'il te plaît..., suppliait-il.

Alors elle le fit, brusquement. Le plaisir la laissa renversée à l'autre bout du lit. Mais elle se redressa, sautilla sur le ventre tendu, prit du rythme tandis qu'il gémissait. Elle accéléra, galopa, s'écrasa de jouissance. Il sortit un rugissement d'homme qu'elle perçut de très loin.

Au bout d'une troisième fois, fatigue et jouissance mêlées, le jeune homme sombra dans le sommeil. Aidé, bien sûr, d'une bonne dose de somnifères. Mariella ne lui avait détaché que le bras gauche, il en avait fait plus que s'il avait été complètement libre. Elle n'avait pas oublié, auparavant, d'ouvrir la bouteille et de mélanger le champagne à la substance chimique dans le verre épais de l'hôtel. Il avait bu dans ses mains, chaque gorgée un baiser.

À cinq heures du matin, elle démarrait sa voiture. L'essuie-glace délogea quelques cendres de neige sur la vitre. Elle avait descendu les marches déchaussée, le gardien de nuit dormait encore. Sur le pas de la porte, elle avait enfilé ses escarpins, le froid eut le temps de lui déchirer les pieds. Il y avait de fortes chances que le jeune homme ne se réveillât pas avant midi.

Long bain chaud, douche tiède ensuite, rapide et violente. Tout l'attirail rangé, vêtements, lentilles vertes, perruque et collier de perles grises, Elena ne serait qu'un souvenir dans le cerveau d'un homme. Mariella l'oublierait elle aussi, elle l'oubliait déjà.

Cette capacité qu'elle avait acquise de s'enfoncer dans le plaisir de rencontres sans lendemain, elle la gardait jalousement comme un atout. Son courage au travail, chaque jour renouvelé, découlait probablement de ce secret aussi. Elle tirait, jusqu'à présent, le meilleur parti de ses habitudes tordues, et ne se sentait jamais coupable ; elle ne faisait de mal à personne, et tellement de bien à elle-même ! se répétait-elle.

Mariella ne saurait jamais si son amant d'une nuit tenterait de la recontacter. Son adresse électronique avait été changée avant le rendez-vous et, dans son courrier, elle utilisait régulièrement l'*anonimyzer* pour empêcher les curieux de remonter jusqu'à l'expéditeur. La rencontre consommée, elle mettait tout en œuvre pour disparaître d'une vie qu'elle venait juste d'effleurer. L'homme rencontré resterait à jamais l'inconnu d'une nuit, et cela lui convenait parfaitement. Était-ce la même chose pour celui qui payait les services d'une prostituée de hasard ? se demandait-elle. Mais elle ne payait pas : le plaisir, elle le prenait et le donnait, pas besoin d'y mettre un prix.

Le café de sept heures, les odeurs sucrées du bar, Via Genova, la soulagèrent. Seule cliente pendant un laps de temps indéterminé, visage pâle dans un miroir occupé par les reflets des bouteilles, Mariella percevait son image comme celle d'un spectre dans un cimetière. Le garçon feuilletant le journal la regardait de temps à autre ; où avait-il déjà vu cette fille ? Le patron lui ordonna d'aligner les verres.

Elle était en avance sur le rendez-vous avec le commissaire, trop en avance, un tour dans le quartier la remettrait dans le bain. Cette ville la désemparait. Elle la connaissait peu, et en subissait la force sans s'y plaire.

Elle descendit les marches, l'église S. Vitale s'érigeait en contrebas de la Via Nazionale. Le portail qu'elle poussa doucement arborait les armes du pape Sixte IV Della Rovere. Dans la nef unique se levait le murmure lent de voix emmêlées. Les bancs étaient à moitié vides. Quelques fidèles se retournèrent, puis ils continuèrent d'accompagner le prêtre dans sa prière. La première messe du matin se déroulait sobrement, au milieu d'une assemblée rare. Mariella s'assit au dernier rang, devant le *Martyre des Saintes Vierges*, premier autel à droite, ferma les yeux, se laissa bercer par le flot régulier des orémus. Au bout de quelques secondes, elle reprenait dans le détail l'obscure affaire de Testaccio.

LUNDI 27 DÉCEMBRE,
FIN D'APRÈS-MIDI

Tout avait été à peu près facile jusqu'à Tivoli, malgré l'inclémence de la route nationale avec camions, autocars et odeurs de carburants, et les virages serrés au moment de gravir la colline des oliviers, juste avant d'atteindre le bourg. La déviation pour la Villa d'Hadrien, quelques kilomètres plus bas, ne lui avait pas échappé ; le commissaire lui en avait assez parlé. Le patron avait parfois de ces lubies ! « Arrêtez-vous un instant, le site est remarquable, ça vous aidera à réfléchir. Et puis vous pourrez toujours me rapporter un croquis ! » S'était-il moqué d'elle ? Peut-être pas. C'était elle qui lui avait parlé du lycée artistique. Ou peut-être bien que oui. La pancarte annonçait la fermeture une heure avant le coucher du soleil, même en plein été, alors une fin d'après-midi de décembre... D'Innocenzo savait qu'elle trouverait le site fermé. N'empêche que ça l'avait tentée, elle avait même fait demi-tour pour revenir à la bifurcation, là où débutait le chemin menant à la Villa.

Descendue de voiture, le silence était tombé sur elle devant les grilles enneigées. De part et d'autre, en deçà des grilles, deux bâtiments années cinquante, les seuls à proximité : un hôtel Hadrien, un restaurant Hadrien, ils avaient l'air d'être fermés depuis belle lurette. Fin de saison ou fin des clients ? Rien de visible au-delà des grilles, à l'exception d'un horizon de neige sans trace de présence humaine, pas même celle d'un gardien. Elle ne s'attarda pas, les sensations étranges mieux valait s'en méfier, surtout quand les ressources physiques se mettaient à fléchir. Une nuit de plaisir entre deux longues journées de travail, c'était un cumul rude même pour elle. Au volant de sa voiture, Mariella luttait contre une fatigue trop longtemps maîtrisée. Le dynamisme du petit matin avait tenu ses promesses, mais le soir qui couvrait la route engourdissait son corps et ses paupières.

La journée avait été interminable. Nouvelle audition de Nando dans les locaux de S. Vitale, en présence du substitut et de l'avocat qu'Assunta avait rapidement déniché pour sa progéniture. Rien que de la répétition, l'enlisement des questions-réponses et quelques sanglots de la part du fils et de la mère. L'avocat n'avait pas eu tort de faire remarquer que si on créditait les soupçons dont son client faisait l'objet, celui-ci aurait disposé en tout et pour tout d'une demi-heure pour rentrer chez son amie à pied depuis le cinéma, se disputer avec elle, la tuer et procéder ensuite au découpage afin de façonner le meurtre en œuvre du tueur en série. Il ne s'écoulait, en effet, qu'une demi-heure, entre minuit quarante-cinq, heure à laquelle Oreste Severini dit « Mario », patron de l'*osteria* du même nom, avait rencontré Nando à la sortie du cinéma, en compagnie de sa petite amie, et une heure quinze, heure à laquelle Tecla l'avait croisé sur le palier du rez-de-chaussée, dans l'immeuble où habitait la victime. À moins que Nando n'eût fait semblant de s'endormir, ayant ou n'ayant pas bu le citron chaud préparé par Tecla (encore un détail à vérifier), pour n'accomplir sa besogne qu'après le départ de celle-ci :

dans ce cas, il aurait disposé de plusieurs heures avant de quitter le lieu du crime et de se tirer. L'avocat, la cinquantaine passée de peu, costume coquet, stylo de marque et sourire jésuite, conseillé à la famille Toti par l'expert-comptable qui s'occupait de leur déclaration de revenus, affichait le flegme de celui qui tient les bons arguments.

Finalement, le commissaire avait décidé de garder Nando quelques heures encore, histoire d'atteindre les délais de garde à vue, mais il n'était pas question de demander son inculpation, ni de déranger le *Gip*, le juge aux enquêtes préliminaires. Le substitut partageait complètement son avis : trop peu d'éléments à charge, faibles indices, il suffirait de demander à la mère de veiller sur le fils, on le repêcherait chez elle, le moment venu. L'avocat s'était montré satisfait, Nando soulagé, Assunta avait redoublé ses pleurs.

Que de larmes depuis son arrivée à S. Vitale ! Surtout lorsqu'on avait procédé à la description du cadavre dans la chambre à coucher de la victime : à croire qu'elle l'avait aimée, cette fille, et non pas détestée, ainsi que tout le monde l'affirmait ! Son ancienne aversion s'était-elle muée en compassion, maintenant que l'objet de ses craintes avait disparu ? Ou peut-être ne s'accablait-elle de reproches que pour mieux disculper ce fils dont elle redoutait la faute ? Le mari, convoqué en même temps que la femme, n'avait ouvert la bouche qu'à contrecœur, et seulement lorsqu'il y était obligé. Il n'avait montré aucune commisération envers la victime, et ne s'était pas privé de la traiter de salope. D'ailleurs, au moment de la confrontation, il n'avait pas daigné accorder un regard à son fils.

Le Dr Lamberti avait appelé au moment où Mariella s'apprêtait à quitter S. Vitale, vers sept heures moins le quart du soir : l'autopsie venait de se terminer, D'Innocenzo n'avait pas pu y assister. Le commissaire mit le haut-parleur, tout le monde était parti, dans le bureau il n'y avait plus que l'inspecteur principal en train d'enfiler son blouson.

— Aucune marque visible de violences sur le corps, pas de traces de sperme dans le vagin ou ailleurs, la victime est morte par rupture des veines jugulaires provoquée par une lame de couteau du genre de ceux utilisés pour les produits congelés. Le découpage des membres a été effectué *post mortem* avec le même outil, il s'agit très probablement du couteau qui a tué les deux précédentes victimes... Vous aurez le rapport demain matin, ou cette nuit si vous passez me voir.

Le commissaire dit qu'il passerait après le dîner.

Arrivée à Tivoli, Mariella aperçut de loin la grande enseigne du bar, là-haut sur la place. La journée avait donc été lourde, et sa résistance mise à dure épreuve. Elle n'avait fait face qu'en multipliant les cafés ; malgré les appels insistants du sommeil, il en résultait cette excitation diffuse qui la maintenait en éveil mais ne favorisait nullement le calme dont elle avait besoin pour faire fructifier sa soirée avec Tecla Tittoni. Piazza Garibaldi, elle stoppa le temps d'un nouveau café et de demander quelques renseignements sur la suite du chemin.

Accoudée au comptoir du bar Grand'Italia, elle changea brusquement sa commande. Mieux valait se désaltérer avec de l'eau minérale, rondelle de citron à l'appui, que boire un huitième ou neuvième café, elle ne les comptait plus. Il y avait peu de clients dans la salle, tous des hommes, ni le climat, ni la saison, ni l'heure ne se prêtaient aux rencontres. Ceux qui jouaient aux cartes la dévisagèrent, à grand renfort de murmures et de chuchotements, la discrétion ne les étouffait pas. Pour leur donner quelque chose en pâture, elle s'adressa au patron qui feignait de s'occuper de la propreté des verres.

— C'est encore loin pour Vicovaro ?

Tout le monde lui répondit en même temps, le patron, les quatre joueurs, le jeune homme au flipper et celui assis dans un coin, occupé à remplir des bulletins du *Totocalcio*. Aux réponses s'enchaînèrent les questions ; à croire qu'ils avaient tous attendu son arrivée pour s'éclaircir la voix. Elle en retint une qui lui sembla intéressante, le jeune homme au flipper l'avait posée.

Il s'appelait Antonio, présentait une carrure de paysan, un visage sombre de Sarrasin, et cet âge incertain entre vingt et vingt-cinq ans.

— Vous m'emmenez ? Je pourrais vous montrer la route, c'est là que j'habite.

Mariella ne vit le panneau qu'après un énième virage. Elle ouvrit la bouche, mais Antonio la devança en lui montrant un chemin abrupt sur la gauche :

— C'est là : « Cerreto ». Faut monter doucement, le sentier est complètement défoncé, et avec ce noir, si vous finissez dans un trou, vous y restez !

Elle se rangea sur le côté, laissa le moteur en marche, les phares allumés.

— Merci, je n'y serais jamais arrivée toute seule.

On n'y voyait goutte, même plus haut le chemin ne semblait pas éclairé ; elle aurait bien aimé qu'il l'accompagne, mais n'osait pas le lui demander.

— Vous apercevrez la maison à moins d'un kilomètre, continua-t-il, c'est la seule, les autres se trouvent deux kilomètres plus loin.

— Pourquoi m'avez-vous dit, tout à l'heure, que ce sont des gens pas nets ?

— Je l'ai dit comme ça, un bruit qui court au village, je voulais pas vous vexer, vous les connaissez mieux que moi, vos copains.

Le chemin qui montait vers le lieu-dit se trouvait du côté opposé : pour s'y engager il fallait s'avancer puis faire demi-tour, la route nationale était déserte mais dangereuse. Elle éteignit le moteur, laissa les phares allumés, resta silencieuse. Elle réfléchissait à la manière de revoir le jeune homme : pas facile de gagner sa confiance, de lui soutirer des renseignements, Antonio ignorait qu'elle était flic, mais, apparemment, être amie des Tittoni ce n'était pas mieux.

— Voulez-vous que je vous accompagne jusqu'au village ? demanda-t-elle. Je n'en suis plus à dix minutes près.

— Non, merci, vaut mieux pas. Si on me voit descendre de votre bagnole, j'aurai pas fini d'expliquer le pourquoi et le comment.

— Ça ne m'a pas l'air bien peuplé par ici.

— Vous le croyez, mais il y a des gens qui veillent, au village, même en pleine nuit, derrière les persiennes closes, on trouve toujours des insomniaques curieux. Chez nous, il n'y a pas d'autre loisir que de se mêler des affaires des autres.

— Je peux quand même vous rapprocher...

— Si vous voulez... Vous les connaissez depuis longtemps, les Tittoni ?

— Non, répondit Mariella. Du reste, je ne connais que la sœur, et encore... Je ne sais même pas s'il y a le frère, ce soir.

Antonio la fixait intensément, elle sentait dans son regard la curiosité et la méfiance mêlées. Comment profiter de cette rencontre inespérée pour en savoir plus sans éveiller les soupçons ?

— À vrai dire, continua-t-elle, même la sœur je ne

la connais pas vraiment, je l'ai rencontrée au cinéma où elle travaille, je n'ai pas beaucoup de relations à Rome, je viens de m'y installer. Un soir, à la fin de la dernière séance, Tecla venait de fermer sa caisse, nous avons discuté du film, mangé une pizza ensemble, raconté nos vies, et elle m'a invitée à dîner chez elle. Voilà tout.

Antonio sembla se réveiller de sa torpeur, Mariella vit ses yeux briller dans le noir : pas de doute, ce garçon savait des choses. En même temps, il ne fallait pas trop jouer l'ingénue avec lui, ces approches devenaient gênantes, la différence d'âge ne semblait pas l'incommoder.

— Vous n'êtes pas romaine ? demanda-t-il.

— Je suis des Abruzzes, j'habite Rome depuis un mois. J'ai passé un concours à la Poste et je travaille dans les bureaux de Testaccio.

— Des Abruzzes ? répéta-t-il en riant. Mais c'est un peu chez nous, ça !

Puis il lui prit brusquement la main, la serra frénétiquement entre les siennes, et lui chuchota à l'oreille :

— Faites gaffe, vous n'avez pas de bol, vous êtes tombée dans la gueule du loup !

— Vous pensez à vous-même ? demanda-t-elle en le repoussant doucement.

— Je veux surtout parler des gens louches qui ont plus d'argent qu'ils n'en gagnent, répondit Antonio en se faisant de plus en plus proche.

Elle le laissa faire un moment, la conversation évoluait de manière attrayante.

— Je ne savais pas qu'ils étaient riches, insista-t-elle.

— Ils l'étaient pas, ils le sont devenus.

— Et comment le sont-ils devenus ?

Il ne répondit pas, mais redoubla l'étreinte sur sa

main. Elle ne lui arracherait aucune confidence sans encourager ses élans. Tant pis, elle n'allait pas se laisser sauter par amour du service. Les doigts fougueux du jeunot s'affairaient sur les siens, elle tenta de s'en libérer ; l'heure passait, il se faisait tard, le jeu se transformait en bataille. En service ou pas, elle détestait qu'on lui force la main.

— Je dois y aller maintenant, dit-elle en le repoussant fermement. On pourrait se revoir...

Il ne s'attendait pas à être rejeté, il sembla déçu.

— Si vous voulez... répondit-il. En tout cas, ne parlez pas de moi aux Tittoni !

— Vous semblez les craindre...

Il se rebiffa.

— Les craindre, moi ? Mais j'en bouffe tous les jours des salauds et des salopes comme eux !

Cette colère parut déplacée à Mariella. Ne visait-elle pas plutôt son entêtement à ne pas se laisser faire ? Elle fit mine de ne pas l'entendre.

— Avouez que vous ne les aimez pas beaucoup...

— Non, je ne les aime pas, personne ne les aime au village ! Mais je veux pas d'ennuis.

Il venait de changer de ton, il pensait tout à coup que rien n'était encore perdu, qu'il n'avait pas complètement échoué avec elle.

— Quel genre d'ennuis ? demanda Mariella.

— Vous en posez des questions, vous ! dit-il d'une voix sensuelle. Vous êtes vachement curieuse... lui souffla-t-il près des lèvres.

— Et vous vachement culotté ! Avez-vous seulement idée de votre âge et du mien ?

— J'ai idée d'autre chose, répondit-il en lui enfonçant deux doigts dans la culotte.

Mariella se demanda comment il avait réussi. Il avait été diaboliquement leste ! Sa fermeture éclair n'était pas commode, et son jeans plus qu'ajusté à sa taille. Le coup à l'estomac était parti aussitôt, comme un réflexe ; Antonio se plaignait maintenant, plié en deux sur son siège.

— Descendez, ordonna Mariella en ouvrant la portière.

Et comme il ne bougeait pas, elle le poussa dehors. Il roula sur le bord de la route sans réagir, elle hésita à le laisser là, couché dans le noir. Alors elle descendit de voiture, l'aida à se rasseoir sur le siège ; il geignait toujours en se tenant le bas-ventre. Elle avait peut-être visé trop bas. Un kilomètre plus loin, elle tourna à gauche, monta vers la porte du village, ornée de créneaux faiblement éclairés. Elle stoppa à l'abord des premières maisons.

— Je croyais que c'était ce que vous vouliez, finit par articuler Antonio en descendant de voiture.

Mariella ne répondit pas.

LUNDI 27 DÉCEMBRE, SOIR

Tandis que la voiture tentait l'équilibre sur le chemin cahoteux, elle maudissait tous les saints du calendrier présents à son souvenir, coupables de ne jamais intervenir dans les affaires du monde. Elle n'était pas croyante, pas pratiquante en tout cas, mais jamais elle n'osait apostropher Dieu en personne ni celle qui était censée L'avoir mis au monde, et dont elle portait le nom. Ni Sainte Vierge donc, ni Saint-Esprit dans ses malédictions, prudence héritée d'une mère aux vues larges mais au raisonnement défectueux. « On sait jamais », disait sa génitrice sans se priver de s'en prendre, à intervalles réguliers, au saint patron de ceci ou de cela. Mariella faisait de même, et seule la liste s'était allongée chez elle. Il est vrai aussi que ses études avaient été beaucoup plus longues. La petite couturière du village des Abruzzes n'avait pas franchi la barrière de la quatrième, et tout son savoir supplémentaire lui venait de l'extraordinaire rencontre avec le père de Mariella. Sauf qu'en étant déjà mariée lors de ce rendez-vous du destin, elle avait dû déployer de nombreuses ressources pour s'arranger avec les dates et avec la vérité quant à la naissance de sa fille unique. Mariella n'avait connu l'identité de son vrai père qu'à la mort de sa mère. Elle venait d'avoir dix-sept ans, une lettre à son intention déposée chez un notaire de

L'Aquila lui révéla le nom de celui qui avait participé sans le savoir à sa mise au monde.

Irréelle, cette montée obscure vers une maison inconnue, habitée par des inconnus, pour un dîner auquel on l'avait conviée à contrecœur. Il était neuf heures et quart. Tecla ne devait plus l'attendre.

Comment avait-elle pu perdre son temps avec un galopin de village qui se prenait pour un tombeur ? Pourvu que le petit branleur ne se vante pas de son exploit ! Heureusement qu'il n'était pas glorieux ! On serait amené, peut-être, à interroger des gens, au village, le commissaire se rendrait sur place, Antonio reconnaîtrait l'inspecteur principal, raconterait qu'elle l'avait racolé pour le faire parler ou pis, après tout il était si jeune. Ne pas se laisser inquiéter par ces fadaises. Elle n'avait rien fait de reprochable : elle était en service, une rencontre de hasard lui permettait de recueillir des renseignements inespérés sur des témoins, elle avait agi en conséquence. Néanmoins, elle aurait pu éviter le coup au bas-ventre... mais le jeune homme n'irait pas s'en plaindre, ce n'était pas exactement à son honneur. Que craignait-elle alors ?

Un aboiement l'arracha à ses pensées. Elle crut à une meute lâchée. La gueule d'un chien s'ouvrit alors devant ses phares. Elle stoppa net, son cœur s'emballa, elle n'avait pas aperçu la petite lumière au fond du chemin. Dans l'encadrement de la porte, une silhouette noire immobile, les crocs du chien s'écrasaient déjà contre la vitre de la portière.

Tecla cria des ordres à la bête, effleura le mur sur sa gauche, l'espace s'éclaira comme dans une fête foraine. Des dizaines d'ampoules de toutes les couleurs brillèrent sur les branches nues des arbres. Deux sapins couverts de neige encadraient la maison, les vrais flocons se liquéfiaient lentement à côté des faux inaltérables, il est vrai que c'était Noël. Après sa bienvenue douteuse, le chien s'était couché près de l'entrée ; Mariella ralluma le moteur pour se garer.

— Je croyais que vous aviez renoncé, l'accueillit Tecla.

— Je suis désolée, j'aurais dû vous prévenir du retard.

— Je parie que vous vous êtes perdue...

— Pas vraiment, enfin... je vous raconterai, répondit Mariella en se demandant quelle excuse elle allait inventer.

Elles avaient convenu de se voir vers dix-neuf heures trente, il était vingt et une heures vingt-cinq, deux heures de retard se justifient mal avec les imprévus de la route.

— Le boulot, j'imagine... sourit Tecla en l'invitant à entrer.

Le chien avait ravalé ses aboiements.

Mariella dut retourner à la voiture chercher la bouteille qu'elle avait oubliée, après tout c'était une invitation à dîner. En passant le seuil, elle fut soulagée de ne pas croiser le chien qui avait regagné la cuisine. Elle n'avait eu ni le temps ni la possibilité d'inspecter les alentours de la maison, mais ça lui semblait bien la seule habitation à des kilomètres à la ronde ainsi qu'Antonio le lui avait annoncé. Elle n'avait pas eu non plus l'occasion de réfléchir à l'invitation elle-même : ni les distractions du parcours ni les occupations de la journée ne lui en avaient laissé le loisir.

C'était un intérieur étonnamment moderne, le salon affichait un goût immodéré pour certaines toquades du design. L'inspecteur principal ne s'attendait pas à cette vitrine de décor contemporain, le chemin jusque-là ne l'y avait pas préparée, au contraire.

Rétif à toute utilisation, gisait dans un angle un fauteuil de plastique rouge déplié comme une bouche souriante, tandis qu'à même le sol, presque en face du fauteuil, s'élevait une pyramide de boîtes de métal sur lesquelles l'on pouvait lire en plusieurs langues : « Foie d'artiste, contenu net gr 50 ». Au beau milieu du salon, un deuxième fauteuil de plastique en forme de gazon aux tiges vert pomme arborait l'appellation « PRATONE ». Cette maison commençait à parasiter ses intuitions, l'invitation de Tecla n'était pas innocente.

Sur les parois blanches immaculées s'agençaient des photos en noir et blanc, éclairées individuellement par des lampes minuscules en aluminium, reliées au plafond par des câbles en acier ; il y avait sur chaque mur six photos alignées par couple verticalement. Objet royal du décor, face au fauteuil-gazon, un canapé de cuir blanc reposant sur des pieds cylindriques en acier chromé « canon de fusil » trônait au milieu du salon. Était-ce grâce à son salaire de caissière que Tecla pourvoyait aux besoins esthétiques de son intérieur ?

Le sol nu était composé de grands carreaux de marbre gris qui brouillaient le faible éclairage en provenance du plafond. Mariella leva la tête, un lustre vénitien en soie peinte répandait sa lumière péniblement, choix étrange dans cette pièce où les matériaux semblaient avoir été choisis dans l'unique but d'en afficher la modernité. Ne sachant pas où se tenir, Tecla l'ayant laissée seule pour aller contrôler le dîner à la cuisine, Mariella s'approcha des photos.

C'étaient des natures mortes fortement contrastées, le noir et le blanc s'entrechoquaient comme à vouloir chacun prendre le dessus sur l'autre ; il en résultait un équilibre figé et provisoire évoquant une lutte qui allait tantôt reprendre. Dans chaque photo apparaissait un verre à pied couché sur une table de marbre, des morceaux de cristal posés à côté suggéraient une brisure, le fond n'était qu'un mur râpeux où la lumière se grumelait de manière peu différente d'une image à l'autre. Dans une corbeille, les fruits semblaient changer suivant les saisons sans que ce changement signifie grand-chose. Un couteau en perspective au bord de la table évoquait la composition de certaines natures mortes ancrées dans la mémoire.

— Ça vous plaît ? demanda Tecla.

Elle n'était pas revenue par la porte d'où elle était sortie, mais par une autre, beaucoup plus petite. Mariella n'y avait pas prêté attention en pénétrant dans la pièce car Tecla s'était rendue à la cuisine par la porte grande ouverte donnant sur le couloir. En réalité la cuisine communiquait avec le salon par la petite porte, et l'on pouvait aussi y accéder directement de l'extérieur par une autre porte qui s'ouvrait à gauche de l'entrée principale. Tecla avait les mains encombrées, deux verres et quelques bouteilles d'alcools remplissaient le plateau.

— C'est votre frère, l'artiste ?

Tecla éclata de rire.

— Ces photos ont été prises bien avant que la construction de cette maison ne fût terminée, il y a plus de vingt ans ; mon frère n'en avait que huit à l'époque, c'est un peu jeune pour être photographe, qu'en pensez-vous ?

— Je ne pouvais pas savoir...

— Bien sûr, vous n'êtes pas la seule... Campari ? Vin blanc ? Whisky ou vodka ? Ne me dites pas que vous préférez du porto...

— À vrai dire... tituba Mariella. Je ne bois pas d'alcool, enfin... presque jamais... Donnez-moi un Campari, ça m'achèvera et ce sera tant pis.

Le bruit des glaçons retentit, Tecla se taisait, absorbée dans sa tâche. Elle servit d'abord le Campari, remplit ensuite son verre avec le vin blanc.

— Qui en est l'auteur ? demanda Mariella en cherchant des yeux où elle pourrait bien s'asseoir.

— Venez, fit Tecla sans répondre tout de suite.

Elles entrèrent dans la cuisine.

Les surprises n'étaient pas finies quant aux goûts décoratifs de Tecla. La cuisine n'en était pas une, à proprement parler. C'était une pièce d'au moins trente mètres carrés, quatre fauteuils de jardin en fer forgé, peints en vert clair, en occupaient le milieu : ils se faisaient face autour d'une table basse, même matériau même couleur. De gros coussins rendaient l'assise plus confortable, tout était vert clair à cet endroit, jusqu'aux meubles de cuisine, étalés avec les appareils électroménagers le long d'un mur immense, peint en vert clair lui aussi.

Le Campari aidant, les sentiments de l'inspecteur principal commençaient à se brouiller. Elle ressentit un léger étourdissement, son emploi du temps depuis quarante-huit heures y était pour quelque chose, cette maison aussi. Elle fixa son verre, se promit de décélérer sur la descente. Mais où Tecla avait-elle donc déniché ce frigo vert, ce lave-vaisselle vert, cet évier en émail vert ?

Son hôtesse paraissait satisfaite de l'impression suscitée. Elle avait perdu l'agressivité de la toute première rencontre et jouait avec un plaisir manifeste la maîtresse de maison. À vrai dire, Mariella ne trouvait cet intérieur ni beau ni laid mais unique. Car unique, cette maison l'était incontestablement. Combien d'énergie fallait-il concentrer dans ce genre de préoccupations pour arriver à des résultats pareils ? Elle n'osa pas penser aux décors des autres pièces, il y avait forte chance qu'elles fussent en harmonie avec ce qu'elle avait déjà aperçu.

— Les photos, c'est moi, dit tout à coup Tecla. Mon frère a pris goût à la photo en me regardant faire. Ensuite, je lui ai abandonné mes appareils et mon savoir, je lui ai tout appris. Il est bien plus doué que moi.

— J'aimerais voir quelques-unes de ses photos...

— Figurez-vous qu'il a horreur de les montrer ! Il rêve de monter une expo, un jour, mais en attendant il cache farouchement ses clichés.

— Surtout s'ils ne sont pas montrables, insinua Mariella.

— Ne soyez pas méchante, mon frère n'a jamais pris une fille, en photo ou au lit, d'ailleurs, qui ne l'ait pas supplié de la prendre.

— J'aimerais rencontrer ce phénomène...

— Il ne vous plairait pas forcément, et puis lui, il fait plutôt dans le jeune âge, vous savez...

— Jeune au point de tomber sous le coup de la loi ?

— Pas vraiment, non, mon frère n'est pas fou, je vous assure, et quant à ses goûts sexuels, c'est un garçon désespérément normal.

— Vous avez une maison très originale, fit Mariella en changeant de sujet.

Le frère, elle comptait s'en faire une idée plus précise le lendemain, chez le substitut. Pour l'instant, c'était la sœur qui l'intéressait.

— J'ai tout fait faire moi-même, les appareils électroménagers, les meubles, les éclairages : ce sont des pièces uniques. En fait, je suis architecte. Je n'ai jamais exercé, je n'en demeure pas moins architecte. J'ai dessiné mes meubles et je les ai fait réaliser.

— Vous avez aussi essayé de les vendre ?

Une lueur s'épuisa dans le regard de Tecla.

— J'ai tenté, bien sûr, de vendre mes dessins. J'ai longtemps cru que ça marcherait jusqu'au jour où j'ai renoncé.

— Pourquoi ?

— Pendant des années, j'ai dessiné de manière compulsive ; des idées, j'en ai plein les cartons. J'ai mené deux batailles de front, la mienne et celle de mon frère. Lui aussi avait un rêve dans la vie, devenir photographe, et il avait besoin d'être encouragé, soutenu, nourri. Deux rêves pour une seule personne, ça en fait un de trop : à un moment donné, j'ai dû choisir. Il fallait concentrer les forces sur une seule réussite, deux avenirs sont difficiles à construire lorsqu'on doit lésiner sur les moyens.

Mariella tourna la tête, lança ses yeux au-delà du couloir, embrassa mentalement le salon, les étages, la maison tout entière.

— Vous n'avez pourtant pas l'air de manquer de l'essentiel.

Tecla se raidit.

— Ni du superflu, répondit-elle. Je sais que vous le pensez depuis que vous avez mis les pieds ici. Comment une petite caissière de cinéma peut-elle se payer une telle maison ? Eh bien, je vais vous le dire, Mademoiselle l'inspecteur principal, je n'ai rien à cacher. Je ne suis pas riche, mais je ne suis plus pauvre. Pauvre, je l'ai été. Mes parents étaient des paysans bornés qui n'ont pas déboursé un sou pour financer mes études. Ils auraient pu m'aider mais ils ne l'ont pas fait. J'ai payé mes études moi-même. Pendant de longues années, j'ai passé toutes mes journées à Valle Giulia[1]. Je suivais les cours, je travaillais et je dessinais à la bibliothèque pendant que mes copains s'épuisaient dans des réunions politiques. Mes soirées se terminaient dans le théâtre où je faisais l'ouvreuse. Je passais mes samedis-dimanches auprès de vieilles

---

1. Site de la faculté d'Architecture de Rome.

dames seules qui me payaient pour leur tenir compagnie. J'ai appris le bridge, la broderie et le ressentiment qui féconde comme des blattes le cœur des vieilles personnes. Je ne me suis jamais attendrie sur leur sort ni sur le mien, d'ailleurs... J'en ai bavé, mais j'ai décroché un jour le gros lot.

Mariella n'arrêtait pas de prendre et de reposer son verre, mais le niveau du liquide ne bougeait pas. Tecla, de son côté, vidait et remplissait le sien et ne semblait pas craindre l'alcool ; elle devait avoir avec la bouteille de ces habitudes en solo, le soir.

— Ce fut l'année de tous les espoirs, continua-t-elle, je venais d'avoir vingt-trois ans et mon diplôme d'architecte, la vieille dame avec laquelle je passais tous mes après-midi du dimanche depuis deux ans m'en félicita, et pour fêter l'événement elle voulut me faire un cadeau.

Tecla se fit pensive, Mariella mouilla ses lèvres dans le Campari.

— Je crois qu'elle voulait surtout jouer un mauvais tour à sa famille, des cousins qui se manifestaient une fois par an, à Noël. Mme Patrono... C'est curieux, j'ai su dès notre première rencontre que son nom me porterait chance.

— Son nom ?

— J'ai eu l'intuition qu'elle serait ma sainte patronne, et je ne me suis pas trompée. Je ramais dur, à l'époque, elle habitait un immeuble début *Novecento*, pas loin de la Piazza Verbano, je sais pas si vous voyez... (Non, Mariella ne voyait pas, mais il devait s'agir des beaux quartiers de Rome.) Un appartement superbe au dernier étage avec tableaux, statues, tapis et tout ce qui va avec ; c'était la veuve d'un général plusieurs fois décoré, une très grande famille. Mme Patrono n'avait pas d'enfants, elle-même était fille unique, les cousins, c'étaient les enfants des enfants de la sœur de sa propre mère. Respectant les dernières volontés de son mari, elle avait légué tous ses biens à une fondation pour l'aide aux orphelins de l'Armée ; son cadeau pour moi ce fut de me coucher généreusement sur son testament. J'ai touché à sa mort plus que je n'aurais pu espérer après plusieurs années de travail, même à supposer que mes rêves se soient réalisés.

— Combien ? demanda Mariella.

Elle n'était plus l'invitée à dîner mais l'enquêteur devant son témoin. Tecla sourit :

— Ne vous gênez pas, Mademoiselle l'inspecteur principal, allez-y, fouillez mes poches ! (Puis elle retrouva son sang-froid :) Trois cents millions de lires nets d'impôts. C'est une belle somme aujourd'hui encore, mais à l'époque, il y a plus de vingt ans, c'était une petite fortune. Ce fut ma fortune, elle me donna le sentiment d'avoir beaucoup de temps devant moi, un sentiment de toute-puissance. J'ai vraiment cru que je ferai mon bonheur ainsi que celui de mon frère.

— Et vous ne l'avez pas fait ?

— J'ai eu la malheureuse idée de faire construire une maison sur ce terrain ; l'endroit était magnifique, on dominait le village, on entendait couler la rivière, c'était la pleine campagne et en même temps la ville n'était pas loin. Proche et lointain, c'était le rêve. Le terrain appartenait à mes parents et ne valait pas grand-chose ; à l'époque, personne n'aurait eu l'idée de venir habiter ici ; ça a bien changé depuis.

— Je n'ai pas vu grand monde, en arrivant.

— Détrompez-vous, à deux kilomètres à peine de chez moi, un entrepreneur du village, une brute contre laquelle je me suis inutilement battue, a fait construire de petites maisons en série. Grâce à moi, il a dû réviser son programme à la baisse, et c'est une des raisons de ma mauvaise réputation au village. Mais ça, c'est une autre histoire...

— À quel moment avez-vous décidé de rentrer chez vous ? demanda Mariella.

Tecla s'offusqua.

— C'était pas chez moi, je suis rentrée pour mon petit frère. Il grandissait, il fallait s'en occuper, le sortir de ses fréquentations ; mes parents n'étaient pas de taille, ils étaient minables...

— Vous les détestez...

— Ça vous choque ?

— Non.

— Ils n'ont rien fait pour moi, et très peu pour mon frère. Je n'étais pour eux qu'une aventurière, ils avaient honte de moi devant le village, et pour mon frère ils ne voyaient pas plus loin que la boucherie qu'ils souhaitaient lui léguer.

— Vous êtes rentrée aussi pour leur montrer que vous aviez réussi. Combien de temps après votre diplôme avez-vous touché l'héritage ?

Tecla réfléchit avant de répondre.

— Deux ans environ. La succession de Mme Patrono prit une année entière. Les cousins renoncèrent assez rapidement à m'attaquer en justice, le testament était irréprochable. J'ai quand même dû me faire aider par un avocat.

— Qu'avez-vous fait entre la fin de vos études et la mort de Mme Patrono ?

— Je croyais que vous étiez là pour enquêter sur le présent, non sur le passé.

— Ma question est tout à fait innocente, sourit Mariella.

— Mme Patrono me fit la gentillesse de mourir dix

mois après avoir rédigé son testament en ma faveur. Elle venait de fêter ses quatre-vingt-douze ans. Je suis restée jour et nuit auprès d'elle, les derniers mois de sa vie ont été pénibles, elle n'avait plus toute sa tête et ne reconnaissait personne, ni sa femme de ménage ni son médecin ni les rares membres de sa famille qui de temps en temps venaient lui rendre visite dans l'espoir de ne pas être oubliés. Parfois, elle avait des sursauts de violence et tapait sur tout ce qui s'approchait d'elle, sauf sur moi. La bonne disait qu'elle me reconnaissait, je crois plutôt qu'elle me prenait pour quelqu'un d'autre.

— De quoi est-elle morte ?
— De vieillesse, de fatigue de vivre...
— Et vous avez fait construire cette maison...
— C'était l'âge d'or, jamais je n'avais été aussi confiante dans l'avenir pour moi et pour mon frère. Je voulais l'arracher au sort miteux que lui avaient préparé mes parents.
— Vous avez en partie réussi...
— En partie, comme vous dites... La maison se révéla bientôt un gouffre financier. Mes parents me réclamaient l'argent du terrain, mes promesses de les loger dans une partie de la nouvelle maison ne leur suffisaient plus. Ils voulaient être sûrs que la boutique serait reprise par mon frère plus tard, ils savaient bien que je le détournerais de leur projet.
— Mais votre frère n'était qu'un gamin !
— Il avait huit ans, quand je suis rentrée ; mes parents avaient l'intention de lui faire abandonner les études après le collège, ils l'obligeaient déjà à les aider à la boutique, l'après-midi. Moi, je m'y suis opposée. Alors, ils ont exigé l'argent du terrain qui leur appartenait.
— Vous le leur avez donné ?

— J'ai négocié : je leur donnais l'argent si eux, ils me laissaient carte blanche avec mon frère. Ils ont accepté. Mais six ans plus tard, une fois la maison terminée, il ne restait plus grand-chose de ma petite fortune, je ne travaillais pas et j'avais mon frère complètement à charge.

— Vos parents sont toujours vivants ?

— Mon père est mort il y a dix ans, ma belle-mère est toujours de ce monde.

Elle avait bien dit : « ma belle-mère ». Mariella allait la questionner, lorsque le téléphone sonna. Tecla semblait à l'aise, ce long récit n'était le fruit ni du hasard ni de la solitude. Il était évident qu'elle racontait sa vie à l'inspecteur principal dans le seul but d'établir une complicité et d'effacer les traces de son hostilité première. Mariella se prêta au jeu, elle ne doutait pas qu'en fin de compte, ce serait elle la plus forte.

La sonnerie retentit une troisième fois. Tecla rejoignit la table dressée au fond de la pièce et s'empara d'un objet qui ressemblait à un paquet de cigarettes. C'était son portable. Affichant une discrétion qu'elle ne possédait pas, Mariella se leva aussitôt pour quitter la pièce. Tout la dérangeait dans cette cuisine, elle s'y sentait encore plus mal à l'aise que dans le salon. Au fond de la pièce, au centre du mobilier high-tech en bois peint et en métal, le plateau du four à micro-ondes n'en finissait pas de tourner.

Tecla raccrocha avant qu'elle n'eût quitté la cuisine et lui fit signe de revenir. Elle inspecta ensuite la table basse, le verre de son invitée était presque vide, elle le remplit à nouveau, puis vida dans le sien ce qui restait de vin blanc.

— Ne nous refusons rien ce soir, dit-elle gaiement. Je bois à notre rencontre. Je me suis trompée sur vous, je sentais votre regard comme un juge, en fait vous n'êtes qu'une grande curieuse.

Mariella ne répondit pas. Cette femme avait l'assurance de celle qui ne se fait plus d'illusions, et s'en trouve presque heureuse. Elle but encore du Campari, après tout son esprit n'avait qu'à rester en éveil.

— Je suis une piètre cuisinière, continua Tecla, mais quand j'invite, ce qui arrive, tout compte fait, assez rarement, j'aime bien me dépasser. Vous vous régalerez, ce soir, ce n'est pas moi qui ai préparé le dîner.

— Qui alors ? demanda Mariella en reprenant sa place.

— C'est une petite vieille du village ; elle connaissait ma mère. Je lui passe une petite pension et elle me prépare quelques repas, de temps en temps.

— Vous connaissez tout le monde ici...

— Tout le monde, oui, mais je ne fréquente personne, je déteste ce bled.

— Qu'est-ce qui vous y retient, alors ? Votre frère et vous-même, vous travaillez à Rome...

— Quand je dis que je déteste ce bled, j'entends ses habitants, pas le lieu.

— Vous aimez la campagne ?

— Pas spécialement, mais j'aime cette campagne, j'y ai grandi ; j'ai appris toute petite à pêcher la truite dans cette rivière (elle ébaucha un signe vague du côté de la fenêtre), j'y ai passé tous mes dimanches. Ça m'a manqué quand je suis partie...

— En quelle année avez-vous quitté le village ?

— Il y a vingt-sept ans, c'était le début des années soixante-dix, mon petit frère n'avait qu'un an.

— Ça fait un grand décalage entre vous...

— Mon père est resté veuf quand j'avais dix ans, la mère d'Alberto est sa seconde femme. Ma belle-mère aidait à la boutique, elle était beaucoup plus jeune que mon père, elle est devenue sa maîtresse. Mais il ne l'a épousée que quand elle est tombée enceinte d'Alberto.

— Vous ne vous entendiez pas avec elle ? demanda Mariella.

— Non.

— C'est pour cela que vous êtes partie faire vos études à Rome ?

— Pas du tout. J'ai toujours ignoré cette femme, même si mon père m'a obligée à l'appeler « maman » après le mariage. Elle ne m'a pas plus aimée qu'elle n'a aimé son fils. Je suis partie car je venais de m'inscrire à l'université, à la faculté d'architecture, et que mes parents y étaient opposés. Pour les gens d'ici, à l'époque, une fille qui faisait des études et fréquentait la ville était une fille perdue, ni plus ni moins. Alors, j'ai fait ma valise. Je suis revenue sept ans plus tard, mon frère avait besoin de moi, et moi de lui.

— Et vous aviez assez d'argent pour montrer à vos parents qu'ils s'étaient trompés...

— Mes parents, je m'en fichais pas mal. Je suis revenue pour mon petit frère, et aussi pour me venger du village. Lorsque je suis partie, mon frère n'avait qu'un an, comme je vous l'ai dit, mais il était déjà très attaché à moi. Mes parents passaient leurs journées à la boutique, c'est moi qui m'occupais de lui. Et puis au village le bruit courait que j'avais quitté mes parents pour d'autres raisons que les études...

— Quelles raisons ?

— On murmurait, on colportait des bruits, des choses vues... On disait que j'étais partie parce qu'on m'avait « engrossée ».

Mariella éclata de rire. Elle connaissait bien cet univers paysan où le sexe et le mal ne font qu'un et au bout du compte expliquent tout. Elle aussi avait grandi dans un trou, et en connaissait là-bas qui, aujourd'hui encore, devaient dire la même chose d'elle.

— Les gens sont obsédés par le sexe ! s'exclama-t-elle.

— Sauf que dans mon cas c'était vrai, déclara Tecla.

— Vrai ?

— Vrai. J'étais enceinte et obligée de quitter le village.

— Enceinte ?

— À dix-huit ans. Qu'est-ce que je pouvais faire ?

— Vous faire avorter...

— Je ne sais pas ce qui était le pire, à l'époque, dans la tête des vicelards du coin, d'être fille mère ou de se faire avorter... En tout cas, je ne suis pas restée pour le savoir. N'oubliez pas que dans ces années-là l'avortement tombait sous le coup de la loi...

Elle éclata d'un mauvais rire.

— J'ai eu le plaisir de connaître ceux qu'on appelait alors « les cuillères en or », ces gynécos qui pratiquaient clandestinement l'avortement moyennant des sommes honteuses. J'ai eu la chance de ne pas en crever, même si ça a failli foirer...

Mariella fut touchée. Cette femme, qui tout à l'heure lui paraissait si proche, regagnait une distance bien plus grande que les années réelles qui les séparaient.

— Et le père ? demanda-t-elle soudain mal à l'aise.

Nouveau rire de Tecla.

— Le père, c'était pas son problème. Et puis, avec une fille qui se donne aussi facilement, comment être sûr de la paternité ?

— C'est ce qu'il vous a dit ?

— Il a dit ça, et pire encore. Il était maqué avec une fille à la réputation irréprochable, celle des bonnes familles ; les mots d'amour qu'il avait eus pour moi sont devenus des mots de menace quand j'ai mis en péril son mariage avec le meilleur parti du village.

Mariella décida qu'elle allait vider son verre de Campari.

— Comment vous êtes-vous débrouillée à Rome, toute seule, à dix-huit ans, pour trouver quelqu'un qui veuille bien vous aider ? Vous aviez de l'argent ?

— Il m'en avait donné, le père, ça lui tenait à cœur que je me tire au plus vite, j'étais pour lui un danger vivant. C'est le seul être que j'ai vraiment haï : je n'avais pas l'intention de garder l'enfant, mais il osait affirmer que ce n'était pas le sien...

— Qui vous a aidée ?

— Personne. Ce n'est pas difficile pour une jeune fille seule d'entrer dans les milieux qui vivent en marge de la légalité, c'est plus difficile d'en sortir. À l'époque comme aujourd'hui, il suffisait de débarquer à la gare Termini et de promener ses yeux...

Elle se tut, se leva, éteignit le four.

— Si je réchauffe le plat une troisième fois, dit-elle, nous n'aurons plus qu'à nous saouler l'estomac vide.

Puis elle devint sérieuse, sa voix changea :

— Ce sont des expériences horribles, j'en ai rayé bien plus que le souvenir dans ma vie.

MARDI 28 DÉCEMBRE, PETIT MATIN

Les paroles d'une chanson de Fiorella Mannoia se répétaient comme celle d'un disque rayé :

*L'amore con l'amore si paga,
l'amore con l'amore si paga*[1]...

Elle pointait les genoux sur l'oreiller pour soulever son bassin, le visage de l'homme restait caché au-dessous, mais elle savait que c'était l'homme du rendez-vous. Il était toujours attaché, elle voyait par intermittence ses poings serrés contre la tête de lit, les liens aux poignets ; sa langue pénétrait dans son sexe, elle la sentait de l'intérieur et croisait les bras sur sa poitrine comme s'embrassant elle-même. Et dans la concentration de plus en plus intense de son corps resserré, la montée du plaisir devint insoutenable. Mariella se réveilla, une sensation atroce dans l'entrecuisse, elle y pressa les doigts furieusement. Puis, dans le noir absolu, elle promena sa main le long des draps et ne trouvant rien de familier à ce toucher, se rappela le studio du fils du commissaire.

Mais quelque chose lui souffla qu'elle ne se trouvait pas là où elle croyait être ; alors, en proie à la panique, elle inspecta des yeux le plafond. Impossible de bou-

---

1. *L'amour se paye avec l'amour...*

ger. Dans la paralysie qui la gagnait, Mariella se demanda si elle n'était pas attachée. Le cauchemar revenait, elle avait tellement l'habitude des liens avec ses amants de hasard que la peur d'être elle-même attachée, un jour, troublait son sommeil de manière récurrente. Pourtant, à cette habitude ne s'appliquait aucune perversité particulière, tout au moins le croyait-elle, et les liens n'avaient d'autre but que de la protéger des aléas des rencontres de fortune. L'homme choisi par courrier électronique abandonnait son existence virtuelle, lorsqu'il se présentait en chair et en os, mais il demeurait un inconnu, les centaines de mots envoyés sur écran n'y changeaient rien. Si elle n'y prenait garde, elle finirait par se retrouver un jour face à face avec Jack l'Éventreur !

N'était-ce pas justement ce qu'elle recherchait ? Ne voulait-elle pas, au fond, se mesurer à celui qui tâcherait de la prendre au piège du plaisir ? L'homme qui tue la femme ? Son habitude d'utiliser des liens pour immobiliser l'amant inconnu qui pouvait se révéler dangereux ne s'était-elle pas muée au fil du temps, à son insu, en nécessité ? Le plaisir, ne l'aurait-elle jamais qu'à ce prix ?

Mariella bondit du lit, alluma la veilleuse. Où qu'elle fût, il fallait y voir clair.

Le souvenir lui revint avec la lumière. Elle ne connaissait pas cette chambre, mais savait où elle se trouvait. La soirée s'était terminée tard, elles avaient beaucoup bu l'une et l'autre, Tecla lui avait proposé de rester coucher, elle n'y avait pas vu d'inconvénient. Sauf qu'elle ne se rappelait pas être entrée dans cette chambre, elle se souvenait plutôt d'avoir insisté pour rester allongée sur le petit canapé du couloir. Les vapeurs de l'alcool n'étaient pas aussi épaisses qu'elle ne pensât à se relever pour inspecter la maison à la faveur de la nuit. Elle était même sûre que cette pensée avait été à l'origine de sa résolution de découcher.

Elle fit quelques pas dans la chambre, mais elle ne vit pas le mur tout de suite. Des dizaines de glaces couvraient la paroi derrière le lit, qui lui renvoyaient toutes, à des hauteurs différentes, sa propre image, comme dans la *Dame de Shanghaï*. Mariella se découvrit vêtue d'une chemise de nuit en dentelle rouge qui ne lui appartenait pas. Elle ne se souvenait pas de s'être déshabillée, elle était même sûre du contraire. Cette salope de Tecla l'avait eue avec son histoire, son Campari et sa maison hantée. Le vin blanc y avait contribué aussi, ça lui revenait maintenant. C'était la bouteille de blanc qui l'avait achevée, bien plus que le Campari. Comment allait-elle l'expliquer au commissaire ? Se saouler en compagnie d'un témoin chez lequel on est resté coucher ! Heureusement qu'elle ne gardait jamais rien de compromettant sur elle, à l'exception du portable et de son arme de service. Tecla n'avait pas dû se gêner pour lui faire les poches.

À quel jeu jouait donc Tecla Tittoni ? La soirée n'avait pas été désagréable, bien au contraire, elle s'était sentie très à l'aise en sa compagnie ; par chance, elle n'était pas d'un naturel à lâcher des confidences sous l'emprise du vin ; sobre ou éméchée, la curiosité l'emportait toujours sur le besoin de se livrer elle-même.

Mariella trouva l'interrupteur général. La chambre était somptueuse. Les murs, à l'exception de la paroi des glaces, étaient drapés de soie rouge, le même tissu couvrait le lit, deux petits fauteuils et un tabouret années trente. Quelle différence avec le salon et la cuisine !

Elle regarda l'heure : trois heures quarante-cinq ; combien de temps avait-elle dormi ? Pas beaucoup à en juger par le souvenir d'une soirée qui s'était prolongée tard dans la nuit. Pourtant, son cerveau recouvrait une certaine sveltesse, elle se sentait en forme et entendait saisir la chance de se trouver là pour servir les besoins de l'enquête. Le commissaire froncerait moins les sourcils en apprenant qu'elle avait passé la nuit chez Tecla si elle lui donnait en échange quelques renseignements inespérés.

Au bout de quarante minutes d'inspection, Mariella s'affaissa sur l'un des petits fauteuils et entreprit de se rhabiller. Rien d'intéressant dans la chambre ni dans la salle de bains qui la desservait, une salle de bains hollywoodienne avec robinets dorés et céramiques fleuries blanc et rouge. Pureté de formes et de matériaux d'un côté, fantaisies exubérantes et couleurs précieuses de l'autre. Comment pouvait-on afficher un goût aussi éclectique ? Tandis qu'elle refermait son jeans, cherchant des yeux où poser la chemise de nuit, elle comprit. Ce n'était pas la chambre de Tecla, ni celle de son frère, c'était la chambre des invités. Elle était sûre que le décor des autres pièces n'était pas du même style.

Elle ouvrit la porte doucement. Le palier était dans le noir, elle pensa qu'il serait imprudent de l'éclairer. Elle alluma son briquet, le promena à hauteur des yeux : trois portes fermées à gauche, un escalier raide à droite. Elle descendit les marches en chaussettes, le froid du marbre transperçait le coton. Elle passa ensuite dans la cuisine, alluma, resta en attente. Les petits bruits sont toujours perceptibles dans la nuit, même lorsqu'on croit les étouffer. Si Tecla se pointait, elle prétexterait qu'elle cherchait quelque chose à boire ; du reste, elle avait effectivement soif. Le réfrigérateur était bourré de toutes sortes de boissons, supérieures en nombre et en variété au peu de nourriture qui y était conservée. En ouvrant une bouteille de San Pellegrino, elle s'étonna que la cuisine fût rangée. Elle ne se souvenait ni d'avoir vu Tecla faire le ménage ni de l'avoir aidée à débarrasser les restes.

Elle éteignit la lumière, rouvrit le réfrigérateur, l'ampoule de 15 W verdoya dans la pièce en soulignant la nuit et le silence. Dans laquelle des trois chambres dormait Tecla ? Pouvait-elle se risquer à une petite perquisition sans la réveiller ? Avant même de se donner une réponse, elle ouvrait déjà le premier tiroir. Un bip inattendu lui glaça le sang. Elle mit quelques secondes à comprendre qu'il s'agissait du réfrigérateur : le temps d'ouverture avait dépassé les limites recommandées. Mariella en referma la porte, puis sortit sa lampe de poche.

Rez-de-chaussée, cuisine, cellier, salon, salle de bains et couloir, l'inspection ne donna rien. Elle se demanda où pouvait bien se trouver le laboratoire photo, car il devait y en avoir un.

Après avoir pensé qu'il serait plus prudent de descendre que de remonter, Mariella ouvrit, dans le couloir, la petite porte qui menait à la cave. Un miaulement mécontent lui révéla un chat prêt à se sauver par la porte entrouverte. Elle ne le rattraperait pas, mieux valait ne pas refermer au cas où l'animal se déciderait à regagner sa résidence nocturne. En bas de l'escalier, deux portes closes, l'une à droite, l'autre à gauche. Elle ouvrit celle de gauche, parcourut le local de son faisceau lumineux : un vaste espace, des étagères encombrées de cartons et de boîtes de fer ; tout au fond, une deuxième porte. Elle referma, réfléchit, ouvrit la porte de droite et entendit un sifflement. C'était une pièce beaucoup plus petite, chauffée ; le faisceau de lumière découvrit une table, une chaise bizarre, non, pas bizarre, une chaise roulante : à qui pouvait-elle servir ou avait-elle servi ? Elle eut la réponse en éclairant le lit installé tout au fond, contre le mur : une tête blanche endormie émergeait à peine d'un tas de couvertures. C'était là l'explication du sifflement. Mariella pensa à la femme du commissaire, infirme depuis vingt ans, recula, éteignit la lampe de poche, referma la porte. Tecla lui avait dit que sa belle-mère habitait la maison, mais elle n'avait pas précisé que sa chambre était au sous-sol.

Soudain, elle se figea. Elle eut l'impression d'être observée, se retourna.

Tout en haut de l'escalier, deux yeux scintillaient dans le noir. Elle s'empêcha de crier en agrippant son arme, pointa la lampe en direction de l'inconnu. C'était le chien.

À partir de cet instant, les événements se précipitèrent : le chien, qui bloquait la sortie, se mit à aboyer. Mariella recula à l'intérieur de la pièce, décidément elle ne se ferait jamais aux chiens. Ce boucan réveilla la vieille qui poussa des cris étranges, comme des hoquets étouffés. Le temps de rassurer l'inconnue, Tecla se dressait déjà dans l'encadrement de la porte.

À la vue de sa belle-fille, la vieille dame se tut instantanément.

— Qu'est-ce que vous foutez là ? demanda Tecla.

— Je cherche une issue, répondit Mariella.

— Vous n'avez pas pu vous en empêcher, hein ? Je vous ai fait confiance, ouvert ma maison, offert un lit, mais vous n'oubliez jamais que vous êtes flic !

— Qu'est-ce que vous allez chercher là ? eut le culot de se rebiffer Mariella. J'étais à la cuisine, j'avais soif, j'ai entendu un cri en provenance du sous-sol, je me suis empressée de descendre.

Heureusement pour l'inspecteur principal, celle qui aurait pu la démentir, s'agita dans sa couche, émit quelques grognements enragés, tendit une main décharnée mais ne put articuler un mot.

— Elle ne peut pas parler, sa voix ne lui sert plus qu'à crier, expliqua Tecla.

Mariella ne sut quoi dire. Les paroles du commissaire au sujet de sa femme lui revinrent en écho : paralysie et aphasie feraient-elles la paire ?

— Ça lui arrive souvent d'avoir des cauchemars la nuit, continua Tecla, alors elle pousse des cris à réveiller les morts, c'est pourquoi elle dort ici. Je n'ai jamais pu m'y faire, souvent je l'entends même de là-haut. Généralement, ça lui passe avec une gorgée d'eau.

Mariella comprit alors que la main décharnée tentait d'attraper le verre posé sur la table de nuit. Elle faillit l'aider, mais la vieille, entraînée, saisit le verre, qui trembla dans sa main, et but goulûment.

À cinq heures et demie du matin, le commissaire se rasait en écoutant les informations. Le journaliste s'en donnait à cœur joie dans les mauvaises questions : il venait de demander à quelques habitants de Testaccio s'ils avaient passé de bonnes fêtes, et les commerçants interrogés de répliquer que c'était intolérable, que faisait donc la police ? est-ce qu'il fallait pourvoir soi-même à sa propre défense ? à quoi bon payer des impôts ?... C'était leur maître argument, celui-là !

Il se coupa au moment où la voix d'Assunta commença à sangloter en direct. Et son gentil garçon par-ci, et son pauvre enfant par-là, qui avait passé la nuit au commissariat parce qu'il avait eu le tort d'être fiancé à la pauvre petite, cette fille n'avait pas mérité son sort, la justice n'existe pas pour les honnêtes gens...

D'Innocenzo ferma le robinet, se tamponna la joue

avec du coton imbibé d'alcool, baissa la radio et ouvrit la porte. Des meuglements bizarres provenaient de la chambre, il s'y précipita. Sa femme, à moitié tombée du lit, retenait son corps de ses deux bras appuyés au sol, la poitrine penchée dans le vide, les jambes allongées sous les draps. Il eut un choc, courut l'aider, vit ses yeux gonflés, sa bouche tordue.

— Qu'est-ce qui t'arrive ? demanda-t-il.

Ida sanglotait en serrant les poings. Il la coucha, essuya ses pleurs, sa sueur, et la calma avant de remarquer le petit billet dans sa main. Elle rouvrit les yeux, lui fit signe de lire. Elle avait donc essayé de l'appeler depuis son lit et, n'ayant pas réussi à se faire entendre à cause de la radio, elle avait tenté de se traîner jusqu'à lui. Sur le papier, des mots griffonnés au crayon : « Le petit est mort. »

Ida enfonça sa tête dans l'oreiller, le commissaire s'affaissa sur le lit. Le petit, c'était Giuliano, le seul petit de leur vie.

Ida pleurait, D'Innocenzo ravalait ses larmes. Le silence dura, puis la sonnerie du téléphone retentit dans le vide. Le commissaire souleva l'écouteur machinalement.

— Patron, murmura Genovese, c'est affreux...

D'Innocenzo ne répondit pas.

— Patron ? insista l'inspecteur.

— Oui.

— Si vous saviez... le pauvre Peppe est comme fou.

Alors il comprit. Le petit, ce n'était pas son fils, mais le fils de Peppe, le bébé hospitalisé. Il ressentit d'un coup une joie irrépressible, la joie d'avoir échappé au malheur. Une douleur coupable s'y superposa. On était donc à ce point sauvage de se réjouir que la mort n'eût pas pris notre bien mais celui d'un autre, fût-ce l'ami le plus cher ?

— Votre femme était très secouée, tout à l'heure au téléphone ; j'ai compris que c'était elle, je l'ai entendue sangloter... Je l'ai priée de vous prévenir, que je rappellerais... Je suis au Bambin Gesù... Vous venez, patron ?

— C'est arrivé quand ?

— Vers trois heures trente du matin. C'est la mère qui s'en est aperçue, le bébé ne réagissait plus... Peppe a appelé le médecin de garde, les infirmières se sont précipitées dans la chambre, mais c'était déjà trop tard. La mère serrait l'enfant dans ses bras, ils ont eu du mal à le lui arracher...

— On avait dit que c'était pas grave...

— Peppe savait que la nuit serait décisive, le pédiatre l'avait prévenu qu'il y a toujours un risque à cet âge-là...

— J'arrive, dit le commissaire.

L'idée avait surgi de sa tasse comme un petit génie. Inutile de se raisonner, l'idée gagnait la bataille d'avance et chaque gorgée renforçait sa victoire. Mariella buvait en silence, les yeux rivés sur le Mickey du tee-shirt de Tecla. Des cernes plus profonds creusaient son visage, là où les années vécues refaisaient surface en effaçant comme une tension que le jour couchait sur les traits. Absorbée dans ses pensées, Tecla remplit à nouveau leur tasse, avant de déclarer :

— Drôle de manière de commencer la journée...

— Je suis désolée de vous avoir réveillée, répondit Mariella. Retournez vous coucher, je vais partir.

Il était presque six heures, il n'avait pas neigé de la nuit, elle pourrait prendre la voiture sans risque.

— Plus la peine, fit Tecla, j'ai des courses à faire à Rome, et aujourd'hui je commence mon travail à douze heures trente.

— Je croyais que la première séance débutait à seize heures...

— C'est ça, mais tous les mardis je remplace la fille de la comptabilité qui prend une demi-journée... Je vais partir d'ici vers sept heures et demie au plus tard, attendez-moi !

— Non, j'y vais tout de suite, j'aurai peut-être le temps de roupiller un peu avant de commencer ma journée moi aussi.

Tant que la voiture de l'inspecteur principal n'eut pas disparu du chemin, Tecla resta sur le pas de la porte. Avant de se séparer, elle lui avait dit :

— Nous avons bien rigolé, hier soir !

Cachée derrière un panneau publicitaire, la voiture rangée plus loin, à l'abri d'un camion garé sur une aire de repos, Mariella guettait l'arrivée de Tecla sur la route nationale. Il gelait, elle n'arrêtait pas de regarder sa montre. Elle avait occupé l'intervalle qui la séparait du départ de Tecla à parcourir le village à bord de sa voiture, roulant doucement dans la semi-obscurité ; l'administration locale économisait rudement sur les éclairages nocturnes. Sur la place déserte, l'envie lui était venue de se promener ; c'était un espace rectangulaire délimité en longueur par une suite de maisons cocasses, fermé d'un côté par une église du dix-huitième siècle avec de hauts clochers, et du côté opposé par une chapelle du quinzième siècle à plan octogonal et au portail sculpté. De nombreuses niches étaient vides, les rares statuettes en place semblaient de facture récente. Le patrimoine artistique n'était pas le souci majeur des habitants du village, le goût non plus à en juger par les façades des maisons. Elle avait descendu ensuite une rue assez longue, rencontré à sa droite un beau bâtiment, probablement une école, puis deux jardins de chaque côté de la rue : dans l'un, un monument aux morts, dans l'autre, des arbres touffus. Elle s'était retrouvée à la porte du village, là où elle avait quitté Antonio, la veille au soir, et n'avait plus su comment employer l'heure qui lui restait. Si elle s'endormait, son plan tomberait à l'eau. Elle avait décidé alors de rouler jusqu'à Tivoli à la recherche d'un café ouvert, puis elle était revenue se poster à la bifurcation du chemin qui montait au lieu-dit Cerreto.

Dans le petit café qui venait d'ouvrir ses portes, aux abords de Tivoli, elle avait commandé cinq sandwichs aux saucisses ; le garçon l'avait regardée de manière bizarre, puis les lui avait préparés sans broncher. Pour sûr qu'il n'oublierait pas de sitôt son visage.

La voiture qu'elle guettait emprunta la route nationale à sept heures trente-cinq, Tecla était une femme de parole. Mariella attendit dix bonnes minutes avant d'abandonner sa cachette. Mieux valait se montrer prudente : on pouvait toujours rebrousser chemin à la suite d'un oubli, si la distance parcourue n'était pas trop grande. Fallait-il prévenir le patron ? Ça pouvait attendre.

La maison de Tecla se dressait, sinistre, dans la lumière rare du matin. Mariella redoutait les bondissements du chien, mais la bête, figée devant la porte, ne bougea pas à l'arrivée de la voiture... À croire qu'elle avait reçu des instructions. Le jardin n'était qu'un terrain de mauvaises herbes et d'arbustes malingres. La bâtisse s'élevait, solitaire, au bout d'une allée étroite flanquée de quatre arbres chargés d'ampoules colorées. Un jardin abandonné : curieux de la part de quelqu'un qui avait décidé d'habiter la campagne. Mais la campagne de Tecla, c'était la vue des collines, au loin, et cette rivière plutôt que les abords immédiats de la maison. D'ici l'œil embrassait un espace vaste même si le point d'observation n'était qu'une terre pelée.

Mariella déposa les saucisses à quelques mètres du chien, mais elle n'osa pas s'en approcher. La bête tourna à peine le museau du côté de l'appât. Il fallait se rendre à l'arrière de la maison, passer inaperçue devant la grande fenêtre en longueur ouverte au niveau du sol qui éclairait la chambre de la belle-mère, et pénétrer ensuite dans la maison par la porte de la cave située juste derrière, en bas de quelques marches. La bête l'en empêcherait-elle ? À petits pas, Mariella s'avança sans quitter des yeux le chien qui fit un bond en avalant la première saucisse.

Pendant les deux heures que dura la fouille, elle ne pensa pas un seul instant au frère Tittoni ni à la possibilité qu'il pût rentrer. Elle fut obligée de se poser la question lorsque, se trouvant au premier étage, elle entendit le chien aboyer joyeusement et une clé tourner dans la serrure. Des pieds traînants, une respiration lourde, quelques mots marmonnés à la va-vite. Mariella resta tapie, retint son souffle, n'osa plus feuilleter les books classés par année qu'elle venait de découvrir dans la chambre du frère Tittoni. Puis elle entendit la porte qui menait au sous-sol s'ouvrir, le chat miauler, et une voix âgée appeler la belle-mère de Tecla :

— Nunziatina !

Comment comprit-elle qu'il s'agissait de la petite vieille du village, celle qui préparait les repas de Tecla ? Elle en fut pourtant aussi certaine que si elle la connaissait et s'en trouva soulagée. Elle pourrait toujours se cacher sous le lit de la chambre si elle décidait de monter, ce qui était peu probable vu son âge. La vieille dame venait s'occuper de la belle-mère de Tecla et apporter probablement quelques plats cuisinés. Mariella se remit à feuilleter les books : des filles nues dans un décor unique, celui de la chambre rouge où elle avait elle-même couché. Dans ce vaste répertoire d'images prétendument artistiques, elle ne tarda pas à trouver plusieurs pages dédiées à Lucia Di Rienzo, petite amie d'Alberto Tittoni et première victime de la série. Aucune photo, en revanche, de Caterina Del Brocco, sa colocataire et deuxième victime, qui ne possédait probablement pas les mêmes attraits. Beaucoup de photos aussi de Patricia Kopf, jeune fille mineure et troisième victime. Voilà pourquoi elle réclamait son dû à Tecla, le soir de Noël ! Ainsi que Tecla l'avait expliqué, les cinq cent mille lires étaient la paie convenue pour ses prestations photographiques. Voilà aussi pourquoi Nando était particulièrement remonté contre Alberto : ça devait le tracasser d'imaginer sa copine à poil devant le beau photographe ! Tout ce monde avait besoin d'être à nouveau entendu. Soudain, elle se rappela que l'audition d'Alberto Tittoni était fixée pour le début de l'après-midi dans le bureau du substitut ! Ne la voyant pas à S. Vitale, D'Innocenzo devait se demander déjà ce qu'elle fichait et il ne tarderait pas à l'appeler sur son portable. Mieux valait le débrancher ; la vieille n'était pas forcément sourde.

Au bout de trois quarts d'heure, la vieille partie, Mariella épuisa ses possibilités de recherches. Se rappelant qu'elle avait débranché son portable, elle y remédia, la sonnerie se déclencha instantanément.

— Où étiez-vous passée ? cracha D'Innocenzo.

— J'ai débranché mon portable, je suis encore chez les Tittoni.

— Qu'est-ce que vous fichez là-bas ? Vous avez déménagé ?

— Je vous raconterai, chuchota Mariella.

— Pourquoi vous me parlez comme à la messe ?

— Je vous raconterai tout, plus tard, dans les

détails, vous ne serez pas mécontent, j'ai trouvé des choses...

— Mlle Tittoni est avec vous ?

— Non...

— Qu'est-ce que vous faites alors chez elle... sans elle... ?

— Elle ne sait pas que je suis là, patron...

— Je vous interdis de faire des conneries, Mademoiselle ! Vous êtes sous ma responsabilité ! J'espère que vous avez de bonnes raisons de vous trouver chez Mlle Tittoni à son insu. Je vous attends à une heure dans le bureau du substitut.

Elle raccrocha. Son corps venait de la lâcher, une envie de dormir irrépressible s'en était brusquement emparé. Elle ouvrit la porte de la chambre rouge, s'écroula sur le lit. Tous les dangers du monde ne pourraient la remettre debout. Elle était éveillée mais son cerveau prenait des distances de plus en plus grandes avec le réel ; quelques minutes lui suffiraient, se dit-elle, elle était passée maître dans le contrôle de ses forces. Pourquoi le patron lui parlait-il d'un ton hostile ? Le contact du satin relâcha ses muscles, mais son esprit continuait de veiller. Elle ouvrit les yeux, fixa un point plus clair au-dessus de sa tête, un petit jour qui perçait le plafond comme une virgule de lumière dans l'obscurité.

Le commissaire devait être déjà au courant pour les photos, même s'il avait fait semblant de ne pas savoir lorsque Mario lui avait parlé des activités d'appoint du projectionniste. Où menait donc cette histoire ? On n'égorge pas des filles parce qu'elles se font photographier à poil par un artiste raté assorti d'une sœur tordue ! Et même si ces photos étaient vendues à des revues porno à l'insu des modèles, ce que Mariella était de plus en plus encline à penser, et qu'un chantage s'était mis en place à la découverte du petit trafic par un des modèles, ce n'était pas une raison pour transformer l'artiste en assassin ! Non, Alberto avait beau se présenter comme le suspect idéal, ça ne collait pas.

Son raisonnement n'arrêtait pas de tourbillonner. Le noir l'avait toujours aidée à réfléchir. Toute petite elle aimait se cacher sous la table et oublier les voix des adultes pour s'enfoncer dans ses propres histoires. Le noir avec une lame de lumière quelque part, au loin, pour adoucir l'obscurité et se dire qu'il existe toujours une direction à prendre.

Tout à coup, elle fit un bond. Elle grimpa sur le tabouret, inspecta le plafond en trébuchant, elle avait besoin d'un escabeau. Si quelqu'un avait pu l'observer à cet instant, il aurait songé à une crise de folie. Les yeux rivés au plafond, la nuque appuyée contre les épaules, cette position lui donna vite mal au cœur. Elle courut vomir dans la salle de bains aux robinets dorés et aux céramiques fleuries blanc et rouge.

Elle venait de découvrir quelque chose qui mettait les Tittoni dans de beaux draps !

MARDI 28 DÉCEMBRE, MATIN

Il y avait de quoi boucler le frère, et probablement aussi la sœur. Au-dessus de la chambre rouge, dans une grande pièce aménagée sous le toit, l'inspecteur principal Mariella De Luca venait de découvrir l'arsenal d'un cinéaste amateur. Amateur de cul. Dans un meuble à tiroirs, tout un stock de cache-sexe, dessous enjôleurs, parures affriolantes et autres cache-fri-fri excitants, assorti de dizaines de masques, loups, tourets de nez et déguisements variés. Dans un placard, trois caméras, plusieurs objectifs ; dans la pièce, un téléviseur, deux magnétoscopes, de nombreuses cassettes vidéo à même le sol. Mariella jeta un coup d'œil fébrile, films classiques américains, comédies italiennes, péplums, westerns, Totò, Sordi, Pasolini, Kubrick, *Star Wars* la trilogie, Tarantino évidemment.

Le trou dans le sol qui permettait de filmer ce qui se passait en bas, dans le lit, se trouvait caché par une table basse, encombrée de magazines photo et de revues de cinéma. La lumière de l'énorme lucarne qui éclairait la mansarde avait laissé filtrer le rayon qu'elle avait aperçu au plafond, près du lampadaire. Un tapis enroulé dans un coin laissait supposer qu'en cas de besoin le trou pouvait être masqué. Tecla n'avait pas estimé indispensable de dérouler le tapis pour elle, ou plus simplement elle ne pouvait imaginer que son invitée eût le temps d'aller fourrer son nez dans les combles. Si l'on avait jugé nécessaire de faire un trou dans le plafond pour y placer une caméra, c'était bien parce qu'on filmait en cachette ce qui se passait en bas, dans le lit ! Soudain, tout lui sembla clair. Alberto attirait chez lui des minettes, les photographiait en petite tenue, puis les emmenait dans la chambre rouge où la séance se poursuivait sous un jour différent. Il les persuadait ensuite de puiser dans l'attirail qui remplissait les tiroirs du grenier, et les scènes les plus crues pouvaient débuter. Les intégrait-il ensuite à d'autres séquences, tournées de manière plus régulière, pour confectionner des films X ? Cette explication s'accordait bien avec le décor de la chambre rouge où elle-même avait séjourné, le temps d'une courte nuit. Tecla s'était-elle amusée à l'observer pendant son sommeil ? Pourquoi ne se souvenait-elle ni de s'être déshabillée ni d'avoir enfilé la chemise de nuit en dentelle rouge ? Avait-elle glissé un somnifère dans sa boisson ? Et si elle était sous l'effet d'un soporifique, pourquoi s'était-elle réveillée au beau milieu de la nuit ? Manifestement Tecla ne s'attendait pas à la voir debout à l'heure où elle l'avait trouvée dans le sous-sol.

Si Tecla et son frère se livraient à cette production maison de films X, où pouvaient en être cachées les preuves ? Y avait-il un rapport entre les trois meurtres de Testaccio et leur activité clandestine ?

Après avoir tout remis en place, Mariella se rendit au sous-sol. Elle pénétra avec prudence dans le local aux étagères, elle ne voulait surtout pas effrayer une deuxième fois la belle-mère de Tecla. Les boîtes en métal étaient toutes fermées à clé, les cartons contenaient des revues porno. Elle en sortit quelques-unes, les plus récentes, et en les feuilletant elle crut parfois reconnaître le décor de la chambre rouge. Quant aux modèles, difficile de les identifier puisque les filles à poil portaient toutes des masques ou des loups qui les rendaient méconnaissables. Mariella essaya d'ouvrir la petite porte du fond, mais elle dut y renoncer, la serrure était trop sophistiquée ; ce que la pièce abritait ne devait pas être sans valeur. Il faudrait demander au substitut un mandat pour tirer l'affaire au clair ; D'Innocenzo la suivrait-il dans ses élucubrations ? Après tout, le patron pouvait très bien décider que les affaires de cul des Tittoni n'étaient pas de son ressort. Restaient les photos de deux des trois victimes dans les books, mais ni Alberto ni Tecla n'avaient jamais nié leur intimité avec les deux jeunes filles. Les prétentions artistiques du frère étaient connues dans le quartier.

Mariella rangea les revues, remonta l'escalier à pas feutrés, se glissa par la petite porte qui ouvrait sur l'arrière de la maison. Elle gravit ensuite les quatre marches et se retrouva à l'extérieur. Plus aucun signe du chien. S'était-il empoisonné aux saucisses ?

Ce jour-là, à S. Vitale, les bureaux de la Brigade criminelle ne retentissaient pas des bruits coutumiers. Les téléphones sonnaient inutilement, puis ils s'arrêtaient et les appels reprenaient dans d'autres pièces. Tout le monde connaissait l'inspecteur Casentini, tout le monde l'appelait Peppe, tout le monde avait appris son deuil. Ces costauds qui coudoyaient la mort tous les jours, qui la tenaient en respect et la craignaient modestement, se retrouvaient démunis lorsqu'elle débarquait dans leur vie par la voie pour ainsi dire naturelle, faute de pouvoir dire normale.

D'Innocenzo avait ordonné à Genovese de ne pas quitter son coéquipier, il se passerait de lui pour le reste de la journée. La visite à l'hôpital lui avait donné mal au crâne, il s'était retrouvé incapable de prononcer un mot ou de faire un geste devant les parents, homme paralysé et inutile dans la salle qui recevait les cris de la mère, les pleurs du père et les regards de la famille accablée. Pour la première fois depuis le début de l'enquête, le Tueur avait disparu de ses préoccupations. Et pour la première fois depuis bien longtemps, l'envie lui était revenue d'en savoir plus sur la disparition de son fils. Il était rentré chez lui, après l'hôpital, il avait pensé à Ida, à cette impuissance qui était la sienne. Il savait qu'en pleurant la disparition du fils de Peppe, elle avait pleuré celle de son fils Giuliano. Et dans ses pleurs il y avait aussi l'angoisse de ne pas savoir où le chercher.

À midi et demi, la voiture de l'inspecteur principal Mariella De Luca pataugeait dans une friture de neige sale ainsi que toutes les autres bloquées sur plusieurs kilomètres. Elle regardait les deux côtés de la Via Tiburtina, armée de cette patience que l'on a envers les événements qui ne dérangent plus la pensée. Quoi de mieux, en effet, que cette attente obligée pour réfléchir de nouveau à son affaire, pour considérer encore une fois les détails un par un, les connecter, les mélanger, les séparer, et les regarder ensuite individuellement comme si on les voyait pour la toute première fois ? La chose extraordinaire, c'était sa forme. Elle n'avait pratiquement pas dormi depuis quarante-huit heures, et se sentait néanmoins le cerveau neuf comme après une cure de sommeil. À Bagni di Tivoli, l'odeur de soufre faillit la faire vomir sur le siège, elle se rappela n'avoir rien avalé depuis la veille au soir, à l'exception de deux cafés ; la vue des saucisses, au petit matin, lui avait bloqué l'appétit. Elle s'arrêta, descendit de voiture, après tout, son retard était chose faite. Elle appellerait plus tard le bureau du substitut, il fallait d'abord soigner ses crampes d'estomac.

Le café près des Thermes fermés était bondé d'automobilistes, camionneurs, chauffeurs de car, passagers et autres voyageurs du devoir et du hasard ; beaucoup de monde partageait son habitude de reprendre courage à coups d'arabica. Les conversations portaient exclusivement sur le temps et la possibilité de quitter la Via Tiburtina pour rejoindre l'autoroute.

Un quart d'heure plus tard, Mariella entamait son deuxième quart de pizza et vidait sa deuxième tasse de café ; le conducteur du car assis à sa table venait de lui expliquer avec de menus détails comment rejoindre l'autoroute sans se tromper de chemin. Elle regagna sa voiture, le journal sous le bras et deux paquets de bonbons dans chaque poche. C'était comme pour la bouteille de secours : elle n'y touchait pas, mais ça la rassurait d'en avoir ; à l'occasion, elle en offrait à tout le monde, collègues, témoins et prévenus. Pas la peine, au bout du compte, d'appeler le substitut, grâce à l'autoroute elle n'aurait qu'une demi-heure de retard.

À deux heures moins le quart, l'inspecteur principal montrait sa carte au gardien du parking du Tribunal de Rome, qui scrutait d'un œil méfiant son visage défait, ses cheveux ébouriffés, son teint douteux. Elle sortit son plus beau sourire, se passa la main sur la tête, expliqua qu'elle était attendue dans le bureau du substitut du procureur, le juge Lauretti. Le con ! pensa-t-elle en montant les escaliers de la *Procura*. N'empêche qu'il lui avait donné conscience de son état ! Avant de se présenter au substitut, elle s'éclipsa dans les toilettes, sortit son organizer de beauté, procéda à ce qu'elle appelait « un maquillage de politesse ». Lip gloss pour une bouche soignée, anticernes pour un naturel parfait, eye shadow pour la paupière fraîche, mascara qu'elle utilisait rarement, éponge, pinceau à lèvres, pinceau à yeux.

Se jugeant enfin présentable, Mariella pénétra à deux heures pile dans le bureau du substitut ; le témoin lui tournait le dos, la secrétaire était devant l'ordinateur. D'Innocenzo la foudroya du regard, Lauretti lui sourit.

— Entrez, Mademoiselle, il paraît que vous étiez retenue chez un témoin, dit le substitut en lui offrant la chaise.

— En effet, répondit Mariella en saluant tout le monde d'un regard étudié.

Et elle tomba raide par terre.

MARDI 28 DÉCEMBRE,
DÉBUT D'APRÈS-MIDI

La voix du commissaire lui disait :
— Vous vous surmenez, Mademoiselle.

Étendue sur quatre chaises placées côte à côte, la tête appuyée sur l'imperméable du commissaire, roulé en boule, Mariella cligna des yeux et se tourna vers le mur. Les néons du plafond l'aveuglaient, la petite salle d'attente où elle venait d'être transportée, après avoir été évacuée du public, dégageait une odeur de vêtements mouillés.

— L'audition est terminée ? demanda-t-elle d'une voix faible.

— Elle se poursuit, répondit D'Innocenzo, qui avait chassé tout reproche de son regard. Vous avez eu un malaise, j'ai failli appeler le 118. Mais ce ne sera pas nécessaire, vous vous portez à merveille, il vous manque juste de quoi tenir debout. Je parie que votre dernier repas remonte à hier soir...

— En effet, je n'ai rien avalé depuis hier soir, mentit Mariella. Je n'en ai eu ni le temps ni l'envie.

— J'en étais sûr ! J'ai commandé ce qu'il faut pour que vous puissiez reprendre vos esprits, le garçon du café ne devrait pas tarder.

— Retournez chez le substitut, patron, je m'en sortirai toute seule.

— Il n'en est pas question. De toute façon nous avions convenu d'une interruption dans dix minutes : chacun se dégourdira l'estomac à sa manière, et nous reprendrons l'audition du témoin à trois heures et demie. Mais si vous préférez rentrer chez vous, je n'insisterai pas pour vous retenir.

— Je préfère, en effet.

— Vous m'inquiétez, réagit le commissaire. Il y a quelques heures encore, vous prétendiez tenir absolument à cette audition, et maintenant vous abandonnez... Vous devez aller vraiment mal...

— Vous êtes là et moi, j'ai trop abusé de mes forces depuis dimanche ; il faut que je récupère si je veux être efficace.

— Je me débrouillerai, bien sûr, mais je ne vous cache pas que ça tombe mal...

— Vous n'avez pas besoin de moi...

— Bien sûr que si !

— Mais... Genovese... Casentini... À propos de Casentini, comment va le petit ? demanda-t-elle.

Puisque le commissaire ne répondait pas, elle insista :

— Ça s'est aggravé ?

D'Innocenzo finit par répondre :

— Le petit est mort ce matin, à trois heures trente.

Mariella fixa le plafond jusqu'à voir des taches jaunes danser dans ses pupilles. Le commissaire s'empressa de changer de sujet :

— Genovese est resté près de son coéquipier. J'aurais préféré que vous rentriez plus tôt de chez les Tittoni et surtout pas dans ce piteux état. J'espère qu'au moins ça valait le détour, votre balade à la campagne ; j'attends votre rapport. Je comptais vous voir avant l'audition, ce que vous avez à me dire aurait pu orienter les questions du substitut...

— C'est pour ça... Il vaudrait mieux ajourner l'audition.

— N'y pensez pas... Le juge Lauretti n'est pas à notre disposition, c'est plutôt l'inverse. Écoutez, il est deux heures et demie, je vous propose de ne pas bouger d'ici, de rester tranquille une petite demi-heure, et après avoir bu et mangé, vous me raconterez votre promenade. Ensuite nous regagnerons ensemble le bureau du juge. Qu'en dites-vous ?

— Je n'ai pas faim.

— Ça, je ne veux pas l'entendre. Je descends au café, je vais rajouter un sandwich et une bière, nous allons déjeuner ensemble.

D'Innocenzo sorti, les bruits étouffés des couloirs se glissèrent peu à peu dans la petite salle. Un vrai merdier, pensa-t-elle les yeux mouillés de rage. Casentini, ce n'était pas encore un collègue, mais déjà plus un inconnu. Surtout ne pas se fixer là-dessus, se concentrer uniquement sur son affaire ! Même dans ses cauchemars les plus retors, elle n'aurait pu imaginer un tel dédale. Quel choc ! Se retrouver nez à nez avec son amant d'une nuit dans le bureau du juge !

Lorsqu'elle avait pris la chaise et que ses yeux avaient rencontré ceux du témoin, son souffle s'était arrêté net. Le jeune homme de l'hôtel Eden était assis là, devant le juge Lauretti ! Alberto Tittoni était le RM 28 de son courrier électronique ! Elle avait voulu jouer avec le hasard, le hasard lui jouait son plus mauvais tour ! Coucher avec un témoin ! Un photographe douteux impliqué dans un trafic de revues porno et probablement de films X, et pourquoi pas aussi dans les meurtres de trois jeunes filles ? Cette fois, elle risquait de payer cher son goût de la dissimulation.

C'était bien sa chance ! De tous les hommes habitant la capitale elle était tombée sur un témoin, candidat idéal pour devenir aussi le suspect numéro un. Heureusement, chez le substitut, la providence était venue à son secours en la faisant sombrer ! Et maintenant, le chef voulait qu'elle remette ça ! Même en admettant qu'Alberto n'eût aucune chance de la reconnaître, l'inconnue de l'hôtel Eden demeurant à des années-lumière du flic arrivé en retard chez le substitut, Mariella ne pouvait négliger ce que les deux femmes avaient en commun, et qu'aucun déguisement ne pouvait masquer : la voix. Tout à l'heure, elle n'avait prononcé que deux mots avant de s'évanouir, mais qu'allait-il se passer si l'audition continuait en sa présence ? Elle se sentait capable de maîtriser le choc, l'évanouissement lui avait donné le temps de revêtir sa cuirasse, mais quelle excuse pourrait lui éviter d'ouvrir la bouche ? Si elle assistait à la deuxième partie de l'audition, il serait difficile de jouer la muette, surtout devant le juge Lauretti ; si le substitut lui demandait d'intervenir, comment pourrait-elle s'y soustraire ?

Quelqu'un frappa avant d'ouvrir la porte, ce n'était pas D'Innocenzo.

— Je m'excuse, dit l'avocat d'Alberto Tittoni suivi de son client, je cherche le commissaire. Comment allez-vous, Mademoiselle ? Vous nous avez impressionnés tout à l'heure, le juge n'a pas réussi à vous retenir ! Heureusement qu'il y avait la moquette !

Mariella porta instinctivement la main au front, là où ça lui faisait mal, et sentit une protubérance juste au-dessus de l'arcade sourcilière. Alberto la regardait, indifférent, son esprit était ailleurs ; visiblement, elle ne l'intéressait pas. Alors, forcée par la nécessité, elle tenta de casser sa voix, l'assombrir du mieux qu'elle put avant de répondre :

— C'est la fatigue. Le commissaire est descendu au café, il va remonter d'un instant à l'autre.

— Vous avez aussi attrapé une angine ! Soignez-vous, Mademoiselle ! Et dites au commissaire que mon client ne se porte pas bien, il voudrait voir un médecin dès que possible.

— Que vous arrive-t-il, Monsieur Tittoni ? demanda D'Innocenzo qui entrait à cet instant, les mains encombrées d'un plateau.

— *Dottore*, fit l'avocat en se retournant, ce jeune homme m'avoue avoir manqué de sommeil depuis quarante-huit heures, il n'est pas dans son assiette. Ne pourrions-nous ajourner la deuxième partie de notre audition ? À demain matin, par exemple ?

— Décidément, répondit le commissaire, le manque de sommeil préoccupe beaucoup notre jeunesse ! Je n'ai rien contre, maître, mais cela ne dépend pas de moi, comme vous le savez.

— Bien sûr, mais avant de le demander à M. le juge, je voulais m'assurer que vous-même...

— Demandez, demandez, dit le commissaire en faisant un clin d'œil à l'inspecteur principal. Nous sommes d'accord.

Mariella respira. Les deux hommes partis, elle eut envie d'essayer sa nouvelle voix avec le commissaire avant la répétition générale chez le substitut. Elle mordit dans le sandwich, jambon de Parme et mozzarella.

— Je suis allé jusqu'au bar de la Circonvallazione Clodia, fit le commissaire, en bas il n'y avait plus que du thon-mayonnaise. Vous voyez que vous avez faim !

— C'est venu tout d'un coup... répondit Mariella.

— Oh, la voix que vous avez là ! Vous avez pris une douche froide en mon absence ?

Après avoir raconté sa soirée chez Tecla, interrompue par les exhortations du commissaire à ne pas forcer sa voix, Mariella glissa sur les circonstances qui l'avaient poussée à découcher, se limitant à évoquer l'heure tardive et les aléas du retour. Elle oublia aussi de parler au commissaire de sa rencontre avec Antonio, mais elle ne lui épargna aucun détail sur son réveil dans la chambre rouge, sa descente au sous-sol et son retour dans la maison après le départ de Tecla. Elle fit semblant de ne pas remarquer l'impatience dans les gestes du commissaire.

— Je me suis fait l'idée que Tecla nous a caché l'essentiel, dit-elle de sa nouvelle voix rauque. Elle m'a raconté sa vie pour me mettre en confiance, mais je ne crois pas qu'elle ait menti sur son passé. C'est une fille extrêmement intelligente, il n'y a que son frère qui l'intéresse, rien ne pourrait l'empêcher de le protéger en toutes circonstances.

— Des photos de filles à poil ne sauraient faire d'un photographe un tueur en série !

— Je n'ai jamais affirmé que le frère de Tecla soit le tueur que nous recherchons ! J'ai seulement la certitude que pour progresser dans notre enquête, il faut voir de près ce qu'ils fabriquent, ces deux-là !

— Et votre hypothèse est donc un trafic clandestin de films X dont certaines scènes seraient tournées à l'insu des protagonistes...

— Imaginez... Des filles se laissent attirer par un beau garçon qui vante son avenir d'artiste, photographe ou réalisateur de cinéma, peu importe. Amoureuses ou pas, toujours est-il qu'elles couchent avec lui et se laissent photographier à poil, visage caché, en échange d'une somme modeste, cinquante mille lires la séance aux dires de Tecla. Ces photos sont revendues ensuite à des revues porno. Mais ce n'est pas là l'essentiel de l'activité de la maison Tittoni. Car, je vous l'ai dit, l'aisance dans laquelle ils vivent ne peut pas s'expliquer par les salaires de caissière et de projectionniste...

— Vous n'exagérez pas un peu en leur attribuant des revenus aussi larges ?

C'était le moment rêvé pour raconter au commissaire sa rencontre avec Antonio, elle ne le rata pas, ce qui lui permit de donner plus de poids à ses suppositions sur le train de vie réel des Tittoni. Puis, soulagée, elle continua de développer son scénario :

— Au cours des ébats du frère dans la chambre rouge, la sœur filme le couple en cachette grâce à une petite ouverture pratiquée dans le plafond ; il doit y en avoir d'autres dans les murs, j'ai pas vérifié. Les séquences les plus hard sont ensuite montées sur une histoire plus ou moins niaise où d'autres personnages sont interprétés par des comédiennes, les filles des passages les plus crus ayant prêté leur corps sans le savoir. La maison Tittoni, donc, ne paie pas les rôles les plus croustillants, et les autres non plus probablement ; elle revend enfin les films à des tiers, et c'est tout bénef pour la petite famille. Frais de tournage zéro, frais de personnel zéro, frais techniques réduits au minimum, gain maximum.

— Mais si cette activité existe, les films doivent forcément circuler quelque part, et quelqu'un pourrait reconnaître les filles...

— Comme je vous l'ai dit, le bel Alberto doit se débrouiller pour que les visages de ses partenaires apparaissent toujours cachés pendant leurs corps à corps. Il doit les persuader d'utiliser un masque ou un loup, prétextant l'art, l'érotisme, ses obsessions, allez savoir... À visage caché, le reste se ressemble. Les filles concernées pourraient certes se reconnaître, si elles pouvaient visionner elles-mêmes leurs prestations, mais je pense que les protagonistes des films échappent au public visé par la maison Tittoni... De plus, il peut s'agir d'un public étranger, les films sont peut-être vendus loin d'Italie, à travers des circuits spéciaux...

— Deux remarques à vos hypothèses, rétorqua le commissaire. D'abord, vous n'avez pas trouvé trace desdits films chez les Tittoni... Non, laissez-moi finir, le mandat ne peut pas tout résoudre, il se peut très bien qu'il n'existe aucune cassette compromettante dans cette maison, et dans ce cas... Un trou dans le plafond, une chambre rouge et des tiroirs bondés de lingerie troublante ne suffisent pas à monter un réseau de films X bon marché. *Secundo*, je ne vois pas quel rapport vous établissez entre une telle activité clandestine, à supposer qu'il y en ait une, et les trois meurtres qui nous préoccupent.

— Ces films doivent bien être cachés quelque part ! Je vous ai parlé de la chambre fermée à clé au sous-sol : demandez au plus vite un mandat au substitut, je vous jure que vous ne serez pas déçu !

— Nous recherchons un tueur, pas un producteur de films X ! Je vous le demande encore une fois : quel rapport établissez-vous entre les Tittoni et les meurtres des trois jeunes filles ? Pensez-vous qu'Alberto Tittoni soit le meurtrier ?

— Je ne sais pas, répondit Mariella épuisée.

Et elle se tourna contre le mur.

Elle tenta de se relever, revit des fragments d'images de la chambre de l'hôtel Eden, se laissa choir à nouveau sur les chaises. Il fallait convenir que le commissaire n'avait pas tort.

— Nous aurons le mandat, dit tout à coup D'Innocenzo, mais j'exige que vous me prépariez au plus vite un rapport détaillé de votre visite chez les Tittoni. Vous négligerez, bien sûr, de faire allusion à votre retour dans la maison après le départ de la propriétaire ; vous n'avez qu'à mettre vos découvertes sur le dos de l'insomnie. Je pense qu'en l'état actuel des choses, il devient urgent de continuer l'audition du témoin. Demain ce sera peut-être trop tard. Ne bougez pas, je reviens.

Il disparut. Mariella plia devant les événements : puisqu'elle ne pouvait pas éviter de revoir Alberto Tittoni, il fallait au moins s'armer pour l'affronter. Elle vida sa tasse sans même se rendre compte qu'il n'y restait qu'un fond de café froid.

MARDI 28 DÉCEMBRE,
APRÈS-MIDI ET SOIR

L'audition d'Alberto Tittoni fut ajournée au lendemain, le substitut avait décidé qu'ils se reverraient tous au Tribunal, à huit heures trente du matin. D'Innocenzo transmit à Mariella le bonjour du juge et insista pour la raccompagner chez elle. Elle refusa. Rentrer, fermer tous les volets, se glisser sous les draps, dormir, voilà ce qu'il lui fallait pour recouvrer rapidement ses forces. Ni bain ni douche, pas même de halte chez l'épicier, le bar où elle achetait le lait lui vendrait bien des gâteaux secs. Ce serait la soirée rêvée, dîner d'une boîte de biscuits trempés dans un bol de lait chaud, blottie sous les couvertures, devant la télévision, la chambre plongée dans le noir.

Lungotevere degli Artigiani. En pénétrant dans le bâtiment, elle jeta un œil à travers l'emplacement vitré réservé au gardien. Il était vide. Il y avait du monde dans le hall, c'était la sortie des bureaux qui constituaient l'essentiel de l'occupation de l'immeuble. Mariella se demanda même s'il y avait d'autres résidants, et pour la première fois elle parcourut les noms sur les boîtes aux lettres. Des sigles de sociétés, cabinets d'avocats, consultations comptables, pourquoi le commissaire ne lui avait-il pas dit que le studio de son fils était la seule habitation bourgeoise de l'immeuble ?

Dans l'ascenseur, qui s'arrêtait à l'avant-dernier étage, elle croisa deux filles en plein bavardage qui ne lui prêtèrent aucune attention. Le studio avait été aménagé sur les terrasses de la copropriété, dans un local qui avait servi autrefois de lavoir. L'accès aux terrasses avait été bouché ; une porte sur le palier, au bout d'un petit couloir, permettait d'y pénétrer, mais seul le concierge en possédait la clé. Les fenêtres en longueur étaient ouvertes à deux mètres du sol. Le couloir en pente qui reliait le studio à la chambre avait été construit par la suite pour atteindre cette pièce qui, à l'origine, devait servir de débarras ; la hauteur réduite du plafond s'expliquait probablement par des contraintes techniques, gaines de ventilation ou autres. Les murs du studio séparaient celui-ci des terrasses ; la petite pièce au fond du couloir en pente était le seul espace sur rue.

L'idée lui plut que personne d'autre n'habitât l'immeuble, le gardien ne devait pas trop se soucier des allées et venues, après la fermeture des bureaux. Sa sortie, la nuit de dimanche, était donc passée inaperçue ainsi que son retour au petit matin. Le déguisement ne suffisait plus à la rassurer ; si l'enquête se concentrait sur Alberto Tittoni, son rendez-vous à l'hôtel Eden pouvait déclencher la recherche de la femme mystérieuse qu'il y avait rencontrée, et elle ne pouvait pas risquer que quelqu'un l'eût remarquée à l'adresse du fils du commissaire.

Se félicitant de ne jamais rien laisser au hasard et d'avoir mis à la consigne de la gare Termini la valise avec son déguisement, elle referma la porte de l'ascenseur. Bien que Mme D'Innocenzo fût paralytique et son mari un homme discret, elle ne pouvait oublier que leur femme de ménage possédait un double des clés.

Mariella abandonna ses mocassins dans l'entrée, laissa choir son blouson sur une chaise, s'approcha de la cuisinière. Il faisait bon à l'intérieur, deux tasses de lait chaud l'assommeraient, elle avait l'intention d'y tremper la boîte entière de gâteaux fourrés à l'orange qu'elle venait de s'acheter. Munie d'un plateau, elle s'activa dans la cuisine pour bien le remplir, qu'elle n'eût plus à se relever jusqu'au matin. Elle baissa la tête et franchit le couloir qui la séparait de la chambre. Les lumières de la ville s'essoufflaient avant d'atteindre l'étage, le ciel lâchait dans la chambre le peu de clarté qui lui restait. Elle traîna d'un pied le tabouret jusqu'au lit, y posa le plateau, alluma la télévision et s'assit sur les couvertures.

Quelque chose de désagréablement mou la fit bondir. Elle pensa à une bouillotte oubliée au milieu des draps. Sauf qu'elle n'y avait pas mis de bouillotte. Elle tira les couvertures, et hurla jusqu'à couvrir le son de la télévision.

À reculons, tâtonnant dans le noir, le front perlé de sueur, Mariella atteignit l'interrupteur. Personne n'avait entendu son cri, personne ne sut à quel point elle avait eu peur. Démembré et recomposé comme un puzzle mal encastré, un chat noir était couché sous les draps. La petite tête découpée, le tronc comme un morceau de rôti chez le boucher, les pattes posées de part et d'autre en guise de membres humains. Les yeux du chat semblaient la fixer, elle en fut secouée. Soudain, l'idée lui vint que l'auteur de cette plaisanterie macabre pouvait encore se trouver dans l'appartement. Elle chercha son arme sur le bureau, traversa pieds nus le couloir, tous sens en alerte, déboucha dans la grande pièce, embrassa les lieux du regard, ouvrit la porte de la salle de bains d'un coup de pied, alluma.

Personne. Aucun bruit nulle part. Elle fit le tour, inspecta chaque recoin, puis se souvint d'avoir oublié de regarder sur la petite terrasse de la chambre. Le cœur battant, elle retraversa le couloir, braqua les yeux sur la porte-fenêtre, l'ouvrit violemment. L'air froid investit la chambre, chassant un instant l'odeur écœurante dont elle venait seulement de s'apercevoir. En entrant dans le studio, elle avait bien senti quelque chose de bizarre, comme un relent de cuisine, mais elle n'y avait pas prêté attention. Elle resta debout à regarder les voitures qui traversaient le pont Testaccio, l'autobus bondé que ralentissait la circulation, le café éclairé à côté du Mattatoio, de l'autre côté du Tibre. Elle ne sentit pas le froid lui transpercer le corps, elle avait besoin d'air, cette mauvaise farce n'était qu'un avertissement lugubre.

Qui connaissait son adresse, mis à part le commissaire ? Elle ne l'avait communiquée à personne, elle n'en avait pas parlé à Tecla au cours de leur soirée, on avait dû la suivre. Comment avait-on pu s'introduire chez elle puisque la porte était fermée à double tour et la petite terrasse inaccessible, à moins de risquer sa vie en se balançant depuis les terrasses ? Les terrasses ! Voilà l'explication. Elle retourna dans la grande pièce et remarqua alors qu'une des fenêtres n'était pas fermée. On était entré par là, on était monté jusqu'aux terrasses, on s'était hissé jusqu'à la fenêtre, on avait rebondi à l'intérieur. L'ouverture n'était pas très grande, celui qui avait fait ça n'était pas un costaud. Elle sortit sur le palier, il n'y avait que sa porte en face de l'escalier. En tournant à gauche elle découvrit la petite porte dont seul le concierge avait la clé ; elle avait été fracturée. Elle entra, chercha l'emplacement des fenêtres, il n'était pas difficile de s'y hisser, un gros tuyau rendait même l'escalade plutôt simple.

Pourquoi voulait-on l'intimider de la sorte ? Elle venait d'arriver, son rôle dans l'enquête demeurait modeste, pourquoi s'en prenait-on à elle ? Serait-ce parce qu'elle était une femme ? Mais pourquoi démembrer un chat ? Elle ne se sentait pas rassurée, la raison peinait à déloger la peur. Elle regagna le studio, il ne lui restait plus qu'à prévenir le commissaire.

D'Innocenzo perdait patience. Mario était passé le voir sans prévenir, il l'avait obligé à regagner son bureau juste au moment où il s'apprêtait à le quitter, et maintenant il rechignait à lui avouer la vraie raison de sa visite.

— Vous ne me racontez là que des choses connues ; dites-moi franchement, où voulez-vous en venir ? se crispa le commissaire.

— La demoiselle qui était avec vous, dimanche, elle ne travaille pas aujourd'hui ?

— Vous êtes venu me questionner sur mes subordonnés ?

— C'est qu'avec vous je me sens gêné, je vous connais depuis trop longtemps...

— Si c'est à elle que vous voulez parler, revenez demain après-midi. J'espère que ce n'est pas important pour l'enquête, sinon je vous en voudrai.

— C'est bon, *dottore*, je vais tout vous raconter, et tant pis si après vous me méprisez.

Tout en prononçant ces mots, Mario ne se décidait pas à parler. Le commissaire s'arma de patience :

— Moi aussi j'ai quelque chose à vous apprendre, Mario, ce n'est pas facile pour moi non plus, nous allons faire un effort tous les deux, d'accord ?

— Vous ? À moi ? Et c'est à quel sujet ?

— Ah ! n'intervertissons pas les rôles. Vous êtes venu me chercher, dites-moi d'abord ce que vous avez à me dire, je parlerai ensuite.
— D'accord, mais promettez-moi de ne rien répéter à ma mère ni à ma femme ni à personne.
— Si la chose ne regarde que votre vie privée, je promets. Si ça concerne l'enquête, faut voir...
— C'est les deux, dit Mario.
— Ça concerne donc l'enquête ?
— L'enquête, et ma vie privée...
— Allez, Mario, ne tournez pas autour du pot, je vais perdre patience.
— Je voyais Patricia de temps en temps...
— Quand ça ?
— Eh bien, avant... Je la voyais chez elle, les jours de fermeture du restaurant, en fin d'après-midi, quand sa copine était au boulot.
— Vous aviez une relation ?
— Une relation... Comme vous y allez vite ! Je couchais avec, quoi ! Et je la payais pour. Elle savait s'y prendre, si vous voyez ce que je veux dire...
— Ce que je vois c'est que vous me cachez bien des choses ! Vous savez si elle couchait aussi avec d'autres ?
— Avec tous ceux qui la payaient assez pour lui en donner l'envie. Elle ne se prostituait pas publiquement, c'étaient plutôt des connaissances... Enfin, elle avait pas mal de connaissances, et on la payait bien.
— Combien ?
— Je sais pas... Moi, ça me coûtait chaque fois cent mille lire, parfois plus si je voulais... comment dire...
— Bon, j'ai compris. Vous pensez que les autres la payaient pareil ?
— Je crois.
— Des noms ?

— Je vais pas balancer...
— Allons...
— M. Spinola, le proprio du ciné...
— Le scoop ! Tout le monde le sait !
— Le père de Nando aussi, et ça, tout le monde ne le sait pas !
— Le père de Nando ? Vous en êtes sûr ?
— C'est Patricia elle-même qui me l'a dit, même que Nando s'en était douté et s'était disputé avec son père.
— Vous savez qu'elle était mineure, la petite Patricia ?
— C'est pour ça que j'hésitais à vous en parler, *dottore*...
— Vous êtes père, que je sache ! Comment pouviez-vous coucher avec une gamine qui avait l'âge de vos filles ?
— C'est pas pareil, *dottore* ! Faut pas confondre ! Ça n'a rien à voir, mes filles sont des gamines honnêtes, celle-là se faisait payer pour...
— Et si elle ne se faisait pas payer, elle serait une fille honnête elle aussi ? demanda le commissaire.
— Pourquoi vous me parlez sur ce ton ? se vexa Mario. Les jeunes filles comme il faut ne couchent pas, qu'on les paie ou pas !
— Donc, si votre petite Veronica, qui a dix-sept ans tout juste, couchait avec un jeune homme de vingt-huit ans sous votre propre toit, considéreriez-vous ça honnête ou pas honnête ?

Mario resta hébété. Il tenta un effort pour sortir un mot, mais sa bouche affichait hors-service. Il s'affaissa sur la chaise, regarda D'Innocenzo comme pour poser une question, mais il n'y arriva pas. Le portable du commissaire sonna à cet instant, c'était Mlle De Luca qui appelait au secours.

À dix heures et demie du soir, tout était fini. Il ne restait plus dans l'appartement que le commissaire et Mariella. Un quart d'heure plus tôt, l'Identité judiciaire, les gars de S. Vitale et même le Dr Lamberti étaient encore coincés dans la petite chambre. Ils piétinaient les tapis, oubliaient de se baisser avant d'emprunter le couloir pour atteindre le studio, revenaient le dos courbé plus que nécessaire, repartaient avec les morceaux du chat emballés dans du plastique transparent, avec des bouts de fibres ou d'autres éléments infimes, presque invisibles à l'œil nu, soigneusement glissés dans des sachets plastique, avec des appareils photo, des draps en boule, des couvertures pliées de manière sommaire, et l'oreiller comme un bébé dans les bras.

Devant le matelas que le commissaire avait eu la délicatesse de secouer sur la petite terrasse avant de le retourner, Mariella se taisait. Elle avait suivi les opérations, écouté les remarques des collègues, les paroles du commissaire, sa conversation avec le Dr Lamberti, et répondu aux questions de manière laconique. Tout le monde s'était rendu compte qu'elle n'était pas dans son assiette, le médecin légiste en avait même glissé un mot au commissaire, mais l'inspecteur principal s'obstinait à ne pas vouloir quitter les lieux. Elle devinait la peine de D'Innocenzo ; l'appartement de son fils envahi par tout ce monde, il devait se sentir rattrapé par la cruauté d'un acte signé par le meurtrier lui-même.

— Je vais me débrouiller pour que ma femme ne le sache pas, dit-il. Ça lui ferait trop de peine.

Mariella se sentait mal à l'aise, coupable ; elle n'arrivait pas à se raisonner et aurait voulu n'avoir jamais mis les pieds dans ce studio.

— Si vous voulez, je partirai dès demain matin, proposa-t-elle. Vous n'avez aucune obligation envers moi.

— Là n'est pas la question ! Vous n'y êtes pour rien. Seulement, je veux ménager ma femme ; si vous la rencontrez, un jour, ne lui parlez jamais de cette soirée.

— Vous avez ma parole. Mais j'insiste pour que vous me laissiez partir à l'hôtel.

— Seulement si vous le jugez nécessaire, et si rester est trop pénible pour vous.

— Ce n'est pas le problème, fit Mariella, la gorge nouée. Je n'ai pas peur de rester, je me plais bien dans ce studio, seulement je ne veux pas vous causer plus de peine.

— Ce que vous pouvez faire pour moi, pour que j'efface cette intrusion de ma mémoire, c'est justement de rester. Si nous nous laissons impressionner par un dégueulasse qui s'amuse au découpage, nous allons nous dégonfler, et l'enquête s'enlisera. Restez donc, mais ne dormez pas ici cette nuit, s'il vous plaît, je vous trouverai une chambre. Dès demain matin, je ferai poser des barreaux aux fenêtres, ce que j'aurais dû faire depuis longtemps. Ida avait raison de penser que quelqu'un pouvait s'introduire dans le studio en passant par les terrasses.

— Je vais dormir ici, répondit Mariella. Si je dois rester, il ne faut surtout pas que je parte cette nuit, sinon je ne reviendrai plus.

— Vous avez du cran, dit le commissaire, je vais vous chercher des draps propres.

— Je ne vous demande qu'une chose, continua-t-elle lorsqu'il revint les bras chargés de linge. Demain matin vous m'excuserez auprès du substitut, si vous ne me voyez pas au Tribunal.

MERCREDI 29 DÉCEMBRE, APRÈS-MIDI

Cette nuit-là, Mariella ne put fermer l'œil. Elle ne trouva un semblant de sommeil qu'au petit matin, abrutie par la fièvre et les cachets d'aspirine. C'était une grippe en bonne et due forme, avec courbatures, frissons et yeux larmoyants. Il faisait chaud dans la chambre, encore plus sous les couvertures. Elle se réveilla en sueur aux alentours de midi, se leva comme une somnambule, se prépara du thé, en remplit plusieurs tasses ; c'était la boisson des malades, comme on dit en Italie. Elle ne redoutait plus le chat, son image découpée l'avait assez hantée pendant la nuit. Lorsqu'en début d'après-midi la faim se fit sentir, elle trempa des biscuits dans le thé et trouva que ça allait nettement mieux, ce qu'elle dit au commissaire qui venait de l'appeler. Le patron l'informa de son côté que le substitut lui envoyait ses vœux de prompt rétablissement, que l'audition d'Alberto Tittoni s'était déroulée dans le calme et qu'on en avait appris un peu plus sur ses activités. Le témoin avait montré des échantillons de son art, de belles photos de paysages hivernaux, beaucoup de portraits, surtout des jeunes filles. Le commissaire avait demandé à garder ceux de Lucia Di Rienzo, la première victime, et de Patricia Kopf, la troisième. Il n'existait pas de portraits de

Caterina Del Brocco, deuxième victime et amie de la première. Qu'Alberto Tittoni ne cache pas sa liaison avec Lucia ni ses rencontres avec Patricia avait bien disposé le juge envers le témoin qui avait manifesté des craintes sincères quant à la sécurité des filles du quartier de Testaccio. À la question qui lui fut posée de savoir s'il entretenait une relation avec Veronica Severini, fille d'Oreste dit « Mario », il avait répondu par l'affirmative, donnant de son plein gré plusieurs détails sur leurs rencontres clandestines.

— Il a dit que le père de la petite Veronica a envers ses filles un attachement maladif, qu'il les empêche de vivre. Il nous a même appris les rendez-vous hebdomadaires de Mario avec Patricia en insistant sur le fait qu'il a un penchant pour les filles très jeunes. Il rôde régulièrement autour des employées du cinéma de la Via Amerigo Vespucci ; les jours de fermeture de son restaurant, il a l'habitude de se rendre à la première séance avec sa mère, qu'il installe dans la salle pour revenir ensuite discuter avec les filles. Aux dires de M. Tittoni, il ne regarde jamais le film.

— Vous avez pu établir une liste des amants de Patricia Kopf ? demanda Mariella de sa voix enrouée.

— Oui, il y en a trois ou quatre réguliers, nous les entendrons ; par ailleurs, le substitut veut rencontrer Mario au plus vite.

— Il faudra aussi questionner ses filles.

— Ça, je vous le réserve, dépêchez-vous de vous rétablir. Hier, je vous ai laissé sur le bureau les premiers résultats du labo concernant Patricia Kopf. Avez-vous eu le temps d'y jeter un coup d'œil ?

— Je ne les ai même pas vus, répondit Mariella. Je vais les chercher tout de suite.

— Il n'y a pas le feu. Simplement, vous verrez, il y a un détail qui cloche. Vous m'en parlerez ce soir, je vous rappellerai.

Avant de raccrocher, le commissaire ajouta :
— Les funérailles du petit Casentini, c'est pour vendredi matin, à l'église S. Pancrazio, dans le quartier de Monteverde Vecchio. Vous faites comme vous le sentez.
— J'irai, répondit Mariella.
La chemise avec les photocopies des résultats du labo était posée sur le petit bureau, elle y avait vidé ses poches sans la remarquer. Elle s'installa face à la fenêtre, chaussettes aux pieds, gros pull sur le pyjama, et cafetière brûlante, prête à être vidée dans la tasse. La boisson de cinq heures c'était pas mal, quand on avait la grippe, mais elle se sentait déjà mieux. Ce qui lui avait le plus manqué à Londres, pendant le stage, c'était justement son café de l'après-midi. Dans la petite chambre d'hôtel où elle remplissait le thermos pour la journée, il y avait des paquets de café italien plein les tiroirs, le patron de l'hôtel la soupçonnait même d'en faire un trafic. Mais le thermos ne suffisait jamais, aussi vers le milieu de l'après-midi était-elle obligée de partager avec les autres cette tasse de liquide brunâtre qui lui faisait regretter encore plus sa boisson préférée.

Les feuilles tapées à la machine s'avérèrent décourageantes : traces, empreintes et indices recueillis dans l'appartement de Patricia Kopf n'ouvraient aucune piste nouvelle, tout appartenait à la victime ou à son copain Nando. Sauf quelques empreintes sur certains objets, que le commissaire supposait appartenir à Roberta Troisi, la colocataire de Patricia ; ce serait à vérifier. Sur Patricia elle-même, uniquement des fibres de ses propres vêtements, quelques-uns de ses cheveux et un seul cheveu blond châtain appartenant à Nando. Le sang était celui de la victime, il n'y en avait d'ailleurs que sur le lit. Le détail qui clochait apparaissait à la fin du rapport d'analyses. Dans la salle de bains, sur le bord inférieur du W.-C., au-dessous du rabat, un gars de l'Identité judiciaire avait prélevé une goutte d'un liquide rosâtre qu'il avait associé à une tache de sang. C'en était une, en effet, mais son ADN n'était pas celui de la victime. Ce serait le seul indice digne d'intérêt, s'il s'avérait que les empreintes inconnues appartenaient à la colocataire de Patricia, et que Nando n'était pas le meurtrier.

Ne tenant plus en place, Mariella appela le commissaire, lui demanda s'il avait déjà dressé la liste des témoins dont il fallait comparer l'ADN. D'Innocenzo lut la liste, son inspecteur lui fit remarquer qu'il n'y avait que des hommes.

— Vous ne pensez quand même pas que le tueur est une tueuse ! s'exclama le commissaire.

— Je ne le pense pas, mais il faut tout envisager. Et puis une femme a pu se trouver sur les lieux du crime sans que nous le sachions...

— Et pourquoi une femme perdrait-elle du sang la nuit du meurtre, dans l'appartement de la victime ?

— Parce qu'elle a ses règles, par exemple, répondit Mariella.

Nando cavalait dans le quartier depuis quatre heures sans se décider à rejoindre S. Vitale. Rien que l'idée de monter dans un autobus lui nouait les tripes. La veille, sa mère l'avait empêché de découcher en fermant la porte à double tour ; son père ne lui adressait plus la parole, ni l'un ni l'autre n'avaient de compassion pour sa douleur. Car Patricia il l'avait aimée, lui ; il lui avait tout pardonné, même ses rendez-vous en cachette pour se payer la dope, voire pour rien quand il s'agissait d'Alberto. C'est à son père qu'il ne pardonnait pas : coucher avec la copine de son fils sous prétexte qu'elle ne disait pas non ! C'était trop dégueulasse ! Son père n'était qu'un salaud, il se payait la fille qu'il aimait et il osait lui donner des leçons de morale ! S'il ne lui avait pas craché à la figure, tout à l'heure, c'était par pitié envers sa mère qui ne l'aurait pas supporté. Quant à Alberto, il l'aurait déjà cogné s'il n'avait pas redouté la réaction de Patricia. Surtout le jour où elle lui avait parlé des photos. Alberto l'avait prise à poil dans une chambre décorée comme au cinéma ; Patricia avait dit que c'était chez eux, les Tittoni. Elle lui avait promis tant de fois d'arrêter : avec la dope, avec les hommes, avec les photos, avec Alberto ! Ce salaud, elle l'avait dans la peau, il l'avait deviné le jour où en lui faisant l'amour elle l'avait brusquement regardé comme s'il s'agissait d'un autre. Elle en avait marre de lui, ça crevait les yeux, mais elle le gardait parce qu'il était sa bouée de sauvetage, et sa boîte à sous aussi. Il avait plusieurs fois vidé la caisse du kiosque pour elle, rien que pour lui assurer de quoi tenir quelques jours, pour la protéger des salauds qui la relançaient sans cesse. Mais Patricia était devenue trop gourmande et ne cherchait plus que la défonce. Rien ne l'intéressait plus excepté la dope. Et les rendez-vous avec Alberto.

Mais Alberto s'était mis à la fuir, il n'aimait jamais la même fille longtemps, surtout si elle en remettait avec la came. Il se les faisait toutes, toutes celles qu'il voulait, et même s'il ne les voulait pas spécialement. Pour allonger la liste, pour les prendre en photo, pour voir. Patricia, il n'en voulait plus, même pas comme modèle. Nando savait qu'elle l'avait supplié pour une dernière séance photo. Elle aimait ça, elle l'aurait fait même gratuitement. Pour s'en débarrasser, Alberto lui avait répondu que c'était sa sœur qui choisissait les modèles.

Un vrai poison, sa sœur. Avec elle, il n'y avait rien à faire, si elle disait non, c'était un non ferme. Elle avait dit à Patricia de bien regarder ses dents avant de se proposer encore comme modèle. Pour la première fois, Nando avait vu Patricia vraiment décidée à arrêter : la dope, les joints, l'alcool et même les cigarettes. Elle avait tenu une semaine, puis elle était retournée voir Tecla qui lui avait ri à la figure. Après, ça avait été pire. Elle avait failli y rester, une nuit, avec tout ce qu'elle s'était envoyé. Il avait dû l'emmener aux urgences de l'hôpital Regina Margherita, Viale Trastevere, où tous les deux étaient connus. Elle avait sombré dans le coma, il avait été ramené à la maison par sa mère, au petit matin. Tout ça remontait à début septembre, Lucia Di Rienzo n'avait pas encore été égorgée, et sa copine non plus. Testaccio était un quartier tranquille qui attirait beaucoup de jeunes, le soir, et s'éclatait la nuit du samedi. Le tueur en série n'avait pas encore donné signe de son existence.

Il lui fallait raconter tout ce qu'il savait, le commissaire l'attendait dans son bureau, ce n'était peut-être pas aussi important qu'il le croyait mais ça servirait à effacer les soupçons qui pesaient sur lui. Sauf qu'il n'avait pas envie de parler au commissaire. Mais à qui parler, alors ? Sa mère ne faisait que pleurer, son père, il le haïssait. Les copains, il n'en avait plus depuis qu'il passait ses journées fourré dans le lit de Patricia. Juste un gars parmi les fournisseurs de dope, mais avec lui c'était pas vraiment la confiance. Surtout depuis que sa copine avait été trucidée et qu'il avait passé la nuit au commissariat.

Il quitta le pont Sublicio en tremblant de tout son corps, fit quelques pas sur le Lungotevere Aventino, puis s'arrêta. Le Tibre bougeait ses fesses mollement, la nuit lui tombait dessus comme une femelle en chaleur. Il s'en foutait de mourir, mais il n'allait pas se laisser baiser par cette saloperie d'eau froide ! Il rebroussa chemin, emprunta les marches qui descendaient au fleuve. Il aurait bien parlé à cette minette d'inspecteur qui l'avait cueilli dimanche, mais le commissaire lui avait dit au téléphone qu'elle était malade et n'avait pas voulu lui donner son adresse. Elle devait crécher quelque part dans la ville, son flingue couché en copain sur sa poitrine. N'empêche, elle lui inspirait confiance, beaucoup plus que le commissaire. Elle lui avait laissé un paquet de caramels mous avant de partir, la nuit de sa garde à vue.

Deux mecs s'embrassaient sur la berge, deux autres se baladaient plus loin, l'un d'eux avait une laisse attachée à la taille, au bout de la laisse sautillait un petit cocker. Des branleurs cinglés, voilà ce qu'ils étaient tous ces pédés ! Ils finiraient par s'accaparer le quartier avec leurs bars, leurs boîtes de nuit, leurs boutiques de fringues et leurs salons de coiffure. Patricia les aimait bien, elle s'était fait des copains parmi eux, elle disait qu'il n'y avait pas de garçons plus gentils. Le mec au cocker et son compagnon firent demi-tour, Nando se sentit mal à l'aise. Il leur tourna le dos brusquement, accéléra le pas, se mit presque à courir. Des ricanements éclatèrent derrière son dos, puis une voix l'apostropha :

— On t'a fait peur, *cocco di mamma* ?

Il retraversa le pont Sublicio sans quitter des yeux la pointe déformée de ses baskets. Ni le bruit des voitures ni le froid qui lui glaçait les mains et le visage ne pouvaient l'éloigner de son idée fixe. La meilleure manière d'en finir c'était une bonne dose, ils le savaient tous, ceux qui fréquentaient l'héro. Sauf que lui, il n'en avait jamais voulu : tout sauf l'héro. Les crises de Patricia en manque le terrifiaient encore, il la voyait le supplier, l'insulter, se ruer sur lui les poings serrés, lui cracher à la figure, lui lancer tout ce qui tombait à sa portée parce qu'il refusait d'aller lui chercher un peu de poudre. Ce qu'il finissait par faire, invariablement. Après, c'étaient frottements, câlins et grognements de chatte, mais lorsqu'il jouissait sur elle, elle roupillait déjà. Il tourna à gauche, s'engagea machinalement sur le Lungotevere Portuense. Il irait jusqu'au pont de l'Industria, ça lui plaisait bien, là-bas, c'était presque la campagne. À la hauteur du pont Testaccio, il aperçut l'inspecteur principal qui sortait du *Caffé Tevere*, deux litres de lait sous le bras.

Lorsque Mariella pénétra à nouveau dans le café qu'elle venait juste de quitter, suivie de Nando que tout le monde connaissait dans le quartier, on la regarda avec réserve. On n'avait jamais vu sa tête dans le coin, qu'elle connût le fils de la patronne du kiosque à journaux n'assurait pas sa réputation. Ils s'installèrent loin du comptoir. Nando s'assit le premier, dos à la caisse, Mariella se plaça en face. Il avait failli repartir au moment de l'approcher. Son visage lui avait semblé beaucoup plus jeune sans le maquillage. Finalement, il avait osé lui adresser la parole. Mariella avait accepté de l'entendre. Il avait des révélations à lui faire concernant les trois meurtres, le sentiment professionnel serait toujours plus fort que la fatigue.

— Vous habitez par là ? demanda Nando en sucrant son café.

— Si on veut, répondit-elle.

— Le commissaire D'Innocenzo m'a dit que vous étiez malade, continua-t-il.

— Tu as parlé au commissaire ? s'étonna Mariella qui n'arrivait pas à vouvoyer le jeune homme après leur escarmouche de dimanche soir.

— Je l'ai appelé tout à l'heure, il m'attend à S. Vitale. Mais j'irai pas.

— Pourquoi tu l'as appelé alors ?

— Je voulais vous parler à vous, mais il a pas voulu me donner votre adresse.

— Qu'est-ce que tu avais à me dire ?

— Nous nous rencontrons toujours par hasard ! sourit-il.

Il voulait gagner du temps avant de lâcher le morceau.

— Tu m'en veux encore pour dimanche ? demanda Mariella.

— Vous avez failli me casser le bras, mais j'ai bien apprécié la petite goutte. Et les caramels aussi. Vous prenez toujours soin de vos témoins ?

— Ça m'arrive.

Nando avait l'air moins hagard que la dernière fois qu'elle l'avait vu. Les traits de son visage étaient fins, elle ne l'avait pas remarqué tout de suite. Une mèche blonde tombait sans arrêt sur son œil gauche.

— Je veux bien t'écouter, dit-elle en déplaçant sa tasse vide, mais grouille-toi, je veux pas y passer l'après-midi ! Je ne suis pas tout à fait dans mon assiette, t'aurais mieux fait d'aller voir le commissaire.

— J'ai trouvé ça chez Patricia, dit Nando sur le ton d'un gamin qui exige d'être pris au sérieux.

Il venait de sortir un petit agenda 6 × 9 cm, couverture cartonnée, dessin Liberty rose et mauve, qu'il fit glisser du côté de l'inspecteur. Mariella n'y toucha pas.

— Qu'est-ce que c'est ? demanda-t-elle.

— Un agenda, vous voyez bien.

— Il était à ta copine ?

— Pas vraiment... Je l'ai trouvé chez elle la

semaine dernière, elle ne s'est même pas aperçu que je l'avais pris.

— Il est à qui alors ?

— À Lucia Di Rienzo, répondit-il sûr de son effet.

Mariella s'empara de l'agenda, commença à le feuilleter.

— Le plus intéressant c'est à partir du mois d'août, ajouta Nando. Pour le reste, y a pas grand-chose.

En effet, le premier semestre de l'année n'avait que des pages blanches, de temps en temps un rendez-vous y était marqué, surtout à partir du mois d'avril, toujours avec la même initiale « A ». Il ne fallait pas beaucoup d'intuition pour deviner qu'il s'agissait d'Alberto Tittoni. Mais à partir du mois d'août, les pages minuscules étaient noircies d'une écriture trop grosse pour leur taille. Le plus étonnant, c'était que les dates de ce qui semblait être un journal ne correspondaient nullement aux dates de l'agenda. Ainsi, le 15 août était rayé et remplacé au stylo-bille par : « 1er septembre ». Le texte continuait en débordant sur les jours suivants, sans rapport ni avec les dates ni avec les heures imprimées dans l'agenda. Les pages écrites n'étaient pas nombreuses.

1er septembre. C. m'emmerde. Bouchée ! Jalouse ! (Mariella se dit que « C. » devait être Caterina, colocataire de Lucia Di Rienzo, et aussi deuxième victime du tueur.)

4 septembre. Nuit avec A. Insisté, toujours envie de rester après. Lui, ça dépend.

10 septembre. Après-midi avec A. Découverte époustouflante !

15 septembre. A. furieux après moi. C. lui a parlé de ma découverte. Vraiment conne. S. lui a craché à la figure que nous ne sommes que de sales gouines. (Qui est « S. » ? se demanda Mariella.)

17 septembre. Fini ! ! ! A. veut plus me voir ! C. jubile. Elle dit que A. voit cette salope de Veronica, comme si je savais pas ! Qu'est-ce ça peut me foutre, s'il veut bien me voir, moi aussi ? Mais là, il veut plus ! C'est la faute à C. Je la hais ! Mais lui, s'il croit que je vais le lâcher !
19 septembre. Plus de boulot ! Spinola m'a reçue dans son bureau, hier, plein de manières, puis il m'a balancé à la figure que j'étais renvoyée parce qu'il veut pas d'histoires personnelles sur le lieu de travail. Le porc ! Il a oublié combien de fois il m'a obligée à aller chez lui sous prétexte d'expédier des factures ! Mais il va le regretter lui aussi, ils vont tous le regretter !
20 septembre. RV à minuit. S. utilise les grands moyens.

Les pages restantes étaient blanches, et pour cause. Lucia Di Rienzo avait été retrouvée morte, la gorge ouverte, le 21 septembre à cinq heures et demie du matin. Dans la nuit, elle avait rencontré son assassin.
— Qui est S. ? demanda Mariella.
— C'est bien ce que je me suis demandé moi aussi, répondit Nando. Je connais personne dont le prénom commence par S. Patricia a dû se le demander elle aussi, et elle a peut-être trouvé ! C'est pour ça qu'on l'a tuée !
Mariella ne tenait plus en place, elle avait besoin de rester seule, de réfléchir. Il fallait se libérer du jeune homme, parler au patron du cinéma. Cet agenda mettait le bel Alberto dans un sale pétrin. L'idée ne l'effleura même pas qu'elle ne pourrait plus éviter de le rencontrer. Le souvenir du rendez-vous à l'hôtel Eden s'effaçait, n'adhérait plus à aucune réalité précise.
— Où t'as trouvé cet agenda ? demanda-t-elle en ramassant ses deux litres de lait.

— Chez Patricia, je vous l'ai dit, répondit Nando en se levant en même temps.
— Mais encore...
— Elle l'avait caché sous la baignoire, entre la machine à laver et le muret.
— Sous la baignoire... ?
— Oui. Le muret de la baignoire n'est pas complètement fermé, il y a une ouverture sur le côté, bouchée par la machine à laver. C'était pas la seule cachette, Patricia en avait d'autres, parfois elle les oubliait elle-même. C'était pour la dope, pour les sous, pour le hasch... Quand elle avait ses crises, elle les ouvrait toutes en même temps sans se soucier de ma présence. Puis elle en trouvait d'autres en me reprochant de l'espionner.
— Tu m'en feras la liste... On a tout fouillé, mais on sait jamais.
— Vous la voulez tout de suite ?
— Y a pas le feu, répondit Mariella en fourrant l'agenda dans sa poche.
— Je voulais vous dire... tenta de la retenir Nando.
— Quoi ? demanda Mariella, le pied déjà sur le trottoir.
— Vous savez, ce soir-là... quand j'ai rencontré Tecla sur le palier... c'est pas moi qui venais de partir, c'est Patricia qui m'avait foutu dehors. Je suis sûr qu'elle attendait quelqu'un, je voulais même y retourner pour la surprendre, mais je me suis endormi chez Loredana.
— Tu as pensé à qui ?
— Je sais pas, je vous jure.
— Nous en reparlerons demain, coupa court Mariella, je t'appelle.
— Dites : je pourrais pas venir chez vous, ce soir ? demanda Nando.

— Chez moi ? Pour quoi faire ?

Mariella vit son air égaré, son corps ballotté de ne pas savoir où se poser, mais ne devina pas à quel point il était à la dérive.

— Rentre chez toi, Nando, tenta-t-elle de l'encourager, une main sur l'épaule. Fais-moi cette liste, nous nous reverrons demain.

— Demain matin ? demanda-t-il en la suivant comme un chien des rues.

— Je sais pas, je t'appellerai, j'ai le numéro de ta mère.

— J'irai pas chez ma mère, ce soir, j'irai plus, du reste ; je pourrais pas venir chez vous ?

— Chez moi ? se raidit Mariella. (Il commençait sérieusement à la gonfler ; par précaution, elle prit la direction opposée au studio.) Tu crois que j'ai rien d'autre à faire, moi ? l'apostropha-t-elle. C'est pas parce que je t'ai donné des caramels que je suis devenue ta nounou ! (Puis en le voyant complètement accablé, elle changea de ton :) Allez, rentre chez toi Nando, je t'appelle demain. Tu vas voir que nous allons le retrouver, le salaud qui a fait ça !

L'autobus approcha à ce moment-là, l'arrêt se trouvait juste devant le café, elle sauta dedans. C'était la ligne qui menait à la gare Termini, elle descendrait à la station suivante et rentrerait à pied. L'autobus démarra, de la vitre arrière elle vit la silhouette de Nando se brouiller au loin sur le pont Testaccio.

JEUDI 30 DÉCEMBRE, PETIT MATIN

Le substitut signa le mandat de perquisition du domicile de Tecla et d'Alberto Tittoni à une heure trente du matin. Le petit agenda était parvenu au résultat que n'avaient pu obtenir les hypothèses de l'inspecteur principal sur les activités illicites de la famille Tittoni. Le commissaire passa chercher Mariella aux alentours de cinq heures ; malgré l'état encore incertain de ses forces, il n'avait pas eu à insister pour qu'elle l'accompagne. Trois autres gars de la Criminelle se rendraient à Vicovaro par leurs propres moyens, le rendez-vous était fixé à six heures au carrefour du lieu-dit Cerreto.

— Vous êtes pâle comme un linge, fit le commissaire en quittant la Via Labicana pour se diriger vers la Piazza S. Giovanni.

— Vous avez des nouvelles du chat ? demanda Mariella en baissant la tête pour tenter d'apercevoir la basilique.

Mais elle ne put voir grand-chose ; à la lumière tremblotante des réverbères, la façade s'alourdissait sous son couronnement de statues, ombres plus noires que le ciel noir. Sa mère avait vu le pape bénir le peuple du balcon central, le jour de l'Ascension ; elle se montrait toujours euphorique, sa mère, quand elle racontait son voyage à Rome pour rendre visite à une vieille cousine. Mariella était sûre qu'elle y avait rejoint son père, le vrai, et qui sait si elle-même n'avait pas été conçue justement ce jour-là, dans quelque petit hôtel de la Ville éternelle ? « Tu n'étais pas née à l'époque, ajoutait sa mère d'un air chargé de sous-entendus. Je devais être enceinte sans le savoir ! »

— Lamberti est formel : le chat a été découpé avec le même couteau-scie, répondit D'Innocenzo.

Mariella eut froid dans le dos. Grâce à l'éclairage de la caserne des Grenadiers, la basilique de S. Croce in Gerusalemme flottait sur la place comme un drap blanc. Le commissaire traversa le tunnel qui débouchait sur le Viale Scalo S. Lorenzo.

— Vous ne vous baladerez plus toute seule tant que ce salaud ne sera pas sous les verrous, déclara D'Innocenzo.

— Je n'aime pas avoir quelqu'un sur le dos.

— Il vous faut un coéquipier, vous allez travailler avec Genovese. Casentini sera en arrêt maladie pendant quinze jours ; je lui devais au moins ça.

— Je n'ai pas très bien compris pour le petit, fit Mariella en se raclant la gorge.

Elle avait une envie irrépressible de pleurer, pas spécialement pour le bébé qu'elle ne connaissait pas, ni pour le père qu'elle connaissait à peine. Non, elle avait envie de pleurer comme on a faim ou soif ou froid ou chaud. Si seulement elle pouvait ne pas se retenir et chialer pour de bon jusqu'à la dernière de ses larmes ! Mais elle ne pouvait pas, elle ne l'avait jamais pu ; cet effort qui ravalait ses pleurs et l'étouffait chaque fois, c'était comme un instinct pour elle.

— Moi non plus je n'ai pas compris, répondit le commissaire. Ce n'est la faute de personne, même si les parents se reprochent de ne pas avoir emmené plus tôt leur petit aux urgences. Il y en a qui sont traqués par la poisse, la femme de Peppe avait déjà fait deux fausses couches, c'était leur premier enfant.

Malgré l'heure matinale, la Via Tiburtina commençait à se charger en direction de la capitale. Là où ils allaient, par contre, la route était libre ; le commissaire ne se priva pas d'appuyer sur l'accélérateur. Mariella détestait la vitesse, surtout quand elle n'était pas au volant.

— Hier soir, après votre appel, continua le commissaire en changeant de sujet, j'ai reçu la visite de la petite Veronica Severini. Elle ne savait pas que son père était passé me voir au bureau.

— Elle est venue chez vous ?

— Elle connaît l'adresse, sa sœur aînée a l'âge de mon fils, ils se fréquentaient autrefois.

— Que voulait-elle ?

— Me parler de son père. Elle a mis du temps avant de lâcher le morceau... Elle s'est sauvée du restaurant pendant le deuxième service en prétextant un mal au ventre. Elle est restée chez nous à peu près une heure, Ida était contente, ça ne nous arrive jamais d'avoir du monde à la maison. Il faudrait que vous veniez nous voir, un de ces jours, ça ferait plaisir à ma femme.

— Je viendrai, répondit Mariella.

— Veronica m'a raconté que son père avait une relation avec Patricia Kopf, ce que nous savions déjà. Ce que nous ne savions pas, c'est que Mario avait rendez-vous avec Patricia la nuit du meurtre.

— Vous parlez d'un détail !

— Ne vous emballez pas, je crois que la petite voulait se venger de son père qui l'a tabassée à cause de ses rencontres clandestines avec le bel Alberto. Elle m'a avoué avoir voulu fuguer, se réfugier chez son amant, mais le frère Tittoni a refusé catégoriquement. Il n'est pas fou, le bel Alberto, il sait ce qu'il risque en ce moment.

— N'empêche que si elle dit vrai, Mario est la dernière personne à avoir vu Patricia vivante.

— Il ne l'a peut-être pas vue... Ce n'est pas lui, le meurtrier. Je peux me tromper sur beaucoup de choses, pas sur les gens que je connais depuis trente ans.

Cette phrase interrompit la conversation. Tous les deux venaient de penser à la même chose, au fils D'Innocenzo que le père croyait également bien connaître. Le commissaire ajouta :

— La famille, c'est différent. On ne se pose pas la question de savoir si l'on connaît ou si l'on ne connaît pas ses enfants, on les aime, un point c'est tout. On croit que ça suffit.

— Vous allez quand même interroger Mario sur son emploi du temps la nuit du meurtre !

— Sa femme dira qu'il était dans son lit, et sa mère jurera qu'elle l'a entendu ronfler.

— Vous n'allez pas en rester là ? s'inquiéta Mariella.

— Bien sûr que non. Mais n'ayez pas de soucis, s'il y en a un qui ne nous échappera pas, c'est bien Mario. Il tient plus à son restaurant qu'à la vie !

— Maintenant que j'y pense... se rappela Mariella. Nando m'a dit que la nuit du meurtre, quand Patricia l'a mis à la porte, car c'est elle qui l'a fichu dehors, il a eu l'impression qu'elle avait rendez-vous avec quelqu'un.

— Il peut s'agir de quelqu'un d'autre, quelqu'un qui lui a apporté la dope. Le légiste a confirmé qu'elle était plutôt chargée au moment où elle a été tuée.

— C'est peut-être Mario qui la fournissait...

— Non, Mario ne trempe pas dans ce genre d'affaires.

— Et le patron du cinéma, M. Spinola ? Après tout, dans l'agenda que m'a confié Nando il y a ce « S. » avec lequel la première victime avait rendez-vous le jour du meurtre.

— Ce n'est pas lui, il a un alibi pour ce jour-là : il était à Venise, au festival du cinéma. Je l'ai convoqué à deux reprises, savez-vous qu'il entretient deux ménages ?

— D'après l'agenda de Lucia Di Rienzo, sa vie sexuelle ne se limite pas à deux femmes...

— En effet, il couchait aussi avec Mlle Di Rienzo, il l'a confirmé sans problème. Et il a confirmé aussi pour les autres filles, y compris Patricia. C'est un dur qui exerce son pouvoir comme il l'entend, et il l'entend ainsi. Tecla est la seule de ses employées qu'il respecte...

— Il doit y avoir des raisons...

— Une seule, répondit le commissaire. Tecla n'aime pas les hommes.

Mariella ne sut quoi dire. Des détails en vrac de sa soirée chez Tecla vinrent confirmer un instant les déclarations du commissaire.

— M. Spinola est marié ? demanda-t-elle.

— Bien sûr ! Marié et père de trois garçons.

— Et sa femme ?

— Sa femme fait la mère...

— Faudra le revoir, dit Mariella au moment où la voiture bleue des policiers en attente, au carrefour du lieu-dit Cerreto, démarrait pour les suivre.

Le policier au volant leur fit signe, elle répondit d'un mouvement de la tête.

L'aube traînait sur les collines environnantes, il lui faudrait quelques minutes avant d'atteindre la maison des Tittoni, encore plongée dans une obscurité bleuâtre. Ils restèrent tous en attente des premières lumières annonçant l'arrivée du jour. Ils s'étaient imaginé une demeure silencieuse, ils s'étaient préparés à pénétrer dans un univers nocturne, ils voyaient déjà les visages ahuris, arrachés au sommeil par les coups à la porte et l'intimation : « Ouvrez, police ! » Ils furent désemparés lorsqu'on vint leur ouvrir. Habillé, l'œil de celui qui n'a pas dormi, Alberto Tittoni resta figé sur le pas de la porte, puis scruta les policiers comme s'il attendait de la visite, mais pas la leur.

— Qu'est-ce que vous foutez là ? demanda Tecla, postée derrière son frère, sans préciser du regard si elle s'adressait au commissaire, à l'inspecteur principal ou aux deux en même temps.

— C'est une descente ? questionna Alberto plus prompt.

— Vous avez bien choisi le moment, dit sa sœur en apercevant les trois policiers qui accompagnaient le commissaire et l'inspecteur principal. Qu'est-ce que vous nous voulez ?

— Nous avons un mandat, répondit D'Innocenzo sans toutefois sortir le papier signé par le juge.

— Un mandat pour quoi faire ?

— Pour perquisitionner votre maison, répondit Mariella tout en forçant cette espèce de barrage constitué par le frère et la sœur sur le pas de la porte.

Ce fut à cet instant que l'incident se produisit. Mariella venait de dépasser Tecla, elle lui tournait le dos ; elle fut cueillie par surprise. Tecla lui arracha une touffe de cheveux d'une rage explosée comme une bombe mal réglée, contre toute prudence, contre toute raison. Avant que le commissaire et les trois policiers n'eussent le temps de réagir, Alberto Tittoni immobilisa sa sœur qui se ruait à nouveau sur l'inspecteur principal en lui déversant des injures. Mariella, qui d'habitude réagissait en un quart de tour avec les hommes, se trouva paralysée. Jamais, dans son service, elle n'avait eu à affronter une femme. En tâchant de maîtriser sa sœur, et tandis que les autres policiers intervenaient eux aussi, Alberto se retrouva la poitrine collée au dos de Mariella.

Ils n'eurent pas le temps de s'attarder sur la sensation commune qui les bloqua un instant, le temps pour les policiers d'entourer Tecla, de lui passer les menottes et de l'asseoir de force sur le canapé blanc. Le commissaire ne fit aucun geste mais sa voix frémissait de colère :

— Ça va vous coûter cher, petite imbécile ! dit-il à Tecla.

Restés l'un à côté de l'autre, Mariella et Alberto s'éloignèrent instinctivement.

— Laissez, fit Mariella en passant une main dans ses cheveux ébouriffés, mais on voyait bien qu'elle était troublée.

Personne, toutefois, n'était en mesure de deviner la vraie nature de son émoi, pas même celui qui l'avait causé.

— Je voudrais que vous m'écoutiez, intervint Alberto auprès du commissaire.

Il avait retrouvé son calme et évaluait maintenant les conséquences du comportement de sa sœur. Pieds écartés, menottes aux poignets, deux policiers à ses côtés, Tecla fixait obstinément le mur.

— Asseyons-nous, s'il vous plaît ! pria Alberto en approchant deux chaises à peu près normales, l'une pour le commissaire, l'autre pour l'inspecteur principal.

Mariella évita de croiser son regard.

— Il s'est passé quelque chose de grave, cette nuit, commença Alberto, assis sur le canapé à côté de sa sœur. Nous allions nous coucher, il devait être environ minuit, Tecla a voulu faire rentrer Argo, c'est notre chien, elle l'a appelé, il n'est pas venu. Alors elle est sortie le chercher, mais il n'était nulle part. Elle a emprunté le petit chemin, celui qui descend vers la rivière, Argo aime bien se balader de ce côté-là. Moi, je suis monté me coucher. Une demi-heure plus tard, j'ai entendu le cri de Tecla. Je me suis précipité dehors, je l'ai cherchée, je l'ai trouvée accroupie par terre, dans le noir, tremblante et sanglotante. À ses côtés, il y avait Argo, mort. Empoisonné. Nous avons passé le reste de la nuit à l'enterrer dans le jardin.

À cet instant précis, comme pour permettre aux auditeurs de visualiser la scène qui venait d'être relatée, un cri à réveiller les morts les fit tous frémir. Tecla venait de tomber par terre, raide sur le marbre. Puis, à la consternation générale, elle commença à se démener avec des sursauts irrépressibles, en se cognant le front contre les menottes.

— Calme-toi, supplia Alberto en s'approchant de sa sœur et en repoussant tout le monde.

Il appuyait de toutes ses forces contre les membres de Tecla, commandés par une énergie spectaculaire.

Peu à peu Tecla semblait se plier au soutien de son frère. Les secousses s'espacèrent, puis ralentirent jusqu'à disparaître. Elle était maintenant complètement calme, abandonnée sur le sol, les mains bloquées par les menottes.

— Passez-moi cette couverture, pria Alberto en montrant un plaid de mohair beige jeté sur le dossier du canapé.

Mariella s'exécuta. Les autres regardaient la scène sans oser s'approcher.

— Ce n'est rien, ça lui est déjà arrivé une fois, cette nuit, fit Alberto en guise d'explication tout en bordant amoureusement sa sœur qui semblait dormir et respirait bruyamment. J'ai eu le plus grand mal à la ramener à la maison. Ceux qui lui ont fait ça vont me le payer ; Argo était toute sa vie.

— Qui a bien pu empoisonner votre chien ? demanda un des trois policiers.

— J'ai une idée ; ce n'est pas la première fois que ça arrive au village, les gens d'ici sont complètement dingues, répondit Alberto.

— Votre sœur a souvent de ces crises ? demanda Mariella d'un ton plus grave que sa voix habituelle.

Le souci d'être reconnue, qui l'avait quittée un instant, venait de refaire surface.

— Ça lui arrivait autrefois, de temps en temps ; ma mère disait qu'elle souffrait du grand mal et que ça la rendait méchante. Mais elle n'est pas méchante, au contraire. Ça ne lui était plus arrivé depuis des années.

Comme si la voix de son frère venait de la réveiller, Tecla ouvrit grand les yeux, regarda autour d'elle, prit conscience de sa position allongée, se releva brusquement. Et d'une manière qui parut à tous incongrue, elle sourit en regardant Mariella et lui dit :

— Il faut me pardonner, je ne savais pas ce que je faisais.

À neuf heures du matin, le commissaire et l'inspecteur principal étaient prêts à déclarer forfait et à reconnaître que la perquisition chez les Tittoni n'avait rien donné. Dans la fameuse chambre blindée qui tenait tant à cœur à Mariella, car elle s'imaginait y découvrir quelque objet essentiel à l'avancement de l'enquête, bien que les relations entre une production de films X et les meurtres des trois jeunes filles fussent loin d'être claires même à ses propres yeux, dans cette chambre-là ne furent trouvées que des étagères remplies de livres. Tecla n'eut aucune peine à expliquer pourquoi elle avait relégué au sous-sol cette bibliothèque : elle ne voulait plus de livres à la maison, les livres lui avaient fait trop de mal. À la réflexion, Mariella se dit qu'effectivement elle n'avait remarqué que des revues dans le salon, dans les chambres et dans le grenier. Sauf que les livres conservés dans le sous-sol étaient d'un genre particulier : il ne s'agissait ni de livres d'architecture, ni de livres d'art, ni de livres de photo, ni de livres de cinéma, ainsi qu'auraient pu le suggérer les intérêts et les goûts des maîtres de maison, mais de livres de l'extrême gauche révolutionnaire des années soixante et soixante-dix. Des pans entiers de murs étaient couverts des publications, désormais introuvables, d'un éditeur gauchiste très connu en Italie, ayant déposé son bilan au début des années quatre-vingt. Des textes de référence étaient également présents dans la bibliothèque serrée contre le petit mur du fond, comme à se protéger de la prolifération idéologique qui remplissait la pièce : le jeune Hegel, Marx, Engels, Rosa Luxemburg, Karl Liebknecht, Lounatcharski, Lénine, Boukharine, Trotski. Mariella perçut une moue sur la joue du commissaire.

— Je ne vous voyais pas en révolutionnaire, dit-il en s'adressant à Tecla, car toute cette bibliothèque était bien à elle, le frère était trop jeune pour avoir acheté ces éditions.

— C'est du passé, répondit calmement Tecla. Je ne mets plus les pieds ici depuis des lustres.

— On ne dirait pas, commenta l'un des trois policiers, le plus jeune, celui qui mettait le plus de zèle dans la perquisition. Ce cendrier n'a pas été rempli il y a des lustres !

En effet, sur un tabouret dans un coin obscur, était posé un cendrier en plastique avec trois mégots marqués d'un rouge à lèvres encore frais.

— Je n'ai pas dit que personne n'entrait ici, de temps en temps, pour dépoussiérer.

— C'est vous, ces mégots ? demanda le commissaire.

— C'est moi. Quand je dis que je ne mets plus les pieds ici, j'entends : je ne viens plus ici pour lire.

— En effet, cette pièce ne me paraît pas très confortable pour venir y consulter ces ouvrages, constata D'Innocenzo.

— Elle l'était autrefois, répondit Tecla.

Affichant un air des plus détachés, Alberto, qui s'était maintenu jusque-là aux marges de la conversation, intervint avec enthousiasme :

— Autrefois ma sœur aimait disparaître des après-midi entiers au sous-sol pour aller réfléchir, ainsi qu'elle le disait elle-même. Elle avait installé un chauffage d'appoint dans cette pièce car il y fait froid, comme vous l'aurez remarqué.

Il éclata de rire avant de continuer :

— En réalité, elle descendait ici développer ses photos. Elle avait son labo là-bas, à côté de l'évier. Un jour, j'ai tout gâché en m'introduisant à l'improviste, elle a dû jeter un film entier. C'est ce jour-là qu'elle m'a appris la photo.

Tecla aussi éclata de rire, et dans cette gaieté inattendue du frère et de la sœur, quelque chose de leur complicité passa chez les policiers.

— À propos de laboratoire photo, intervint Mariella, je me suis justement demandé où M. Tittoni a bien pu installer le sien puisque nous ne l'avons pas trouvé dans la maison.

— Rien de plus simple que de satisfaire votre curiosité, Mademoiselle, répondit Alberto d'un air moqueur. Si vous voulez bien me suivre...

Mariella regarda le commissaire, qui cligna des

yeux pour lui signifier son accord. Elle quitta la pièce, où les trois policiers continuaient à inspecter soigneusement chaque livre sans savoir exactement ce qu'il fallait chercher, et suivit le jeune homme.

À l'arrière de la maison, tout contre la palissade qui marquait la frontière du jardin avec un terrain vague qui s'élargissait à perte de vue, un carré de terre fraîche laissait deviner l'emplacement de la sépulture du chien. La pelle et le râteau qui avaient servi à creuser étaient restés appuyés contre le mur. Alberto Tittoni se dirigea du côté opposé, ouvrit la palissade qui séparait leur propriété de celle des voisins, pénétra dans leur jardin, puis expliqua d'un sourire angélique :

— Tout ça, c'est encore à nous. Nous avons loué la petite maison là-bas avec le jardin, mais j'ai gardé l'ancienne étable. C'est mon labo.

En effet, à trois cents mètres de la maisonnette des voisins se dressait une construction basse, peinte en rose indien, que l'on ne voyait ni de la route ni du jardin des Tittoni à cause d'une rangée serrée de hauts cyprès qui l'entouraient des deux côtés.

— Ces arbres ont été plantés par mon arrière-grand-père, nous avons racheté le terrain que nos grands-parents avaient vendu pour ouvrir la boucherie. Mais Tecla n'a pas souhaité le garder, alors nous l'avons loué. Sauf l'étable.

Ce qu'Alberto appelait l'étable était en réalité un magnifique atelier de cent cinquante mètres carrés, décoré comme un studio de cinéma. Exception faite d'une dizaine de photos de natures mortes accrochées sur un pan de mur, toutes les parois étaient couvertes de tissus de soie aux couleurs chatoyantes : taffetas, mousseline, organdi, voile, crêpe anglais, moire, shantung, gaze, tulle, brocart, damas, velours. Alberto devait utiliser ces étoffes comme fond pour ses portraits.

— Je ne fais que du noir et blanc, s'empressa de préciser le jeune homme.

— On ne dirait pas, d'après certaines revues retrouvées dans votre sous-sol, lança Mariella.

Ça, elle n'avait pas encore pu en discuter avec le commissaire, mais elle avait bien remarqué que les cartons de revues découverts dans l'antichambre de la pièce blindée, lors de sa fouille personnelle du mardi matin, n'étaient plus à leur place. Ils avaient été remplacés par des tas de sacs et de valises remplis de vieux vêtements. Alberto Tittoni n'eut pas peur de la regarder droit dans les yeux :

— Je ne vois pas de quoi vous voulez parler.

— Je parle de certaines personnes qui ne sont plus de ce monde et que, malgré le masque qui cachait leur visage, j'ai reconnues dans des revues pornographiques qui vous appartiennent.

— En quoi serais-je concerné ? eut le culot de demander Alberto.

Mariella ne répondit pas, visita les lieux, entra dans le cube minuscule qui constituait le laboratoire photo proprement dit, regarda quelques photos qu'elle devina être l'œuvre plutôt de la sœur que du frère, puis manifesta le désir d'emporter des négatifs au hasard.

— Pas de problème, fit Alberto en la regardant fixement. Vous ne voulez pas vous asseoir ?

Ils s'étaient approchés du coin-salon, un immense canapé en fer forgé, couvert de velours rouge, faisait face à trois fauteuils célèbres, des classiques du design moderne : la chaise longue de Le Corbusier, le fauteuil *Paimio* d'Alvar Aalto et le *lounge chair* de Charles et Ray Eames. Il y avait quelque chose de pourri dans la maison Tittoni. Il était absolument impossible de se payer tout ça avec des salaires d'employés de salles de cinéma. Elle s'apprêtait à lui en faire la remarque lorsque Alberto lui frôla la joue de ses lèvres. Elle bondit :

— Vous êtes dingue ?

— Pardonnez-moi, dit Alberto, je ne sais pas ce qui m'a pris. Ça a l'air d'une mauvaise excuse, mais vous me rappelez quelqu'un. C'est à cause du parfum.

« Merde ! » pensa Mariella. Elle avait fait attention à tout, trafiqué sa voix, marché d'une façon qui n'était pas la sienne, mais elle avait oublié le parfum ! Elle s'en mettait distraitement plusieurs fois par jour, où qu'elle fût, quoi qu'elle fît ; elle n'avait jamais réfléchi que ça pourrait la trahir. Son parfum rare, elle en achetait deux ou trois flacons à la fois, c'était sa coquetterie, il n'y avait qu'une boutique à L'Aquila qui en vendait. C'était devenu sa deuxième peau. Ce n° 1 peu connu, à l'arôme si délicat qu'il en devenait presque imperceptible, jamais elle n'avait pensé qu'il pourrait être identifié.

— J'ai connu une fille, continua Alberto, elle ne vous ressemble pas, mais alors pas du tout, je vous assure, pourtant vous me la rappelez ; ça doit être à cause du parfum...

La porte de l'atelier s'ouvrit à cet instant, arrachant Mariella à son embarras. Un des trois policiers entra et déclara :

— Il faut que vous veniez, inspecteur, et vous aussi, ajouta-t-il à l'adresse d'Alberto Tittoni.

Dans le grenier de la maison, le policier le plus jeune venait de découvrir quelques cassettes qui confirmaient l'activité clandestine de la famille Tittoni.

JEUDI 30 DÉCEMBRE, APRÈS-MIDI

La nouvelle de la mise en garde à vue du frère et de la sœur Tittoni n'eut pas le retentissement escompté dans le quartier car une autre, d'importance, en avait fait le tour pendant la matinée. Le commissaire et l'inspecteur principal en furent informés à leur retour de Vicovaro. Le frère et la sœur furent séparés, on les laissa mijoter dans deux petits bureaux peu fréquentés de S. Vitale. Ce qu'on venait de découvrir chez eux ne laissait plus de doutes sur la nature et la finalité des séances photo auxquelles deux des trois victimes avaient participé ainsi que plusieurs autres jeunes filles, appâtées par l'espoir de voir un jour leur image dans un magazine. Alberto ne faisait pas beaucoup d'efforts pour les attirer dans son atelier. Elles se proposaient souvent d'elles-mêmes et, aux dires de plusieurs témoins interrogés à la hâte, elles étaient ravies de poser pour lui. Ce qu'elles ne savaient pas, les jeunes filles qui se bousculaient autour du bel Alberto, c'était que les photos où elles apparaissaient masquées étaient revendues ensuite à un réseau de publications pornographiques au seul profit des Tittoni. À côté de cette activité, les Tittoni en avaient développé une autre depuis quelques années, plus lucrative, plus risquée aussi.

Tecla avait eu l'idée, un jour, de tirer profit de ce

qui n'était jusqu'alors qu'une perversion personnelle. Quelque temps auparavant, elle avait pratiqué un trou dans le plafond de la chambre rouge, à côté de l'emplacement du lampadaire, juste au-dessus du lit. Lorsque son frère emmenait des filles à la maison, et que l'atelier s'avérait peu pratique pour y passer la nuit, les filles étaient invitées dans la chambre rouge. C'étaient, généralement, des relations suivies, c'est-à-dire, pour employer les mots mêmes d'Alberto, « des filles avec lesquelles il avait une histoire ». Ses relations intimes pouvaient durer quelques semaines, quelques mois ou quelques saisons, pour lui elles n'en demeuraient pas moins « des histoires ». Il avait toujours plusieurs filles à la fois. Il plaisait, il savait qu'il plaisait, sa sœur jouissait de ses charmes par procuration. Et de ces nuits passées à guetter les ébats de son frère, l'œil collé aux corps des filles comme si rien n'existait plus d'elle-même, il restait à Tecla un étourdissement qui confinait au rêve.

Au début, Alberto ignorait qu'on l'espionnait, ce qui renforçait le secret et teintait de romanesque la perversion de sa sœur. Puis, Tecla prit l'habitude de filmer quelques scènes de ces nuits pour se les repasser les soirées solitaires où Alberto découchait. Ensuite, elle eut l'idée d'exploiter le succès d'Alberto auprès des filles. Elle en parla d'abord avec son patron, M. Spinola, qui se montra réservé à cause des risques qu'il ne voulait pas encourir. Mais Tecla avait bien préparé ses arguments : pour se garantir de toute publicité non souhaitée, il suffisait de cacher l'identité des filles au moyen de quelques déguisements bien trouvés (de petits masques sur les visages, des loups sur les yeux) ainsi qu'Alberto le faisait déjà pour les séances photo. Rien de plus facile que de persuader des filles amoureuses de jouer le jeu d'une perversion somme toute innocente, avant de les pousser dans son lit. Le prétexte de l'art pouvait servir bien des intérêts.

Dans le placard de l'atelier étaient pendus des costumes de théâtre, achetés lors de diverses braderies de gens du spectacle. Aucune fille au monde ne pouvait résister à l'envie de les porter ne fût-ce que quelques heures. L'inconvénient était qu'il fallait alerter Alberto, lequel devinerait ce à quoi se livrait sa sœur chaque fois qu'il couchait avec des filles. Tecla n'était pas sûre qu'il apprécierait.

Mais elle sut s'y prendre. Elle lui parla d'abord du fauteuil d'Aalto, dont elle rêvait depuis longtemps, puis elle fit une liste des dépenses en cours, en exagérant leurs soucis financiers, pour conclure à la nécessité de se mettre à faire des économies sous peine de se retrouver sérieusement endettés. N'ayant de rapport à l'argent que l'utilisation qu'il faisait de sa carte de crédit, car Tecla était en même temps gérante, comptable et banquière de la famille, Alberto se laissait facilement effrayer par les comptes rendus catastrophiques auxquels se livrait sa sœur à intervalles réguliers. Ce jour-là, ainsi que tous les autres jours où elle tirait la sonnette d'alarme, il ne trouva rien de mieux à proposer à sa sœur que d'intensifier le rythme des séances photo.

— Je n'ai aucun problème à trouver des filles, elles ne demandent que ça ! assura-t-il, épouvanté à l'idée que sa carte de crédit pût se mettre à le bouder.

— Ça ne suffira pas, répondit Tecla. Il nous faut quelque chose de plus lucratif.

Et d'expliquer alors son idée, n'oubliant pas de le rassurer à maintes reprises : que les films, ils ne les verraient même pas, que M. Spinola connaissait des gens qui en connaissaient d'autres, bref tout un réseau de production de films X auquel ils n'auraient même pas besoin de se frotter directement. Il leur suffirait de filmer des scènes de cul, avec des protagonistes masqués, bien entendu ; le reste, c'est-à-dire le montage, ce ne serait pas leur affaire. Ils gagneraient dix fois plus qu'avec les photos, et ce serait tout bénef.

La première réaction d'Alberto fut violente. Il n'avait pas envie de baiser sous caméra, autant lui demander d'aller tapiner ! Mais Tecla sut le persuader qu'au bout de deux, trois séances, il ne se rappellerait même plus qu'il était filmé ou, mieux encore, que ça ajouterait à son plaisir. À la fin d'une très longue soirée, qu'ils terminèrent éméchés au milieu de cendriers remplis de mégots, Alberto ne jurait plus que par leur nouvelle activité et égrenait déjà la liste des filles susceptibles de devenir comédiennes sans le savoir. Lucia Di Rienzo et Patricia Kopf en faisaient partie.

Les cassettes retrouvées dans le grenier de la maison du Cerreto contenaient les séquences des longues nuits d'Alberto Tittoni. Mariella ne les avait pas trouvées parce qu'elles n'étaient pas cachées, mais tout à fait visibles, étalées en vrac sur le sol du grenier. Sauf que leurs boîtes affichaient les titres de grands classiques du cinéma. Personne n'avait pensé à visionner des cassettes vidéo aux frontispices innocents : *Fat city, The Misfits, Dersou Ouzala, La Notte, Les Dames du Bois de Boulogne*... À l'exception du jeune inspecteur de police, Sandro Bonomo, parfaitement ignorant en matière de cinéma.

La nouvelle qui avait ému le quartier de Testaccio, le matin même, aux alentours de huit heures, et qui avait relégué au second plan celle de la garde à vue des Tittoni, était celle de la mort de Nando Toti, âgé de vingt et un ans, fils de Sergio et d'Assunta Pomponi. Son corps avait été découvert par un balayeur municipal du Lungotevere Aventino. Certains affirmaient qu'il s'agissait du même homme qui avait trouvé, trois mois auparavant, un peu plus haut sur le *lungotevere*, le cadavre de Lucia Di Rienzo, première victime du présumé tueur en série. D'autres disaient que ce n'était pas le balayeur mais un employé municipal qui se rendait à pied à son bureau, Via del Teatro di Marcello. Il s'était penché sur le parapet du pont Palatino, pris d'une nausée subite, due au mélange cafés-cigarettes, puis, son malaise quelque peu dissipé grâce à plusieurs haut-le-cœur, il avait parcouru des yeux le Tibre. Son regard venait de se poser sur les petites herbes sauvages qui pointaient leur nez, au-dessus des saletés et des restes de neige encombrant le Ponte Rotto, lorsqu'il avait repéré le corps, entre deux cannettes de Coca et un sachet plastique. Le *lungotevere* était resté bloqué au trafic jusqu'à deux heures de l'après-midi, et les commerçants redoutaient déjà le ralentissement des ventes en cette veille de réveillon. Le quartier de Testaccio avait subi le choc de ce nouveau fait divers, d'autant plus violemment qu'il n'avait pas été clairement établi, au début, s'il s'agissait d'un accident, d'un meurtre ou d'un suicide.

Comme tout le monde, Assunta s'était interrogée sur l'identité de la victime car le bruit s'était répandu qu'une autre jeune fille du quartier venait de se faire assassiner. Mère apeurée d'un fils qui n'était pas rentré de la nuit, la pauvre Assunta avait connu les pires affres du doute. Mais elle avait été loin d'imaginer que son propre enfant pût être mort, il lui était plus facile de le voir en meurtrier qu'en cadavre. Ainsi, lorsque deux fonctionnaires de police s'étaient approchés du kiosque, après avoir repoussé la foule, décidée à les suivre, elle s'était préparée à fermer boutique pour les accompagner au commissariat. Mais son cœur, qui s'était emballé à la vue des policiers, s'était arrêté net à l'annonce de la nouvelle. Sans un cri, elle s'était écroulée. On avait eu du mal à l'extraire du kiosque, encombré de paquets de journaux. Une ambulance l'avait emmenée à l'hôpital S. Camillo, dans le quartier de Monteverde, où les urgences cardiaques avaient meilleure réputation que dans le tout proche hôpital Regina Margherita.

Au milieu de l'après-midi, son état n'était pas encore jugé sans danger. Le responsable du service, une jeune femme cardiologue qui n'avait pas l'habitude de perdre son temps, reçut l'inspecteur principal Mariella De Luca.

— Elle a fait un infarctus, dit le médecin en s'excusant pour le bout de cigarette allumé entre ses doigts. Elle s'en est sortie, mais a plongé dans le coma tout de suite après.

— Quel rapport entre le coma et l'infarctus ? demanda Mariella.

— Aucun, avait répondu la cardiologue. Vous la connaissez ?

— Je connaissais son fils.

Mariella quitta l'hôpital S. Camillo aux alentours de quatre heures et demie de l'après-midi. La foule des visiteurs encombrait la sortie, certains, tristes d'avoir quitté leurs proches en cette veille de fête, d'autres, déjà affairés autour des voitures. Mariella ne se décidait pas à regagner la sienne. Elle opta pour un café, repéra un bar de l'autre côté de la Circonvallazione Gianicolense, les tables y étaient vides, à l'exception de celle où un vieux monsieur en pyjama remplissait une grille de l'*Enalotto* ; il était manifestement sorti de l'hôpital à l'insu des infirmières, moins vigilantes à l'heure des visites. Au comptoir, quatre ou cinq personnes ; le garçon prit la commande.

Vingt-quatre heures plus tôt, elle se tenait assise dans un café face à Nando. Y avait-il quelque chose dans la voix du jeune homme qui aurait dû l'alerter ? Quelque chose qui aurait laissé deviner sa décision d'en finir ? Car Nando Toti s'était bel et bien suicidé, le médecin légiste avait été clair à ce sujet, même s'il réservait son avis officiel au rapport d'autopsie. On ne sait comment, ayant probablement raté les eaux dans son envol rapproché, Nando avait atterri sur le Ponte Rotto. Il s'était fracassé le crâne contre la pierre antique ; le sang avait coulé abondamment sur les mauvaises herbes ; l'eau froide n'avait cessé de lui mouiller le visage sans réussir à emporter le corps. La tête et le bras gauche penchaient du côté du fleuve comme ceux d'un gamin qui essaie d'attraper un poisson ; le reste du corps était étendu sur la pierre, au milieu des herbes folles. Difficile d'imaginer le jeune homme poussé par-dessus le pont sans qu'il y ait eu lutte ; or, au premier examen, le Dr Lamberti n'avait relevé aucune trace de corps à corps. Nando Toti s'était bel et bien suicidé.

Pourquoi, la veille, n'avait-elle pas pris le temps de rester un peu plus avec lui ? Pourquoi était-elle partie aussi vite lorsqu'il avait demandé à aller chez elle ? Pourquoi n'avait-elle pas eu l'intuition de sa dérive ? Nando lui avait fait confiance en lui remettant l'agenda de Lucia Di Rienzo.

Mariella se sentit mal à l'aise, et aussi vaguement en deuil. Puis, brusquement, une rage sourde lui rappela les Tittoni, ces gens sans scrupules qui ne pensaient qu'au confort de leur petite vie, bâtie aux dépens de filles dont ils exploitaient les charmes. Même Patricia Kopf, qui n'était pas une sainte, avait été utilisée, puis rejetée quand elle n'avait plus servi leurs intérêts. Comment tout cela se reliait-il aux meurtres, Mariella ne le savait pas, mais elle était sûre qu'il y avait un lien. Et s'il y avait un lien, il y avait aussi responsabilité de la part des Tittoni, même s'ils n'avaient pas tué eux-mêmes Lucia, Caterina et Patricia.

Il fallait trouver ce lien. Et si la première victime avait découvert le trafic de films X et fait chanter les Tittoni ? Et si les deux autres victimes avaient été mises au courant par la première et étaient donc mortes pour les mêmes raisons ? C'était une cause possible, mais était-elle suffisante pour expliquer trois meurtres ? Mariella avait beau construire hypothèse sur hypothèse, elle n'aboutissait à aucun mobile assez puissant pour en arriver à éliminer les trois filles. Malgré son envie de charger Alberto, elle avait du mal à imaginer en égorgeur en série l'homme qu'elle avait connu, il est vrai, dans des circonstances un peu spéciales. Tecla, elle l'excluait d'office de la liste des suspects car il lui était impossible d'imaginer une femme en train de découper en morceaux Patricia Kopf. Non, les films X n'y étaient pour rien, ce n'était qu'une découverte collatérale de l'enquête. Il devait y avoir quelqu'un d'autre, quelque part, qui avait assassiné les trois jeunes filles pour des motifs inconnus. Ou sans motif.

Et voilà que l'hypothèse du tueur en série refaisait surface et ne lui semblait plus à exclure. Son hésitation ne tenait qu'à l'absence de viol et autres actes fétichistes. Il y avait néanmoins cette main coupée et abandonnée dans la neige. Mariella ressentit à nouveau le besoin de consulter Mrs Stevens.

Elle sortit de sa poche le petit agenda de Lucia Di Rienzo. Le patron avait dit qu'il n'apportait pas grand-chose à l'enquête. Elle relut les deux passages qui l'obsédaient depuis la veille :

10 septembre. Après-midi avec A. Découverte époustouflante !

15 septembre. A. furieux après moi. C. lui a parlé de ma découverte. Vraiment conne. S. lui a craché à la figure que nous ne sommes que de sales gouines.

« A. », c'était Alberto Tittoni, sans aucun doute. « C. », c'était la copine de Lucia, Caterina Del Brocco, destinée à jouer le rôle de la deuxième victime. Mais qui était donc « S. » ? Ce n'était pas M. Spinola, lui avait expliqué le commissaire, *primo* parce que Lucia avait écrit, plus haut, son nom en entier pour le désigner, *secundo* parce que Caterina Del Brocco n'avait aucune raison d'aller faire des confidences au patron du cinéma, et *tertio* parce que M. Spinola avait des alibis vérifiés pour l'heure des meurtres.

Quelle était donc cette « découverte époustouflante » à laquelle Lucia faisait allusion ? Au sujet des Tittoni, Patricia Kopf n'avait parlé à Nando que des séances photo. Il est vrai que même si elle s'était douté que les photos n'avaient pas le but artistique qu'Alberto leur attribuait, jamais elle n'en aurait soufflé mot à son copain jaloux. Mis à part les revues porno et les films X, qu'est-ce que Lucia Di Rienzo avait bien pu découvrir chez les Tittoni ? Et quel rapport y avait-il, s'il y en avait un, entre sa découverte et sa mort ? Entre sa découverte et les trois meurtres ?

Mariella relut la dernière phrase de l'agenda :

20 septembre. RV à minuit. S. utilise les grands moyens.

Qui se cachait derrière ce « S. » ? Était-ce avec son assassin que Lucia avait rendez-vous ? Quoi qu'il en soit, « S. » était probablement la dernière personne à l'avoir vue vivante. Il était urgent de mettre un visage sur cette consonne.

Elle se leva, le comptoir était vide. Elle régla ses consommations à la caisse et sortit, deux litres de lait sous le bras. La scène de la veille se répétait, Nando en moins. Il était tard, elle se sentait fatiguée, en train de succomber aux mots et aux images qui lui revenaient confusément. Celle du chat découpé sous les couvertures lui brouilla la vue au moment où elle rejoignait sa voiture, de l'autre côté de la Circonvallazione Gianicolense. Une mobylette tenta de l'éviter, elle entendit les klaxon comme un éclat de trompettes, puis se retrouva allongée au beau milieu de la chaussée, les cartons de lait en train de se vider sur l'asphalte mouillé. Une petite foule s'amassa ; les urgences étaient toutes proches, elle ne pouvait pas tomber mieux. À la surprise générale, Mariella se releva comme une toupie bloquée dont le mécanisme se remet soudain en marche. Elle refusa de se laisser conduire aux urgences. Il n'y avait rien de cassé hormis les cartons de lait, elle n'arrêtait pas de le répéter et de montrer sa carte d'officier de police. Oui, bien sûr, elle reviendrait le lendemain pour des radios ; non, il n'était pas nécessaire de prévenir quelqu'un.

Furieuse, elle entra dans sa voiture, remercia les curieux qui se proposaient de l'aider et s'inséra dans le trafic bloqué au feu rouge. Dans le regard des conducteurs immobilisés dans leur véhicule, elle crut percevoir un instant comme un fond de suspicion. Elle eut conscience alors que la nuit passée avec Alberto Tittoni ne s'effacerait pas de sitôt de sa mémoire. L'envie de lui coller les trois meurtres sur le dos l'envahissait comme une fièvre, elle se devait de garder la tête froide.

Pourtant, le bel Alberto avait été parfait en amant inconnu. Sa rencontre lui avait donné tout le plaisir qu'elle recherchait dans ce genre de rendez-vous secrets, ce plaisir auquel elle ne pouvait accéder qu'avec des amants de hasard. Quelque chose en elle l'empêcherait toujours d'en faire autant avec un visage connu, un corps aimé, une histoire partagée. Sa cité interdite, c'était pour la vie, elle en était consciente et essayait d'en tirer parti. Tout le monde n'avait pas les pieds posés sur le même sol ; le risque, si l'on changeait de terrain, c'était de rencontrer les sables mouvants. Pas une seule fois, depuis qu'elle s'adonnait au goût des rencontres anonymes par courrier électronique interposé, l'amant inconnu n'était réapparu sur sa route. Mais le hasard dont elle avait eu longtemps les faveurs venait de lui jouer un mauvais tour. Elle se faisait, bien sûr, quelques reproches, comme si cette réapparition était aussi un peu sa faute. Elle s'en voulait surtout d'avoir agi impulsivement. Son impatience du dimanche lui semblait maintenant impardonnable : à peine débarquée et déjà en train de s'envoyer en l'air ! Le hasard qui avait remis Alberto Tittoni sur sa route, elle n'arrivait pas à l'accepter. Elle se défendait de croire que le jeu auquel elle se livrait pût se révéler un jour dangereux, dans le meilleur des cas, pour son travail, dans le pire, pour sa personne.

JEUDI 30 DÉCEMBRE, NUIT

Les draps dans lesquels il se retournait sans cesse finirent par s'entortiller autour de son corps comme une camisole de force. Le commissaire se réveilla en sueur. Ida, réveillée bien avant lui, n'avait pas osé le secouer pour arrêter les convulsions de son sommeil. Comme d'habitude, il avait parlé dans ses rêves mais elle n'y avait rien compris. Son mari souffrait de somnambulisme léger, elle n'avait jamais pu le lui dire franchement. Il s'agissait de petites crises, limitées souvent au fait qu'il s'asseyait un instant sur le lit, regardait lentement autour de lui, puis se recouchait en changeant de position. Une seule fois, il y avait bien longtemps, elle l'avait retrouvé dans la chambre de Giuliano, âgé alors de six mois, en train de déambuler tranquillement au milieu des nounours et des paquets de couches. Puisqu'il n'avait jamais essayé d'ouvrir la porte de l'appartement, elle n'avait pas jugé nécessaire de lui demander de la fermer à clé le soir. Maintenant elle y pensait et regrettait de ne pas avoir pris l'habitude de cette précaution. Si son mari quittait le domicile en plein sommeil, ce ne serait certainement pas elle qui pourrait le rattraper !

— Dors, fit le commissaire en s'apercevant que sa femme avait les yeux ouverts. J'ai comme une démangeaison, je ne peux pas rester couché.

Elle le regarda en devinant sa préoccupation.

— Je pense à ce pauvre Peppe, finit-il par avouer. Je ne sais pas comment lui exprimer ma compassion, je ne l'ai pas rappelé depuis mardi.

Ida s'empressa d'allumer la veilleuse, prit son carnet et écrivit : « J'ai envoyé un mot à lui et à sa femme. »

Le commissaire l'embrassa, essaya de se recoucher, serra le corps d'Ida très fort contre le sien, puis allongea le bras pour éteindre. Ida rendormie, il se leva pour aller aux toilettes. Le réveil affichait deux heures trois minutes. L'inspecteur principal Mariella De Luca devait être en train de se régaler avec les cartons emportés de chez les Tittoni. Un sacré caractère, cette fille. Elle l'avait appelé aux alentours de vingt-deux heures pour lui relater sa visite à l'hôpital S. Camillo, où la pauvre Assunta venait d'être hospitalisée, mais surtout parce qu'elle avait hâte de lui récapituler ses impressions sur l'affaire de Testaccio. Et voilà qu'elle aussi se ralliait maintenant à la thèse du tueur en série ! Pour en avoir le cœur net, elle pensait qu'il était urgent de vérifier la responsabilité des Tittoni, et surtout celle d'Alberto, dans les trois meurtres. Elle avait ainsi décidé de passer la nuit à réexaminer tout le dossier.

Une véritable insomniaque ! Depuis qu'elle avait débarqué Via di S. Francesco a Ripa, ses nuits n'avaient pas été bien longues. Il avait tenté de la dissuader. Il n'y avait pas le feu, elle pourrait réexaminer le dossier calmement le lendemain, la garde à vue des Tittoni ne durerait pas moins de quarante-huit heures. Elle avait rétorqué qu'il ne fallait pas risquer de les voir repartir faute d'avoir établi toute la lumière sur leurs vrais rapports avec les trois victimes. De toute façon, elle n'en faisait qu'à sa tête, elle était du genre obsessionnel. Mlle De Luca prenait son travail à cœur, elle était jeune et n'avait aucune charge familiale. Elle n'avait de comptes à rendre à personne sauf à elle-même.

Quelques heures plus tôt, il avait fini par l'attendre en bas, sous la porte cochère, pour lui passer les clés du placard où étaient conservées les pièces de l'enquête ; il était vingt-trois heures, elle avait décliné l'invitation de monter boire un café.

— Je passerai voir votre femme le jour de l'an, si vous le voulez bien, avait-elle lâché avant de s'éclipser dans la voiture.

Ça la démangeait d'aller fouiller dans les affaires des Tittoni !

— Venez donc déjeuner, avait répondu le commissaire. Ida sera ravie de vous recevoir le jour de l'an. Nous sommes seuls, si vous acceptez elle aura l'impression d'une réunion de famille.

Mlle De Luca avait hésité, puis elle avait promis. Pour elle non plus, les invitations ne devaient pas se bousculer à l'occasion des fêtes. Le commissaire finit même par se demander si elle n'allait pas passer seule la nuit du 31. Quoi qu'il en fût, ce n'étaient pas ses oignons.

Persuadé que le sommeil ne reviendrait pas, il alluma dans la cuisine et remplit la cafetière. Il ouvrit les persiennes en sirotant un café noir très sucré, mais il dut refermer les vitres. Il gelait. De cette fenêtre, dans l'obscurité broussailleuse, il devinait la masse de l'ancien couvent de S. Cosimato qu'aucune lumière ne mettait en valeur. Seuls les réverbères de la place perçaient le noir timidement et étranglaient les ampoules de leur couronne d'ouate. Au-delà des murs du couvent, il se souvint du premier cloître avec ses colonnes fluettes comme des pattes de héron, puis du second aux piliers octogonaux derrière lesquels Giuliano aimait se cacher. Ils avaient visité la petite église de S. Cosimato : le père Andrea leur avait ouvert le portail, mais Giuliano continuait de lancer des cailloux dans la vasque de granit du jardin. Il avait été obligé de lui confisquer sa caillasse.

L'ancien couvent avait été récemment restauré, le père Andrea était devenu gâteux, un nouveau père l'avait remplacé qui, en bonne entente avec les agences de voyages, louait des chambres aux touristes.

Brusquement, le portable du commissaire se mit à carillonner dans l'appartement. D'Innocenzo cracha un « *porco boia* » bien mâché, tout en regrettant d'avoir oublié l'engin dans la chambre. Ida serait réveillée une deuxième fois. Il la trouva, en effet, assise sur le lit, veilleuse allumée, en train de chercher son mari des yeux. D'Innocenzo lança un « allô » méchant dans l'appareil, tout en faisant signe à sa femme de se recoucher. C'était Mlle De Luca, il l'aurait juré.

— Désolée de vous réveiller, patron, mais je vous assure que c'est urgent.

— Je l'espère, répondit D'Innocenzo, sans lui avouer qu'il était debout depuis plus d'une heure.

Si le temps ne changeait pas, conformément aux prévisions météo réitérées depuis Noël, la nuit de la Saint-Sylvestre serait une des plus froides du siècle. Tous les résidus de neige avaient été balayés, les rues étaient méconnaissables. La municipalité venait de déclarer ouverte sa croisade pour « la propreté en fête », la Terre sainte ayant été identifiée avec le centre-ville. Finie, ici, l'époque où l'on pouvait jeter impunément ses pots cassés par la fenêtre ! Le risque était maintenant réel de se voir coller des amendes. « Quel progrès ! » rigola tout seul le commissaire en démarrant sa voiture. Il se rappelait cette scène à laquelle ils avaient assisté trente ans auparavant, sa femme et lui, en cette même Piazza S. Cosimato où ils venaient de s'installer. Une scène cocasse qui avait déchaîné le délire dans le quartier. C'était au milieu des années soixante : au premier coup de minuit, juste au-dessus du restaurant Braghetti, l'un des établissements les plus connus de la ville où s'était donné rendez-vous le beau monde, des habitants avaient balancé leur vieux W.-C. à même le trottoir. Le bruit sourd de l'objet atterrissant sur le sol, après un vol de quatre étages, avait attiré aux fenêtres une foule de curieux qui fêtaient le réveillon en famille. Dès que le geste avait été compris dans toute son insolence, les gens du quartier s'étaient mis à rivaliser en effronterie, et des recoins les plus enfouis des appartements les objets les plus insolites avaient commencé à tomber des fenêtres. Bientôt, les abords de la place furent remplis de monceaux de débris et de choses diverses et encombrantes. Entre barouf, boucan, pétards et rigolades, le fracas était devenu tellement infernal que même les clients les plus pincés du fameux restaurant avaient été gagnés par l'excitation générale. La situation avait commencé à se gâter quand le bruit avait couru qu'on faisait des choses délirantes à S. Cosimato et que plusieurs bandes de fêtards qui traînaient dans la ville s'étaient donné rendez-vous sur la place. Ce fut, d'ailleurs, à partir de ce mémorable 31 décembre qu'un arrêté municipal avait interdit dépose et lancement d'objet sur la voie publique sous peine d'amendes sévères.

Au bout du Viale Trastevere, le commissaire emprunta le pont Garibaldi, tourna un instant la tête à gauche : depuis que le maire avait décidé l'installation de ce nouvel éclairage, la coupole de S. Pietro poudroyait dans la nuit comme un phalène dans le brouillard. Le silence régnait dans la ville et dans la voiture. Le commissaire traversa la Via Arenula, frôla côté sud le Largo Argentina, tourna à droite Via delle Botteghe Oscure, qui méritait bien son nom en cette nuit noire. Il franchit ensuite la Piazza Venezia, remonta la Via Quattro Novembre sans un regard pour la façade pâlotte du palais Valentini, et déboucha enfin Largo Magnanapoli. Une fois sur deux, à cet endroit précis, en apercevant la Torre delle Milizie, il voyait l'empereur Néron se régaler de l'incendie de sa ville, cithare à la main. Puis, Via Nazionale, ayant laissé à sa droite le palais de la Banque d'Italie, il se demanda s'il avait eu raison de dire à Ida qu'il rentrerait se changer avant de se rendre à l'office funèbre du petit Casentini.

Quelques minutes plus tard, il garait sa voiture Via Genova, face aux bureaux de la *questura*.

Dans le bureau du commissaire, Mariella regardait l'heure, impatiente. Le sol du bureau était couvert de papiers et de monticules de chemises classées. Elle avait fait un bon travail, sa découverte, elle l'avait méritée. De vingt-trois heures trente à trois heures du matin, elle n'avait pas quitté la pièce. Casiraghi, un des agents de garde, était venu lui proposer un café aux alentours de minuit ; pas une *ciufeca* de la machine de service, mais un vrai café qu'il avait eu la délicatesse d'aller lui chercher dans le dernier bar ouvert, Piazza dell'Esedra. Elle l'avait bu d'un trait, et avait demandé à ne plus être dérangée.

Ne tenant plus en place, comme chaque fois qu'elle tentait de se refuser quelque chose qu'au fond d'elle-même, elle avait déjà convenu de s'accorder, elle s'empara du téléphone. Debout devant la fenêtre du bureau de son patron, Mariella composa le numéro de son père ; son deuxième père, le vrai, celui que sa mère lui avait légué en mourant, par lettre déposée chez le notaire. Il fallait laisser sonner longtemps, avec l'âge il était de moins en moins curieux de savoir qui le dérangeait en pleine nuit.

Il y a de quoi renverser le monde, lorsque vous apprenez à dix-sept ans que votre père, celui que vous connaissez comme tel depuis qu'un semblant de conscience s'est esquissé en vous, n'est pas votre vrai père. Et que vous apprenez en même temps que votre mère a cru bon de vous concevoir avec l'homme qu'elle a passionnément aimé, ainsi qu'elle vous l'écrit dans l'unique lettre qu'elle vous ait jamais adressée, une lettre posthume. L'homme aimé de votre mère, le vrai père, pour vous avoir été ainsi révélé, n'en demeurera pas moins un parfait étranger pour vous. Et comment vous y prendrez-vous pour annoncer la nouvelle à votre vrai-faux père qui l'ignore et qui vous a toujours aimée comme sa fille unique ?

Seize ans avant cette nuit romaine où elle venait d'arracher à des dizaines de papiers un renseignement capital concernant les deux principaux témoins de l'affaire de Testaccio, Mariella De Luca, de retour de chez le notaire de L'Aquila, où elle avait été convoquée, avait décidé de se conduire comme si elle n'avait jamais pris connaissance de la lettre que sa mère lui avait léguée en mourant. Elle s'était également hâtée d'oublier le nom et l'adresse de celui qu'on venait de lui désigner comme son vrai père, et avait caché la vérité au seul père qu'elle se reconnaissait. Ce que Mariella ne savait pas, ce jour-là, c'est qu'une deuxième lettre de sa mère, adressée cette fois à son mari, la seule aussi qu'elle lui eût jamais écrite, demeurait en attente chez le même notaire. Cette lettre dont le père ne devait prendre connaissance qu'un an plus tard, le jour où Mariella allait fêter ses dix-huit ans. De retour de L'Aquila, où il venait d'acheter un cadeau d'anniversaire pour sa fille après être passé chez le notaire, le père s'était enfermé dans sa chambre et n'en était plus ressorti de la journée. M. De Luca était propriétaire d'une boutique de pièces détachées qui n'ouvrit pas ses portes ce jour-là. Mariella comprit alors que lui aussi désormais savait.

Le lendemain de cette soirée où Mariella avait inutilement essayé de persuader son père de descendre pour le dîner d'anniversaire, M. De Luca parla à sa fille et, sans la regarder un seul instant, lui annonça qu'il mettait le livret d'épargne à sa disposition afin qu'elle pût quitter le village et s'installer à L'Aquila pour y faire son droit. Puisque son père s'était toujours opposé à son départ, Mariella en déduisit qu'il préférait s'éloigner d'elle.

Son père mourut pendant sa première année de droit, un jour du mois de décembre, deux semaines avant les fêtes de Noël. Mariella vendit la boutique et quitta définitivement le village.

Ce ne fut qu'à la fin de ses études, au moment où elle allait soutenir sa thèse, que Mariella relut la lettre de sa mère et décida de rechercher son père biologique. Elle découvrit alors, dans le centre-ville de L'Aquila, une agence de détective privé où vivait un homme qui n'avait jamais cherché un autre logement après s'être séparé de sa femme. Cet homme était père de trois garçons dont il ne s'était jamais beaucoup soucié et ignorait avoir une fille. Mariella comprit le choix de sa mère et arrêta d'en vouloir aux morts.

Avant la fin de la troisième sonnerie, elle se hâta de raccrocher, le patron venait d'entrer.

D'un regard consterné, D'Innocenzo fit le tour de la pièce. Tout comme son bureau, son fauteuil, les deux chaises, l'appui de fenêtre et la moindre surface susceptible d'accueillir des feuilles, le sol était couvert de documents manifestement classés. Une colonne de petits cartons, empilés et vides, occupait le coin entre la fenêtre et le placard. Il ne restait qu'un mince espace libre, comme un sentier de cailloux dans un jardin envahi par la verdure ; il l'arpenta jusqu'au bureau.

— Vous n'avez pas chômé, dit-il, sans trop savoir où se tenir.

Mariella s'empressa de débarrasser le fauteuil, fit de même avec l'une des deux chaises ; il semblait clair que l'ordre de ce qu'elle y avait déposé ne l'intéressait plus. Elle prit place en face du commissaire et vida le cendrier dans la poubelle sans allumer la cigarette qu'elle gardait entre ses doigts.

— Lisez ça ! dit-elle en passant au commissaire une feuille jaunie, couverte d'une petite écriture serrée.

Sa voix tremblait.

D'Innocenzo approcha la feuille de la lampe.

Rome, le 16 mars 1978

Mon cher Alberto,

C'est bien la dernière fois que je te donne de mes nouvelles. Avec l'action de ce matin, j'ai dit adieu à notre cause. Nous les avons attendus dans l'appartement, ils tardaient à venir. Comme un froid glacial la peur n'arrêtait de gagner mon corps. A. venait de préparer un bouillon de poule pour « l'hôte », son parfum envahissait la cuisine, remplissait le couloir. J'ai pensé que ce serait la première odeur qu'IL sentirait en entrant, ça m'a soulagée. Mais ce sentiment n'a pas duré. Je n'ai pas les mots pour te raconter comment ça s'est passé. Je suis restée parce que vous me l'avez tous demandé et que je n'avais plus le choix. Maintenant, ma décision est prise, et au fond elle l'était déjà depuis longtemps. Ce qui s'est passé entre nous l'a retardée, mais n'a pu l'empêcher. Tu penseras que c'est encore ma foutue conscience catholique, c'est possible, mais je ne supporte plus tout ce sang. La seule chose que je pourrais encore faire pour vous, ce serait d'aller à la police. Mais je sais que vous ne me le permettrez pas. Alors, je vais accomplir toute seule ce que vous accompliriez de toute façon un jour ou l'autre. L'enfer, je l'ai déjà gagné, et je n'en suis plus à une vie près.

Je t'aime.
Robi

À la fin de la lecture, le commissaire parut soucieux. Mariella lui demanda :

— Vous avez vu la date ? Vous avez fait le rapprochement ?

— Je l'ai fait, répondit-il.

La date de la lettre était celle de l'enlèvement du président de la Démocratie chrétienne, Aldo Moro, Via Fani, à Rome.

— J'ai réveillé un ami juriste, continua Mariella fébrile, il a fait sa thèse sur l'affaire Moro, vous en avez peut-être entendu parler, il vient de publier un bouquin...

— Je vois, et alors ?

— Il connaît bien la presse de l'époque. Je lui ai demandé s'il se rappelait avoir lu, dans les jours qui ont suivi l'enlèvement d'Aldo Moro, un fait divers concernant une certaine Robi. En effet, ça lui disait quelque chose. Il a cherché dans ses fichiers et m'a rappelée un quart d'heure plus tard. Le 18 mars 1978, deux jours après l'enlèvement d'Aldo Moro, une jeune femme de vingt-deux ans, Roberta Moltoni, Robi pour ses proches, a été retrouvée morte dans l'appartement de ses parents à Rome, Via di Panico. La jeune femme s'était suicidée au gaz dans la nuit. Des voisins, alertés par l'odeur qui se dégageait de l'appartement inhabité, avaient prévenu la police. Deux ans plus tôt, les parents avaient signalé au commissariat du quartier la disparition de leur fille, dont le nom figurait encore au fichier des personnes disparues au moment de son suicide. Les recherches entreprises pour la retrouver n'ayant pas abouti, les parents effondrés avaient décidé de déménager chez leur fille aînée, dans le village de Bracciano, abandonnant ainsi leur domicile romain. Le passé politique de Roberta Moltoni, qui militait dans l'organisation révolutionnaire *Lotta continua* au moment de sa disparition, laissait présumer qu'elle avait choisi la lutte clandestine en avril 1976, lorsque le congrès national de cette organisation en avait décidé la dissolution.

— J'ai du mal à vous suivre, fit le commissaire, en relisant la lettre une deuxième fois. Quel rapport entre Roberta Moltoni, en admettant qu'elle soit effectivement l'auteur de cette lettre, et un enfant de huit ans ? Car vous avez dû faire le calcul vous aussi : en 1978, Alberto Tittoni n'avait que huit ans...

— Cet enfant avait une sœur, répondit Mariella.

Le commissaire ne voyait toujours pas où son inspecteur voulait en venir, Mariella continua :

— J'ai compris ce qu'a découvert Lucia Di Rienzo, et pourquoi elle a été tuée.

Elle passa au commissaire une carte d'identité. Sur la page de gauche, l'on pouvait lire :

Nom : ANTONUCCI
Prénom : ALBERTO
Né le : 21/04/1952
À : CEPRANO
Nationalité : ITALIENNE
Résidence : ROME
Rue : PRISCILLA, 63
État civil : CÉLIBATAIRE
Profession : ÉTUDIANT
Taille : 1,60 m
Cheveux : ROUX
Yeux : MARRON
Signes particuliers : UNE CICATRICE AU MILIEU DU FRONT (6 MM)

    La photo, sur la page de droite, montrait un visage jeune, presque beau sans cette cicatrice au milieu du front, comme un stigmate en forme de croix. La coupe masculine des cheveux pouvait dérouter, mais la forme des yeux et de la bouche était la même. Tout correspondait sauf le nom.
    Un long silence, puis le commissaire réagit :
    — Si je vous suis, dans la seconde moitié des années soixante-dix (il vérifia le tampon sur la carte d'identité : « ROME, 11 NOV. 1976 »), Mlle Tecla Tittoni aurait assumé une fausse identité pour s'engager dans une organisation révolutionnaire clandestine. D'après vos suppositions, la lettre signée Robi révélerait sinon une responsabilité directe, tout au moins un contact étroit de son auteur, et donc fort probablement de son destinataire aussi, avec les personnes impliquées dans l'enlèvement du président de la Démocratie chrétienne, Aldo Moro. Vous rendez-vous compte de la gravité de votre hypothèse ?
    C'était une question qui n'appelait pas de réponse,

et il était évident que, loin de considérer cette hypothèse comme ridicule, le commissaire s'y attardait avec souci.

— Il faudrait que j'en parle avec Dini, le Dr Emilio Dini, précisa-t-il, c'est une référence en la matière. Il s'occupe depuis vingt ans d'organisations clandestines et il a bouclé pas mal de brigadistes dans les années quatre-vingt. Puis il ajouta : Le développement logique de votre hypothèse mène à conclure que Mlle Tittoni a tué Lucia Di Rienzo parce que celle-ci avait découvert sa fausse identité et son passé de brigadiste. Vous voyez une femme en égorger une autre aussi froidement ?

— Trois autres, répondit Mariella.

— J'avoue que j'ai toujours autant de mal à vous suivre. Dieu sait pourtant si j'ai laissé courir mon imagination...

— Je m'explique, dit Mariella en allumant enfin sa cigarette. Supposons que vers le milieu des années soixante-dix Tecla Tittoni dont les sympathies révolutionnaires de l'époque sont largement prouvées par sa bibliothèque et par sa collection de presse d'extrême gauche (ce disant, Mariella passa au commissaire un papier jauni et dactylographié où l'on pouvait lire, souligné au stylo rouge : « Il s'avère ainsi nécessaire de préparer le mouvement à une généralisation de la lutte ayant l'État comme adversaire et l'exercice de la violence révolutionnaire de masse et d'avant-garde comme instrument. »), supposons donc qu'à la date des faux papiers d'identité, Tecla soit passée à la clandestinité sous le nom d'Alberto Antonucci. Lors de notre dîner, lundi dernier, elle m'a raconté qu'après son diplôme d'architecte, elle avait décidé de rentrer au bercail à cause de son petit frère. Or, à cette date, elle venait d'hériter d'une petite fortune inespérée, la vieille dame dont elle s'occupait lui ayant légué trois cents millions de lires, qu'elle n'a toutefois touchées que fin 1976. La construction de son actuelle maison, projet qui soi-disant lui tenait tant à cœur, et auquel elle avait destiné le gros de son héritage, n'a commencé que fin 1979, soit trois ans plus tard, et dix-huit mois après le suicide de son amie Robi.

— Vous donnez donc pour acquis que Roberta Moltoni et Robi sont la même personne...

— Mon ami juriste m'a confirmé que Roberta était connue par ses proches sous le nom de Robi. Supposons que, tout comme Robi, Tecla Tittoni ait joué un tout petit rôle dans l'enlèvement de Moro, le 16 mars 1978, et supposons aussi qu'après le suicide de son amie elle ait pris la décision de quitter l'organisation clandestine. Pour ce faire il lui aurait suffi tout simplement de disparaître : tout le monde la connaissait sous l'apparence d'un jeune homme, elle n'avait qu'à redevenir femme !

— Mis à part le côté rocambolesque de votre hypothèse, rétorqua D'Innocenzo, vous croyez vraiment que ses copains de clandestinité lui auraient laissé la liberté de s'évanouir dans la nature ? D'après vos suppositions, ses complices révolutionnaires ne connaissaient Tecla que sous la fausse identité d'Alberto...

— C'est le propre de la clandestinité de se cacher les uns les autres, d'ignorer qui est qui...

— Mais ceux qui ont fabriqué ses faux papiers devaient savoir, eux... insista le commissaire.

— Ils n'ont peut-être pas demandé à vérifier son sexe.

— Continuez...

— Je crois qu'entre Tecla et Robi il y avait beaucoup plus que de l'amitié. Tecla Tittoni n'aime pas les hommes, vous me l'avez appris vous-même. Je suis sûre qu'elle entretenait une relation amoureuse avec Roberta Moltoni, le ton de cette lettre le laisse largement entendre. Le suicide de Robi a dû bouleverser Tecla et déclencher chez elle une crise plus générale sur ses convictions et sur son choix de vie. À la suite de cette crise, elle a décidé de sortir de la clandestinité, de reprendre sa vraie identité et d'aller se tapir à Vicovaro, où probablement aucun de ceux qui avaient partagé sa vie de révolutionnaire ne savait qu'elle avait de la famille. À partir de ce moment-là, elle n'a pensé qu'à enterrer son passé, et ne s'est plus occupée que de son jeune frère, le seul être au monde qui l'intéressât encore. Fin 1979, elle fait construire la maison dessinée par elle-même ; n'oublions pas qu'elle est architecte, même si elle n'a jamais exercé. Quelques années plus tard, les travaux n'étant toujours pas terminés et l'héritage se trouvant spectaculairement rétréci, elle se voit obligée de travailler et entre en contact avec M. Spinola, gérant de plusieurs cinémas à Rome et dans la province.

Vers la fin des années quatre-vingt, Tecla atterrit Via Amerigo Vespucci, tandis que son frère, aspirant photographe, continue de vivre à ses crochets. Elle lui trouve alors une place de projectionniste en attendant pour lui des jours meilleurs. Puis, un beau matin, leur train de vie ne correspondant plus à leurs ressources, elle a l'idée d'arrondir leurs fins de mois grâce à la photo. Elle ne trouve rien de plus rentable que d'exploiter le succès d'Alberto auprès des filles en vendant des photos de nus à la presse porno. De là aux films X le pas est vite franchi.

Le commissaire ne fit pas de commentaire. Mariella se leva, alla chercher une chemise, en sortit une enveloppe. Avant de regarder le papier qu'elle voulait lui montrer, D'Innocenzo demanda :

— Vous êtes donc convaincue qu'en découvrant la carte d'identité au nom d'Alberto Antonucci, Lucia Di Rienzo a reconnu Tecla sur la photo ?

— Un jour qu'elle était dans la chambre rouge avec Alberto, Lucia a dû s'apercevoir, tout comme je m'en suis aperçu moi-même, qu'au-dessus du lit quelque chose luisait à l'emplacement du lampadaire. Profitant du sommeil d'Alberto, et probablement aussi de l'absence de sa sœur, Lucia a dû monter au grenier, où elle a découvert la caméra, les cassettes et les papiers secrets de Tecla. Je ne sais pas si elle a tout de suite compris l'importance de sa découverte, et je ne parle pas des cassettes, bien évidemment. Je crois qu'elle n'était pas en mesure de faire le rapprochement entre les faux papiers de Tecla et son passé révolutionnaire, mais je suis certaine qu'elle a dû y faire allusion au moment du chantage. Lucia aussi aimait l'argent, elle a dû se dire que ces salauds de Tittoni se faisaient un beau paquet aux dépens de filles comme elle.

— Même en admettant que Tecla Tittoni ait tué Lucia Di Rienzo pour préserver l'obscurité sur son passé, et non à cause des films X, pourquoi aurait-elle tué aussi les deux autres filles ?

— Mais pour la même raison ! Parce qu'elles devaient savoir elles aussi, et qu'elles avaient pris le relais dans le chantage. Ou parce qu'elles étaient devenues dangereuses sans même le savoir. C'est à Tecla qu'il faudra poser la question...

— Et comment pensez-vous la confondre ? À l'heure qu'il est, son passé doit lui faire moins peur que le risque d'être soupçonnée de meurtre...

— Regardez ça, dit tout à coup Mariella en montrant au commissaire un ticket de caisse.

C'était le ticket d'un grand magasin parisien où différents articles étaient détaillés avec leurs codes et prix. D'Innocenzo jeta un coup d'œil à l'enveloppe restée dans les mains de l'inspecteur et lut : « Voyage d'Alberto à Paris, juillet 1998 ». Parmi les quatre articles que le frère Tittoni avait achetés à La Samaritaine figurait un « couteau » d'une valeur de 386 francs, acheté le 12 juillet 1998. Le commissaire faillit s'étrangler.

— Il sera bientôt six heures, patron, fit alors Mariella, je propose de foncer au Cerreto. Faites-moi confiance, j'ai ma petite idée.

VENDREDI 31 DÉCEMBRE, PETIT MATIN

Plus de chien pour effrayer les étrangers, plus d'éclairage sur la porte pour offrir un repère aux invités, seule une brume épaisse et collante que les phares peinaient à percer. Sur les branches des arbres, les boules colorées que Tecla avait accrochées restaient fondues dans le noir, quelque peu égratigné par l'aube naissante. Mariella connaissait le chemin, le commissaire la suivait.

Après le départ des policiers, dans l'après-midi, on avait fait déménager la mère Tittoni au village, chez la vieille dame qui s'occupait d'elle.

— Vous ne pensez quand même pas trouver le couteau ici ? demanda le commissaire.

— C'est un cadeau de son frère, elle a dû le garder.

— Vous croyez qu'un tel objet aurait pu échapper à nos enquêteurs ?

— Ils ne le cherchaient pas, répondit Mariella.

Ils ne s'attardèrent pas au sous-sol, déjà scrupuleusement fouillé, ni dans le salon et les chambres que les agents avaient passés au peigne fin. Mariella entra dans la cuisine, vérifia sans succès chaque tiroir ainsi que les placards et les étagères, puis elle se laissa tomber sur un des petits fauteuils verts en fer forgé. D'Innocenzo, qui avait repéré la cafetière, s'approcha de l'évier et ouvrit le robinet de l'eau. Une lumière exsangue vint échoir contre les vitres de la porte-fenêtre.

— Nous n'avons pas le droit d'être là, dit-il en serrant énergiquement la cafetière. Mettons de côté, pour l'instant, l'arme du crime et limitons-nous à entendre le suspect.

Mariella fixa le commissaire d'un air hébété, puis, sans répondre quitta d'un bond le fauteuil et disparut dans le jardin. Le gargouillis qui remontait de la cafetière enveloppait déjà la pièce de son arôme lorsque la voix de l'inspecteur principal retentit dans la cuisine :

— Vous venez, patron ?
— Quelle emmerdeuse ! bougonna D'Innocenzo en éteignant le feu sous la cafetière.

Derrière la maison, Mariella s'empara de la pelle qu'elle avait posée sur le sol et continua de creuser à l'endroit où était enterré le chien.

— Donnez-moi ça ! ordonna le commissaire. (Et sans retrousser ses manches, il s'acharna à déterrer la chose.) Si je bute sur le clebs, je vous laisserai ranger ça toute seule !

Mariella ravala un gloussement et alluma une cigarette. Mais elle n'eut pas le temps de la fumer jusqu'au bout car le commissaire arrêta brusquement de pelleter. Au fond d'un trou d'environ cinquante centimètres gisait Argo, recroquevillé. Entre ses pattes, le manche blanc d'un couteau électrique lui donnait la posture d'un soldat mort au combat.

Ce fut à dix heures du matin le dernier jour de l'année que l'inspecteur principal Mariella De Luca entra dans la pièce où Tecla Tittoni avait passé la nuit en garde à vue. Un agent invita la prévenue à suivre l'inspecteur principal, Tecla demanda où se trouvait son frère. Mariella répondit qu'il ne fallait pas s'en faire pour lui, mais son ton était des plus inquiétants. Elle avait convenu avec le commissaire que cette entrevue se passerait en tête à tête. Ensemble ils avaient monté un plan pour précipiter les aveux de Mlle Tittoni. Derrière la glace sans tain, dans la pièce à côté de celle où l'audition allait se dérouler, D'Innocenzo attendait.

Trois chaises autour d'une petite table rectangulaire assortie d'une lampe d'architecte en aluminium constituaient l'unique décor de la pièce, une dizaine de mètres carrés au maximum, les murs d'un gris délavé. Lorsque les deux femmes se furent installées, l'une en face de l'autre, devant les cafés que Casiraghi venait de poser sur la petite table, le commissaire fit signe à Genovese d'introduire l'avocat qu'on avait sorti du lit.

Le plastique du verre brûlait les doigts, le café fumait, Mariella se dit qu'il ne venait pas de la machine de service. Affichant une moue de mépris au coin des lèvres, Tecla bouda son verre. Mariella la scrutait fixement.

— Vous avez une sale mine, dit la prévenue.

Mariella faillit répondre mais l'avocat entra à cet instant. Lorsqu'elle apprit que le petit monsieur mal débarbouillé s'était dérangé pour l'assister, Tecla frémit de colère et hurla qu'elle n'avait besoin de personne.

— Vous peut-être, mais votre frère ? lâcha Mariella.

La phrase était prévue, le ton calculé, le piège bien posé. Calmement, comme si elle détaillait la liste des courses, Mariella informa alors Tecla Tittoni que la présomption d'innocence concernant son frère dans les trois meurtres de Testaccio venait de s'effriter sérieusement à cause d'une pièce à conviction qui le mettait directement en cause. Et de sortir, pour renforcer son argument, le ticket de caisse de La Samaritaine. Maîtrisant mal une émotion d'autant plus violente qu'elle se devait de la cacher, Tecla répondit :

— Je le sais depuis le jour où nous nous sommes rencontrées pour la première fois, sur le palier de la Via Ginori ! Vous êtes une folle doublée d'une garce !

— Ma cliente n'entendait pas vous offenser, inspecteur, se hâta d'intervenir l'avocat qui voyait encore mal où se situait sa place.

— Vous pouvez pas le faire sortir ? demanda Tecla.

— Non, répondit Mariella. Il est là pour entendre ce que vous avez à me dire au sujet d'un couteau à découper les surgelés que votre frère a acheté lors d'un voyage à Paris, l'année dernière, et que nous n'avons pas retrouvé chez vous.

— Et pour cause vous ne l'avez pas trouvé ! Qu'est-ce qui vous fait croire qu'il s'agit d'un couteau à découper les surgelés ? Vous avez vu des surgelés chez moi ? J'ai même pas de congélateur ! Mon frère m'a effectivement rapporté un couteau de Paris, l'année dernière : il se trouve toujours dans le tiroir de ma cuisine. Je m'en sers pour découper le gigot, de préférence à Pâques.

— Comment expliquez-vous, alors, que le magasin où votre frère a acheté ce couteau, l'année dernière, en vérifiant le code de l'article sur le ticket de caisse nous ait communiqué, ce matin même, qu'il s'agit d'un couteau à piles ayant pour fonction de découper les produits surgelés ?

Et sans laisser à Tecla le temps de se ressaisir, Mariella posa sur la table la pochette en plastique contenant ledit couteau. Elle avait envisagé plusieurs possibilités : Tecla se démenant, Tecla se donnant en spectacle, Tecla en proie à une nouvelle crise d'épilepsie. Il n'en fut rien. Si le spectre de l'inculpation de son frère l'avait hantée un instant, il n'entama pas ce calme obtus qu'elle se faisait un devoir d'afficher. Elle demanda une cigarette d'une voix sans émotion, l'alluma, tira une bouffée. L'avocat, pressé de remplir le silence, se lança dans des contestations multiples quant aux procédés mis en place par l'inspecteur principal.

— Faites-le sortir, dit enfin Tecla en écrasant son mégot dans le verre en plastique. Et si vous ne le pouvez pas, faites-le au moins taire.

C'était une voix à ne plus engager de combat, un son de vaincue qui a mesuré sa défaite.

— Mon frère n'est pour rien dans cette affaire, déclara-t-elle enfin. Le couteau à surgelés, il est vrai qu'il me l'a offert, mais je suis entièrement responsable de l'utilisation qui en a été faite. Quand je pense qu'il voulait me pousser à acheter un congélateur...

Elle eut un rire gênant, mi-hystérique mi-désespéré. Puis elle fixa Mariella, qui se hâtait de ranger le couteau, et poursuivit :

— Alberto, c'est un gentil garçon, je ne lui ai pas fait que du bien. Promettez-moi de ne pas l'embêter et je vous dirai tout.

— Je n'ai pas de promesses à vous faire, répondit Mariella. Il n'y a que vous qui puissiez me dire si votre frère est innocent.

— Et si je vous dis qu'il est innocent, innocent de tout, absolument de tout, des meurtres comme des films et des photos, vous me croirez ?

L'avocat refaisait le nœud de sa cravate sans avoir l'air de comprendre ; ce dossier, il l'ignorait complètement il y a deux heures à peine, il n'allait pas se mettre la police sur le dos si sa cliente décidait de s'accommoder d'une confession ; il verrait plus tard comment s'y prendre pour qu'elle s'en tire avec le moins de frais possible.

— Je vous croirai, répondit Mariella, qui ne put s'empêcher de jeter un regard en direction de la glace. Ce mouvement n'échappa pas à Tecla. Elle insista :

— J'ai votre parole ?

— Vous tournez un peu trop autour du pot ! réagit Mariella d'un ton faussement agacé.

Tecla l'interpréta comme une promesse.

Les aveux de Tecla Tittoni furent signés à une heure trente de l'après-midi, en la présence de l'avocat nommé d'office qui n'avait pas réussi à persuader sa cliente de faire ajourner l'entretien. À midi moins le quart, le commissaire D'Innocenzo fut obligé de quitter la pièce d'où il avait suivi l'audition pour se rendre à l'office funèbre du petit Casentini, église S. Pancrazio, à Monteverde Vecchio. Avant de partir, il avait appelé l'inspecteur principal Mariella De Luca pour lui signifier à quel point il était satisfait de la manière dont les choses s'étaient déroulées, et pour lui dire aussi qu'il comptait sur elle afin que les aveux fussent signés dans les conditions les meilleures.

Exonérée du devoir d'accompagner le commissaire, Mariella lui manifesta son regret de ne pas pouvoir assister à la cérémonie funèbre. En réalité, elle était soulagée, elle redoutait les enterrements, la seule vue d'un cercueil suffisait à la faire fuir. Elle avait eu le plus grand mal à suivre celui de sa mère ; au cimetière elle n'avait pu tenir longtemps devant les efforts de ceux qui, à l'aide de cordes, tentaient de glisser la bière dans la place vide, au troisième étage d'une sépulture « en copropriété ». Un cadavre, même amoché, l'affolait moins qu'un corps enfermé dans une boîte scellée à la flamme et emmurée.

Les aveux de Tecla Tittoni terminés, l'attente des

papiers relatant son rôle dans l'affaire de Testaccio dura vingt bonnes minutes. Elles furent remplies tantôt par le silence, tantôt par un mot de Tecla, toujours le même :

— Je compte sur vous pour mon petit frère.

Le temps parut long à Mariella avant que la signature de Tecla Tittoni ne fût apposée en bas de la dernière page. Elle s'était défendue non seulement de la plaindre mais également de ressentir de la compréhension envers elle. Pourtant, la destinée de cette femme ne la laissait pas indifférente, et quand elle la vit partir avec l'agent venu la chercher, quelque chose ne la quitta plus de son désarroi.

Du très long récit de Tecla il ne lui restait que cet amour pour son frère qui l'avait poussée aux aveux plus rapidement que n'importe quelle pièce à conviction. Tecla avait parlé avec la certitude que chacun de ses mots laisserait à Alberto une chance supplémentaire de s'en sortir. La voix calme, le geste absent, le regard sec, elle avait raconté les trois meurtres dont elle se reconnaissait coupable.

Le 20 septembre, à minuit, Tecla Tittoni avait donné rendez-vous à Lucia Di Rienzo pour négocier la valeur commerciale de ce que la jeune fille avait découvert dans la maison du Cerreto. Cette consonne pointée, le « S. », que ni Mariella, ni Nando, ni le commissaire n'avaient su déchiffrer, n'était pas l'initiale d'un nom ou d'un prénom, elle signifiait « sœur » car c'est ainsi que nommaient Tecla les filles qui sortaient avec Alberto. Elles le savaient toutes, Patricia aussi.

Comme Mariella l'avait deviné, un après-midi où elle était seule avec Alberto au Cerreto, Lucia avait découvert le trou dans le plafond. Le voyeurisme de Tecla, dont les goûts pour les filles n'étaient ignorés de personne, avait d'abord suffi à Lucia comme explication. Mais d'autres découvertes lui avaient ouvert les yeux sur l'existence d'activités louches chez les Tittoni. En fouillant dans le grenier, cet après-midi-là, tandis qu'Alberto se reposait de ses fatigues amoureuses, Lucia avait trouvé, éparpillées en vrac sur le sol, plusieurs revues porno. Malgré les masques et les déguisements cachant l'identité des modèles, elle n'avait pas mis longtemps à se reconnaître, et à reconnaître quelques-unes de ses copines. Et pour clore la série des surprises, elle était tombée sur une boîte oubliée depuis des années au fond d'un tiroir. Elle contenait les papiers que Lucia n'aurait jamais dû voir, entre autres, la carte d'identité au nom d'Antonucci Alberto avec la photo de Tecla en jeune homme.

Bien qu'elle n'eût pas deviné le sens des faux papiers, Lucia en avait néanmoins saisi la portée et avait décidé de les subtiliser pour s'en servir à l'occasion. L'idée lui était venue d'exercer une pression sur Tecla afin d'agir sur Alberto qui commençait à se lasser d'elle. Que ce fût du chantage, cela ne la gênait pas outre mesure : elle était amoureuse d'Alberto, elle voulait le garder. Elle voulait aussi forcer Tecla à lui expliquer, à lui raconter, à lui offrir ce qu'elle ne pouvait pas s'offrir elle-même : la durée de son histoire d'amour. Mais avant d'agir, elle en avait longuement parlé avec son amie et colocataire, cette Caterina qui avait tout gâché. Trop contente de connaître un secret pouvant la rapprocher d'Alberto, qui ne l'avait jamais considérée, Caterina s'était empressée d'aller tout lui raconter : ce que Lucia avait vu, ce que Lucia savait. Tout, sauf les faux papiers d'identité car Lucia n'avait pas dévoilé ce détail à son amie, se réservant de s'en servir plus tard comme d'un as dans la manche.

Les deux copines vivaient dans la plus grande intimité, et Lucia, plus jolie et plus séduisante, avait pour habitude de raconter ses amours à Caterina. À l'insu de son amie, Caterina tombait régulièrement amoureuse des copains de Lucia et souffrait de ne vivre ces amours que par procuration. Le moment était arrivé de prendre sa revanche, de quitter la place du miroir pour avoir enfin elle aussi une « histoire », comme le disaient toutes celles qui sortaient avec des garçons. Quelle meilleure occasion que les découvertes de Lucia dans le grenier des Tittoni pour changer la donne, prendre de l'importance aux yeux d'Alberto en allant tout lui raconter, et l'obliger à la regarder ne fût-ce qu'une fois ?

Mais Alberto n'apprécia pas cette curiosité sur sa vie domestique et loin de s'intéresser à la fille qui venait la lui révéler, il courut consulter sa sœur. Tecla fit virer Lucia du cinéma. M. Spinola n'avait pas été long à se laisser persuader que les affaires de cœur de ses employées nuisaient à ses activités légales et surtout illégales. C'est à ce moment-là que le chantage de Lucia avait débuté.

Après avoir été renvoyée par son employeur, elle fixa à Tecla un premier rendez-vous d'urgence. Au cours de cet entretien néfaste, elle fit l'erreur de ne pas s'en tenir à la découverte des revues porno et du trou dans le plafond (bien qu'elle fût loin d'imaginer ce à quoi le trou servait réellement). Elle montra à Tecla les faux papiers et déclencha ainsi, sans s'en douter, le mécanisme meurtrier.

La vue de ces papiers resurgissant d'un passé disparu fut un choc pour Tecla. Ce passé plus noir que rouge, elle croyait l'avoir enterré à jamais le jour où elle s'était rendue en cachette à la Chiesa Nuova, assister aux funérailles de son amie Robi.

Roberta Moltoni, c'est elle qui l'avait sélectionnée

pour la proposer au chef de la colonne romaine des Brigades rouges ; son esprit de sacrifice, son sens de la justice, son amour envers tous les abandonnés du sort, elle avait su les exploiter pour la convaincre de la suivre dans la guerre qu'elle croyait être la sienne. Tecla avait aimé Robi d'un amour sans conditions, le seul qu'elle eût jamais ressenti pour quelqu'un d'autre que son frère. Le suicide de Roberta l'avait en quelque sorte brisée, elle qui dans sa jeune vie avait accumulé assez de rage contre le monde pour vouloir à tout prix le changer. Via Fani, ce fut un tournant. Robi s'était opposée de toutes ses forces à l'enlèvement du président de la Démocratie chrétienne, mais elle était une brigadiste de second rang et n'avait aucun pouvoir de décision ; sans compter qu'on se méfiait d'elle à cause des réserves récurrentes qu'elle opposait à l'exercice de la violence. Robi n'avait pas su intégrer dans son éthique le massacre des cinq gardes du corps de l'escorte d'Aldo Moro, et ne pouvant pas se dénoncer et dénoncer ses camarades à la police, elle avait préféré se donner la mort. Dans son choix était également intervenu le souci de ne pas nuire à Tecla qu'elle aimait et que tout le monde savait être « son copain ». Car aucun de leurs camarades de clandestinité ne connaissait le vrai sexe de Tecla, à l'exception de Robi bien évidemment. Ce fut ainsi qu'après le suicide de son amie, Tecla avait pu disparaître impunément dans la nature, sans être inquiétée ni par la justice ni par ses camarades brigadistes, lesquels furent nombreux à croire qu'Alberto Antonucci avait fui à Paris, pour rejoindre ensuite le Nicaragua *via* l'U.R.S.S.

Tapie dans son village natal, Tecla ne se pardonnait pas la mort de son amie. La dernière action de Robi avait été de servir son premier repas au président de la Démocratie chrétienne, sa chance fut de ne pas connaître la fin de l'histoire. Après la découverte du corps d'Aldo Moro dans le coffre d'une Renault 4, Via Caetani, à Rome, Tecla s'était dit que son amie était morte pour rien. Elle avait décidé alors de ne jamais plus s'occuper de politique. Sept mois plus tard, en octobre 1978, elle apprenait par le journal télévisé qu'un commando des Brigades rouges avait tué le directeur général du ministère de la Justice, Girolamo Tartaglione, et en décembre de la même année, qu'un autre commando avait tiré sur l'escorte du vice-président du Conseil supérieur de la magistrature, Giovanni Galloni. Elle n'achetait déjà plus le journal, elle décida de ne plus écouter les informations.

Mais un jour de l'année 1980, le chef de chantier de sa maison en construction lui apprit le meurtre de Vittorio Bachelet, vice-président du Conseil supérieur de la magistrature, par celle qui avait été la gardienne d'Aldo Moro pendant les cinquante-cinq jours de sa captivité. Ce fut la dernière fois que le passé fit une incursion dans la vie de Tecla car Robi avait bien connu la meurtrière. À partir de cet événement, sa capacité à se souvenir se vida de son passé de militant clandestin et un beau jour Alberto Antonucci n'exista plus pour personne, même pas pour elle. Tecla n'avait fait aucun travail de deuil, aucune tentative d'analyse, aucun examen de ses responsabilités. Le jeune homme qu'elle avait été était mort avec Robi, il fut enterré par son propre oubli. Elle devint la jeune femme insondable qui n'aimait que son frère et avait un bel héritage à dépenser.

À cause de son ignorance, Lucia Di Rienzo avait ouvert la boîte de Pandore qui venait de rejeter Tecla vers un passé haï. Comme une épave sortie des espaces pélagiques, Tecla avait pris le couteau pour ne pas remonter à la surface.

Caterina Del Brocco ne se doutait pas que son amie était tombée dans un piège, le soir où elle était partie rejoindre Tecla, mais elle savait avec qui elle avait rendez-vous. Et lorsqu'elle avait relancé la sœur d'Alberto au sujet de cette rencontre, dont elle n'avait soufflé mot à la police, Tecla avait cru qu'elle aussi était au courant des faux papiers. Elle avait alors tenté de gagner du temps en lui demandant de tenir sa langue en échange de certaines révélations sur l'emploi du temps de sa colocataire, la nuit du meurtre. Devinant les frustrations amoureuses de Caterina, car la clandestinité avait appris à Tecla à « sentir » les gens comme seuls les animaux traqués savent les sentir, elle l'avait invitée à la maison pour en parler. Au cours d'un dîner qui devait ressembler à celui préparé en l'honneur de l'inspecteur principal, elle avait longuement entretenu Caterina sur Alberto, en lui laissant même croire que son frère en pinçait pour elle. Ayant enfin compris qu'elle ne savait rien, sauf pour le rendez-vous, les revues porno et le trou dans le plafond, elle s'était désintéressée de son sort. La décision de la tuer avait mûri parce que Caterina, insatisfaite, la relançait tout le temps en menaçant de dévoiler à la police l'identité de la personne qui avait rendez-vous avec Lucia, la nuit du meurtre. Sous les suggestions de la presse, qu'elle avait recommencé à lire à cette occasion, Tecla s'était rendu compte que deux meurtres valent mieux qu'un pour appuyer la thèse du tueur en série. C'était trop tentant de se libérer de cette « casse-couilles », comme elle avait appelé Caterina au cours de sa déposition. « Tuer, ce n'est difficile que la première fois », avait-elle déclaré à l'inspecteur principal.

Les choses s'étaient compliquées avec l'entrée en action de Patricia Kopf, qui avait pris le relais dans le chantage. Caterina ne demandait rien ou si peu : parler d'Alberto, de son amie morte, de leurs amours. Patricia était d'un calibre différent, et bien autrement gourmande. S'étant approprié l'agenda de Lucia, un jour qu'elle traînait chez elle, Patricia avait immédiatement compris avec qui son amie avait rendez-vous la nuit du meurtre. Sans trop se soucier du vrai rôle de Tecla dans l'affaire de Testaccio, étant même encline à penser qu'elle n'y était pour rien, Patricia avait néanmoins l'intention de la faire chanter car le besoin d'argent et le désir de revanche avaient atteint chez elle le même niveau de paroxysme. Elle avait menacé Tecla d'aller raconter à la police, ou pis encore à Alberto, qu'elle était la dernière personne à avoir vu Lucia vivante. Tecla avait immédiatement su quel sort lui réserver ; la tuer, ce n'était plus qu'une question de temps.

Le hasard voulut que Tecla croisât Nando la nuit de Noël, sur le palier de la Via Ginori, au moment où elle se rendait chez Loredana s'occuper du chat. La dispute au cinéma ayant déjà mis beaucoup d'huile sur le feu, l'idée lui vint d'inviter Nando, passablement abruti par les joints, boire quelque chose chez Loredana. Rien de plus facile, ensuite, que de glisser une bonne dose de somnifère dans son citron chaud, de subtiliser les clés de sa poche, de descendre chez Patricia accomplir sa besogne, de remettre les clés en place et de rentrer au Cerreto. Le couteau, elle l'avait toujours sur elle depuis le premier meurtre, les somnifères aussi.

Assommée par la drogue, Patricia dormait profondément lorsque Tecla était entrée dans sa chambre. Elle lui avait tranché la gorge sans tressaillir, puis elle avait procédé au découpage du corps. Il fallait appuyer solidement la thèse du tueur en série, Tecla avait vu l'émission du journaliste Merisi. Le commissaire D'Innocenzo s'y opposait contre vents et marées. Avant de partir, elle était passée à la salle de bains se nettoyer, elle avait même changé son tampax, ce qui expliquait la goutte de sang retrouvée sur le rebord du W.-C. Mariella avait eu cette curieuse intuition de penser à une femme, même si à ce stade-là de l'enquête, ce n'était pour elle qu'une opposition de principe à l'hypothèse du tueur en série. Après les fêtes de fin d'année, le laboratoire procéderait aux comparaisons d'ADN et confirmerait l'appartenance de la goutte au sang de Tecla Tittoni.

Quant au chat retrouvé en morceaux dans le lit de l'inspecteur principal, Tecla en avait eu l'idée le jour où Vladimir s'était sauvé par la fenêtre. Mais elle n'avait pu la réaliser que la nuit où Mariella était restée coucher au Cerreto. Vers une heure du matin, éméchées toutes les deux, Tecla avait dissous un somnifère dans le dernier café demandé par Mariella. Dès que le somnifère avait commencé à produire son effet, elle avait accompagné Mariella dans la chambre des invités, puis elle l'avait déshabillée dans son sommeil. Elle avait ensuite enfilé un pyjama sous son manteau et s'était mise au volant pour se rendre chez l'inspecteur. Tecla en connaissait l'adresse, elle avait suivi Mariella, le dimanche soir, après sa visite au cinéma. Elle n'avait pas eu trop de mal à trouver l'étage, lorsqu'en parcourant les noms sur les boîtes aux lettres elle était tombée sur celui du commissaire.

Tecla avait regagné le Cerreto vers cinq heures du matin. Sur le pas de la porte, elle avait entendu les aboiements d'Argo. Mariella avait cru la réveiller alors qu'elle venait tout juste de rentrer, le pyjama avait donné le change. Il est vrai qu'en principe Mariella n'était pas censée sortir de son sommeil. La dose de somnifère n'était pas importante, elle aurait dû néanmoins l'assommer pendant plusieurs heures. Les nombreux cafés de la journée en avaient-ils atténué l'effet ?

Tout cela avait été raconté par Tecla dans un débit sans faille et sans pleurs. Le rythme régulier des révélations avait failli captiver Mariella, mais elle avait eu chaque fois le réflexe d'évoquer l'image de Lucia Di Rienzo, gorge béante sur le Lungotevere Aventino, de Caterina Del Brocco, la carotide tranchée près du cimetière des Anglais, et de Patricia Kopf sur son lit de mort. Puis, brusquement, la meurtrière s'était tue : elle avait tout dit, tout reconnu. Jusqu'au moment d'être emmenée, elle n'avait plus sorti que ces quelques mots :

— Je vous fais confiance pour mon petit frère.

VENDREDI 31 DÉCEMBRE, NUIT DU RÉVEILLON

À onze heures du soir, tous les magasins étaient fermés depuis longtemps dans les rues et ruelles de Testaccio. Autour de la place du marché, c'était déjà la nuit. Les dernières lumières venaient de s'éteindre dans le café de Franco Rinaldi, à l'angle de la Via Manuzio et de la Via Mastro Giorgio, là où Assunta n'avait pu se ressaisir à la vue de cette main coupée, abandonnée dans la neige. Il n'y avait plus de neige dans la Ville éternelle, c'était plutôt un voile de glace imperceptible qui venait de couvrir la chaussée et les trottoirs, risquant à tout moment de faire basculer les passants. Le bulletin météo promettait pour la nuit du réveillon une descente spectaculaire de la température, on enregistrait déjà quelques accidents, la prudence était de mise. Mais qui empêcherait le déchaînement de la fête, surtout après la nouvelle diffusée dans le pays tout entier par le journal de vingt heures ?

« L'affaire de Testaccio brillamment résolue par les hommes (sic !) de la Brigade criminelle », avait clamé le journaliste. *Anno nuovo, vita nuova*. Même dans ses rêves les plus hardis le *vicequestore*, Dr Caciolli, n'aurait pu imaginer l'affaire réglée avant que l'année fût close. Le matin encore, les titres des journaux noircissaient les premières pages avec leurs points d'interrogation de mauvais augure sur le déroulement de l'enquête. Dès que le bruit avait couru que le meurtrier de Testaccio était une meurtrière, le commissaire D'Innocenzo et l'inspecteur principal De Luca avaient été sollicités par une foule de journalistes, amassés au rez-de-chaussée de S. Vitale : plusieurs chaînes de télévision, radios, presse écrite, ils étaient tous là, fidèles au poste, et oublieux pour un temps des mondanités de fin d'année. Le commissaire et l'inspecteur principal avaient laissé la place au *vicequestore*, entré en scène au moment de la conférence de presse. D'Innocenzo ne tenait plus à jouer les prolongations et Mariella, bien que du genre à ne pas sous-évaluer l'importance de ce dénouement pour sa carrière, touchait au bout de ses forces. Elle ne savait plus combien d'heures de sommeil manquaient à son cerveau, mais elle se réjouissait à l'idée qu'elle passerait la nuit du 31 à roupiller. Le commissaire D'Innocenzo avait publiquement reconnu son rôle dans la résolution de l'affaire, et le *vicequestore* s'en était fait l'écho. C'était quelqu'un de bien, le patron, un honnête homme. Elle profiterait du vent favorable pour demander sa mutation définitive à Rome, à la Brigade criminelle, sous ses ordres.

L'après-midi avait passé vite, elle avait dormi de cinq à dix heures, cinq heures qui avaient compté pour cent. Mais au réveil, avant même de vérifier sa montre, elle avait su que la nuit serait longue et qu'elle ne pourrait pas la passer enfermée dans ce studio. Comme attirée par un aimant, elle avait décidé alors d'aller chercher du lait à Testaccio. En traversant le pont du Mattatoio, elle avait cru un instant voir la silhouette de Nando s'éloigner sur le trottoir. Elle avait été la dernière cliente de l'année dans le café de Franco Rinaldi, qui lui avait parlé d'Assunta et de ce matin d'avant l'aube où il l'avait trouvée paralysée devant son kiosque.

    Mariella s'apprêtait à rentrer, après quelques détours dans le quartier qu'elle commençait à connaître, lorsqu'une petite musique retint son attention. C'était un tube des années soixante-dix ; elle en connaissait les paroles, sa mère avait le disque. La musique venait d'une boîte, tout au bout de la Via Galvani. Elle s'approcha. Un groupe de fêtards traînait devant l'établissement, les garçons, pantalons pattes d'éléphant et chemises col pelle à tarte, les filles, bottes serrées aux mollets et jupes très courtes ou très longues, coupées dans des tissus à motifs géométriques, aux couleurs psychédéliques. Un drapeau sur la devanture affichait : « Bienvenue dans les années 70 ». Une fois le groupe disparu à l'intérieur, le garçon à l'entrée lui sourit, il était tout juste vingt-trois heures.

    — Après minuit, c'est gratuit pour les filles, dit-il. À condition de s'habiller années soixante-dix.

    — Capté ! répondit Mariella en se blottissant dans son blouson en cuir. Bonne année quand même !

    — Eh ! nous n'y sommes pas encore. T'es pressée d'en finir avec cette année ?

    — Pas spécialement, répondit-elle. En fait, je m'en fiche.

    — Je finis à minuit, insista le jeune homme, un grand costaud blond encore loin de la trentaine. Si tu veux danser, je connais les meilleurs coins de la piste.

    — Pourquoi pas ? répondit-elle.

    Ce fut alors que l'idée lui vint. Elle accéléra le pas jusqu'au Largo Marzi, désert comme le pont et le *lungotevere*. Les gens s'agglutinaient chez eux, en attendant minuit, et la ville profitait de la trêve avant l'assaut de la nuit. La municipalité avait annoncé, dans un premier temps, que les transports en commun fonctionneraient sans discontinuer jusqu'à deux heures du matin, mais elle n'avait pas compté sur l'opposition des conducteurs qui s'étaient refusés en masse de rater leur réveillon à eux. Grâce à quelques menaces de grève bien prononcées, leur proposition avait été acceptée : circulation jusqu'à minuit trente, puis plus rien jusqu'au matin cinq heures.

Elle n'attendrait pas l'autobus pour se rendre à la gare Termini, elle risquerait au retour de fêter minuit avec le conducteur. Ça ne l'affecterait pas beaucoup, d'ailleurs, après tout ça pouvait être la solution.

Aux approches de l'heure fatidique, dans les alentours de la gare, la circulation était inexistante. Quelques abandonnés du sort, fils de personne et rebuts de toutes les sociétés, tentaient de se resserrer les uns contre les autres, victimes eux aussi de la symbolique du temps. Elle ouvrit la consigne automatique, en retira la valise et regagna rapidement son véhicule.

Minuit s'afficha au cadran tandis qu'elle descendait la Via dei Fori Imperiali. Elle s'arrêta, éteignit le moteur, regarda le Colisée en face. Happé par le nouvel éclairage qui le sortait du noir comme un poisson argenté, il semblait se moquer du froid et de l'heure. Elle alluma la radio, la voix de Jessye Norman chantait la peine de la reine Didon :

> *I am press'd*
> *With tonnent not to be confess'd,*
> *Peace and I are strangers grown*

Mariella écouta quelques minutes, puis composa le numéro du commissaire sur son portable. Sa femme et lui, c'étaient bien les seules personnes à qui elle avait envie de souhaiter la bonne année.

TABLE DES MATIÈRES

dimanche 26 décembre, cinq heures du matin	13
dimanche 26 décembre, matin	19
dimanche 26 décembre, matinée	35
dimanche 26 décembre, midi	45
dimanche 26 décembre, après-midi	65
dimanche 26 décembre, fin d'après-midi et soir	89
dimanche 26 décembre, soirée	99
dimanche 26 décembre, soir	113
lundi 27 décembre, petit matin	125
lundi 27 décembre, fin d'après-midi	131
lundi 27 décembre, soir	141
mardi 28 décembre, petit matin	159
mardi 28 décembre, matin	175
mardi 28 décembre, début d'après-midi	181
mardi 28 décembre, après-midi et soir	191
mercredi 29 décembre, après-midi	201
jeudi 30 décembre, petit matin	215
jeudi 30 décembre, après-midi	229
jeudi 30 décembre, nuit	241
vendredi 31 décembre, petit matin	259
vendredi 31 décembre, nuit du réveillon	275

Collection Policier

Des livres qui laissent des traces !

Le crime n'a pas de frontières...
De Paris à Londres en passant par New York,
partez, en compagnie des auteurs réunis ici,
sur les traces de meurtriers qui rivalisent
d'imagination pour brouiller les pistes.

Vos enquêteurs favoris vous donnent rendez-vous sur www.pocket.fr

TEA TIME : L'HEURE DU CRIME

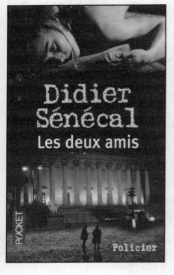

◀ Didier SÉNÉCAL
Les deux amis

Le commissaire Lediacre, pourfendeur des intouchables qui se sentent au-dessus des lois, s'est juré de faire tomber un sénateur de gauche aux pratiques sexuelles répugnantes. Il découvre par hasard son talon d'Achille : une amitié clandestine unit cette éminence de la Ve République à un député de droite. Confronté à une classe politique où gauche et droite se serrent les coudes, Lediacre pourra-t-il faire justice ?

Pocket n° 13451

Frances FYFIELD ▶
Sanctuaire maudit

Un vitrail cassé, des oiseaux morts, un décès apparemment naturel. Pas de quoi alarmer sérieusement les religieuses d'un paisible couvent londonien. Mais ces événements coïncident avec l'arrivée d'un nouveau jardinier, un homme troublant, beau comme un ange déchu...

Pocket n° 12919

Pour en savoir plus : www.pocket.fr

Collection Policier

Carol O'Connell
Coupe Gorge

Appelée par une vieille dame, la police découvre, dans son salon, le cadavre d'un serial killer. Il s'agirait d'un cas de légitime défense. Mais le lieu du meurtre, Winter House, est déjà connu des médias : une famille entière y a été massacrée soixante ans plus tôt. Et la septuagénaire qui l'habite n'est autre que la mystérieuse enfant disparue lors de ce crime jamais élucidé. L'inspecteur Kathy Mallory devra faire parler les fantômes de Winter House pour élucider l'affaire.

Pocket n° 13156

Martha Grimes
Le fantôme de la lande

Un coup de couteau dans le dos. L'une après l'autre, les victimes tombent. Toujours des enfants. L'inspecteur Jury et son fidèle Melrose Plant mènent l'enquête, aidés du commissaire Malcavie. Mais pourquoi ce dernier s'acharne-t-il à penser que ces assassinats sont liés à un crime commis vingt ans auparavant ? Et pourquoi ce pub désolé, perdu en pleine campagne, est-il devenu son quartier général ? Jury et Plant ne sont pas au bout de leurs surprises.

Pocket n° 13307

Pour en savoir plus : www.pocket.fr

Collection Policier

Elizabeth GEORGE ▶
Sans l'ombre d'un témoin

Une série de crimes atroces ébranle le quotidien déjà sordide des quartiers défavorisés de Londres. Les victimes sont de jeunes adolescents métis torturés selon un rituel macabre. Pour résoudre cette enquête au plus vite, l'inspecteur Thomas Lynley et sa fidèle adjointe Barbara Havers font équipe avec un profiler. C'est le début d'une plongée au cœur des bas-fonds londoniens, et dans l'esprit d'un serial killer particulièrement pervers…

Pocket n° 12988

◀ **Jan BURKE**
En terre et en os

Julia Sayre, une mère au foyer sans histoire a disparu depuis quatre ans. La police et la journaliste Irene Kelly la recherchent en vain. Mais après des années, Nick Parrish, déjà confondu pour meurtre, s'accuse d'avoir tué et enterré Julia quelque part en Sierra Nevada. Irene monte une expédition. Guidée par le tueur, elle se retrouve bientôt face à des cadavres de coyotes mutilés et décomposés pendus à un arbre. Le jeu de piste ne fait que commencer…

Pocket n° 12001

Pour en savoir plus : www.pocket.fr

Collection Policier

◀ Janet EVANOVICH
Flambant neuf

Stéphanie Plum est chasseuse de primes dans l'agence de son cousin Vinnie. Vinnie a payé la caution de la carte Visa de Samuel Singh, un jeune immigré indien. Mais ce dernier disparaît. Stéphanie décide d'infiltrer TriBro, une fabrique de pièces détachées pour machines à sous tenue par trois frères aux manières peu délicates où travaillait le jeune homme... Voici le désopilant et irrésistible come-back de Stéphanie Plum, *alias* « Miss Cata » !

Pocket n° 13272

Minette WALTERS ▶
Les démons de Barton House

La première fois que je l'ai vu, j'étais à Kinshasa. La deuxième, au Sierra Leone. Et puis, des années plus tard j'ai croisé son chemin en Irak. CXhaque fois, dans son sillage, des corps de femmes violées, lacérées. Alors j'ai compris. Il s'est senti traqué. J'ai été séquestrée pendant trois jours et relâchée, sans explication. Il me fallait oublier. J'ai changé d'identité et me suis retirée dans un manoir isolé dans la campagne anglaise. Je me demande encore comment j'ai pu être aussi bête.

Pocket n° 13281

Pour en savoir plus : www.pocket.fr

Faites de nouvelles découvertes sur **www.pocket.fr**

- Des 1ers chapitres à télécharger
- Les dernières parutions
- Toute l'actualité des auteurs
- Des jeux-concours

POCKET

Il y a toujours un **Pocket** à découvrir

Composition et mise en page

NORD COMPO
multimédia

Impression réalisée par

C P I
Brodard & Taupin

52974 – La Flèche (Sarthe), le 20-05-2009
Dépôt légal : février 2008
Suite du premier tirage : mai 2009

POCKET – 12, avenue d'Italie - 75627 Paris cedex 13

Imprimé en France